KB041142

최강 찌꺼기 황자의 암약 제위 쟁탈전 5

무능한 척 연기하는 SS랭크 황자는 황위 계승전을 남몰래 지배한다

탄바

Contents
목차

삽화 · 본문 일러스트 : 유우나기
디자인 : 아츠시 타카히사(atd)

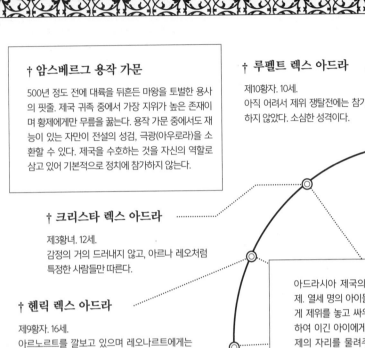

† 암스베르그 용작 가문

500년 정도 전에 대륙을 뒤흔든 마왕을 토벌한 용사의 핏줄. 제국 귀족 중에서 가장 지위가 높은 존재이며 황제에게만 무릎을 꿇는다. 용작 가문 중에서도 재능이 있는 자만이 전설의 성검, 극광(아우로라)을 소환할 수 있다. 제국을 수호하는 것을 자신의 역할로 삼고 있어 기본적으로 정치에 참가하지 않는다.

† 루펠트 렉스 아드라

제10황자. 10세.
아직 어려서 제위 쟁탈전에는 참가하지 않았다. 소심한 성격이다.

† 크리스타 렉스 아드라

제3황녀. 12세.
감정의 거의 드러내지 않고, 아르나 레오처럼 특정한 사람들만 따른다.

† 헨릭 렉스 아드라

제9황자. 16세.
아르노르트를 깔보고 있으며 레오나르트에게는 라이벌 의식을 불태우고 있다.

† 레오나르트 렉스 아드라

제8황자. 18세.

† 아르노르트 렉스 아드라

제7황자. 18세.

† 콘라트 렉스 아드라

제6황자. 21세.
고든과 같은 어머니를 둔 황자. 감정적인 고든의 동생답지 않게 성격은 아르노르트와 비슷하다.

아드라시아 제국의 황제. 열세 명의 아이들에게 제위를 놓고 싸우게 하여 이긴 아이에게 황제의 자리를 물려주려 하고 있다. 광대한 제국을 통치하며 기회가 생기면 영토를 확대해온 명군.

† 카를로스 렉스 아드라

제5황자. 23세.
뛰어나다는 평가를 받은 적도, 무능하다는 평가를 받은 적도 없는 평범한 황자.
하지만 능력과는 달리 꿈에 취해있어 영웅이 되고 싶다는 마음을 품고 있다.

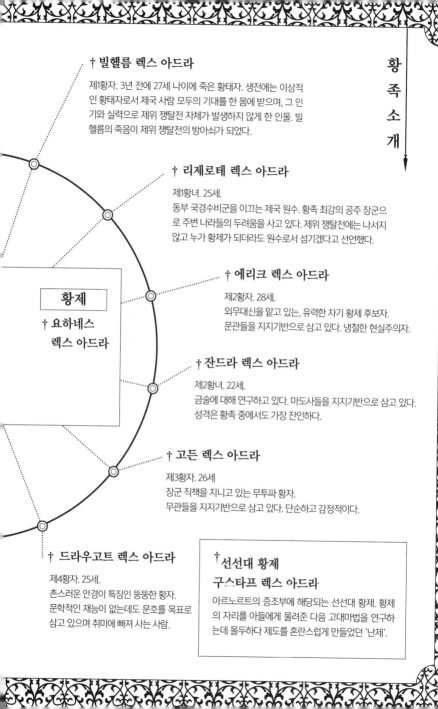

† 빌헬름 렉스 아드라

제1황자. 3년 전에 27세 나이에 죽은 황태자. 생전에는 이상적인 황태자로서 제국 사람 모두의 기대를 한 몸에 받으며, 그 인기와 실력으로 제위 쟁탈전 자체가 발생하지 않게 한 인물. 빌헬름의 죽음이 제위 쟁탈전의 방아쇠가 되었다.

† 리제로테 렉스 아드라

제1황녀. 25세.
동부 국경수비군을 이끄는 제국 원수. 황족 최강의 공주 장군으로 주변 나라들의 두려움을 사고 있다. 제위 쟁탈전에는 나서지 않고 누가 황제가 되더라도 원수로서 섬기겠다고 선언했다.

† 에리크 렉스 아드라

제2황자. 28세.
외무대신을 맡고 있는, 유력한 차기 황제 후보자.
문관들을 지지기반으로 삼고 있다. 냉철한 현실주의자.

† 잔드라 렉스 아드라

제2황녀. 22세.
금술에 대해 연구하고 있다. 마도사들을 지지기반으로 삼고 있다.
성격은 황족 중에서도 가장 잔인하다.

† 고든 렉스 아드라

제3황자. 26세
장군 직책을 지니고 있는 무투파 황자.
무관들을 지지기반으로 삼고 있다. 단순하고 감정적이다.

황제

† 요하네스
렉스 아드라

† 드라우고트 렉스 아드라

제4황자. 25세.
촌스러운 안경이 특징인 뚱뚱한 황자.
문학적인 재능이 없는데도 문호를 목표로 삼고 있으며 취미에 빠져 사는 사람.

† 선선대 황제 구스타프 렉스 아드라

아르노르트의 증조부에 해당되는 선선대 황제. 황제의 자리를 아들에게 물려준 다음 고대마법을 연구하는데 몰두하다 제도를 혼란스럽게 만들었던 '난제'.

최강 찌꺼기 황자의
암약 제위 쟁탈전

무능한 척 연기하는 SS랭크 황자는 황위 계승전을 남몰래 지배한다

➥ 제1장 휴전 명령

1

말동무가 없는 파티는 재미가 없는 법이다.

크류거 공작의 반란으로부터 약 한 달이 지났다. 많은 귀족들이 휘말린 사건이었기에 남부의 뒤처리는 꽤 오랜 시간이 필요했다.

레오와 피네 일행이 무사히 제도로 돌아오고 나서 뒤처리가 어느 정도 끝나자 아버님이 남부의 소란이 무사히 해결되었다는 기념으로 성에서 파티를 개최했다. 공을 세운 사람들은 다들 초대받았지만, 내 곁에는 아는 사람들이 아무도 없다. 다들 누군가에게 둘러싸여 있다.

나는 벽에 등을 기댄 채 아버님이 얼른 자리를 떠나기만을 기다리고 있었다. 아버님이 자리를 떠나지 않으면 나도 떠나지 못하기 때문이다.

그런 생각을 하고 있자니 아버님이 잔을 들고 천천히 일어섰다.

"오늘 밤, 모여주어서 고맙구나. 남부의 소란을 해결한 용사들에게는 나중에 제대로 상을 내릴 생각이다만, 오늘 밤에는 잔을 바치는 것으로 대신하고 싶다."

아버님은 그렇게 말하고는 참가자들에게 잔을 들게 했다. 그리고 말하기 시작했다.

"모두가 남부와의 전면 전쟁을 각오하고 있었다. 그런 와중에 용감히도 칙사를 맡겠다고 나서준 우리의 창구희! 피네 폰 크라이네르트. 첫 번째 잔은 그녀에게 바치고 싶다! 건배!!"

"창구희를 위하여 건배!!"

"피네 님을 위하여 건배!!"

파티 회장에 있던 모든 사람들이 잔을 들어 올렸다.

피네의 이름과 건배라는 목소리가 계속 울려 퍼졌다.

"다음으로 잔을 바쳐야 할 자들은 긍지 높은 병사들일 것이다. 소수로 기습을 가했지. 위험한 임무였다. 해낼 수 있는 자들은 그들밖에 없었다! 우리 제국군이 자랑하는 정예! 네르베 리터에게 바치자!! 건배!!"

"상처 자국의 기사들을 위하여!"

"네르베 리터를 위하여 건배!!"

이번 건을 통해 네르베 리터에 대한 평가는 완전히 바뀌었다. 그들은 병사이면서도 기사라는 사실을 모두가 다시 인식했다. 제국군의 유일한 기사단. 앞으로도 많은 사람들이 그들을 눈여겨보게 될 것이다.

그리고 마지막은 레오일 것이다. 그 건배가 끝나면 아버님도 떠날 테고.

그렇게 멍하니 생각하고 있었다. 그런데 약간 뜻밖의 상황이 발생했다.

"마지막으로 잔을 바칠 자는 나의 아들'들'이다! 소수로 기습을 가한다! 그 책략을 제시하고 멋지게 수행한 레오나르트! 마지막에는 대마법으로 남부 귀족들을 구해냈다! 훌륭하다는 말밖에 나오지 않는구나!"

"그렇습니다! 레오나르트 황자님께는 감탄할 뿐입니다!"

"보아하니 황태자 자리에 가장 가까운 분은 레오나르트 황자님이 되실지도 모르겠군요!"

다들 밝은 표정으로 떠들어 대기 시작했지만, 아버님의 이야기는 끝나지 않았다.

뒷이야기가 있었다.

"그리고──, 그런 레오나르트를 보좌해 준 또 한 명의 아들. 까다로운 네르베 리터를 설득하고, 그들이 지원하도록 한 아르노르트. 충분히 건배를 받을 자격이 있을 것이다."

"어……?"

설마 내 이름을 부를 줄은 몰랐기에 맥빠지는 목소리가 나와 버렸다.

하지만 아버님은 나를 똑바로 보고 있었다. 그 눈빛은 농담을 하는 눈빛이 아니었다.

"자, 잠깐만요, 아버님? 저는 그런……."

"너는 상을 받으라고 해도 받지 않겠지. 그러니 이 건배만은 받거라. 네르베 리터가 나를 찾아왔었다. 그들을 칭찬하니 모두가 일제히 대답하더군. '아르노르트 전하를 위하여 싸웠습니다'라고 말이다. 그자들이 그렇게 말하게 만든 건 훌륭하다고밖에 할 수가 없구나. 네가 동생을 아끼는 마음이, 그들이 힘을 최대한으로

9

끌어낼 수 있게 만들어 주었다. 그건 레오나르트 못지않은 공적이다."

아버님은 그렇게 말한 다음, 잔을 더욱 높게 들어올렸다.

"건배하자! 우리 제국의 황자들을 위하여! 잘했다! 나의 아들들아! 나는 자랑스럽구나! 제국 전토에 알리거라! 이번에 가장 큰 공을 세운 자들은 누가 뭐라 해도 이 두 사람이다! 제국이 자랑하는 '쌍흑의 황자'를 위하여 건배!!!!"

아버님이 그렇게 말하자 모두가 큰 목소리로 '쌍흑의 황자를 위하여'라고 외쳤다.

그런 다음, 나와 레오의 이름을 외쳐댔다.

"레오나르트 황자님을 위하여!"

"아르노르트 황자님을 위하여!"

"제국의 쌍흑의 황자를 위하여!!"

"건배!"

"제국 만세!!"

아니, 아니, 그러지 말라고. 말동무가 없는 파티는 재미가 없지만, 주목받는 파티는 정말 껄끄러운데. 내게 관심이 전혀 없는 것 같던 귀족 영애들이 내게 다가온다. 이름도 모르는 귀족 남자가 마치 친구처럼 싹싹하게 말을 걸기도 했다.

그들로부터 도망치듯이 움직이고 있자니 쉬고 있었던 것 같은 레오와 마주쳤다.

"아, 형. 고생이 많네."

"그래, 고생했다. 만나자마자 이러긴 좀 그렇지만, 미안해."

"어?"

나는 그렇게 사과하고는 단정하게 다듬어진 레오의 머리카락을 마구 헝클어뜨린 다음, 레오를 미끼로 삼아 재빨리 파티 회장을 떠났다.

더 이상은 못해먹겠다고.

"잠깐?! 형?!?! 으앗! 잠깐만요! 저는 형이 아니에요! 레오나르트라고요!"

"미안, 레오! 용서해라! 나도 도와줄 수 없는 상황이 있다고!"

나는 그렇게 작은 목소리로 말하며 동생에게 전부 떠넘기고는 그곳을 떠났다.

2

크류거 공작과 벌인 싸움이 끝난 뒤, 남부에는 아버님이 파견한 군대와 관리들이 들어갔고, 겨우 차분해지기 시작하고 있었다.

그리고 차분해졌기에 다음 문제가 수면 위로 떠올랐다.

제도의 정문. 그곳을 통과한 자들은 말을 탄 회색 집단. 나는 그라우의 모습으로 그 사람들을 향해 다가갔다.

"그대로 걸어가."

"네……, 오랜만이네요. 그라우."

"오랜만이구나, 아로이스."

회색 집단은 아로이스 일행이었다. 인질로 잡힌 어머니가 영지로 돌아왔기에 아버님에게 사죄하러 온 것이다. 정체를 숨긴 이유는 아로이스의 안전을 확보하기 위해서다.

　　아로이스는 고든과 크뤼거, 두 세력의 음모를 박살 냈다. 그게 아니더라도 만 명의 제국군을 불과 천 명으로 물리친 소년 영주로서 주목받고 있다. 노릴 만한 이유는 얼마든지 있다.

　　"너희 어머님은 건강하신가?"

　　"네, 덕분에요."

　　"나는 아무것도 안 했다. 너희 어머님을 구해낸 건 레오나르트 황자 일행이야."

　　"무사히 만날 수 있었던 건 그라우 덕분이죠."

　　아로이스는 그렇게 말하며 후드 너머로 싹싹한 미소를 지었다. 그런 아로이스를 보고 나는 쓴웃음을 지으며 본론으로 들어갔다. 금방 끝날 이야기긴 하지만.

　　"아로이스. 네 입장은 미묘하지. 처벌당하진 않겠지만, 정치적으로 이용당할지도 모른다."

　　"네……, 하지만 이미 각오하고 있습니다. 영지와 남부를 지켜냈으니 더한 걸 바란다면 천벌을 받겠죠."

　　그렇게 말한 아로이스의 눈은 각오로 가득 차 있었다. 여기로 오면서 각오를 다지고 왔나. 처벌을 받지 않을 거라고 해도 확실한 건 아니다. 사형당할지도 모른다. 그런 각오를 하고 왔다면 무슨 일이 생기더라도 동요하지 않을 것이다.

대단하네. 저 나이 때 내가 죽을 각오를 할 수 있었을까. 아니, 지금도 못 하는데. 그런 의미에서는 아로이스가 나 같은 녀석보다 훨씬 훌륭하다. 그렇기 때문에 도와줄 가치가 있다.

"그런 네게 선물을 하나 준비했다."

"선물요?"

"전부 네가 하기에 달렸어. 네가 너답게 행동한다면 분명히 좋은 쪽으로 작용할 거다."

"그렇군요……, 그렇다면 마음이 가는 대로 지내도록 하겠습니다."

"그렇게 해라."

나는 그렇게 말한 다음, 그곳을 떠났다.

이미 주위에서 많은 자들이 아로이스를 감시하고 있었다. 호위를 담당하는 근위기사도 있고, 아로이스의 빈틈을 노리는 암살자도 있다. 그들 중 일부가 내 뒤를 따라왔지만, 뒷골목에 들어가자마자 곧바로 전이해서 따돌렸다.

전이한 곳은 큰길에 인접한 여관방. 그곳에서는 세바스가 기다리고 있었다.

"어서 오십시오."

"그래. 어때? 표적은?"

"예정대로 행동하고 있습니다."

나는 그렇게 말하며 창문을 통해 밖을 보았다. 큰길에는 마차와 말들이 많이 다니고 있다. 그 가장자리에는 검소하지만 튼튼하게 만들어진 마차가 세워져 있었다.

"재상은 여전히 눈에 띄는 걸 싫어하는군."

"그 분의 성격 때문이겠지요."

저 마차에 타고 있는 사람은 재상인 프란츠다. 프란츠는 애처가로 유명하고, 일이 바빠지면 부인에게 사과하는 의미로 선물을 한다는 것도 유명하다. 지금은 시종에게 그 선물을 사러 보낸 참이다. 자기가 직접 가면 눈에 띌 테니까.

나는 그런 프란츠에게 속으로 사과하며 손가락을 살짝 튕겼다. 그러자 프란츠의 마차를 끄는 말이 날뛰기 시작했다.

그리고 묶여 있던 끈이 끊어지자 마차가 폭주하기 시작했다.

"미안해, 재상……."

"어쩔 수 없지요. 재상을 아로이스 공 편으로 끌어들이는 건 이게 제일입니다."

"나도 알고 있긴 한데, 안쓰러워서. 내가 저질러 놓고 이런 말을 하는 건 좀 그렇지만."

폭주하는 마차에 혼자 남겨진다는 건 심장에 매우 안 좋을 것이다. 뭐, 의도적인 폭주이고, 주위에 피해가 발생하지 않게끔 결계로 말의 방향을 조정하고 있긴 하다. 이번 건으로 인해 다치는 사람은 생기지 않는다. 안에 있는 프란츠가 마차를 무서워하게 될지도 모르겠지만, 괜찮을 것이다.

폭주한 마차가 점점 빨라지기 시작했다. 말이 흥분했고, 조종할 시종도 없기 때문이다. 프란츠는 마차를 멈출 방법이 없다.

무슨 일이 생기더라도 마법으로 막겠지만, 그럴 필요는 없다.

"저 나이에 정말 대단하군요."

세바스가 그렇게 칭찬했다. 그 시선 끝에서는 말을 탄 아로이스가 프란츠의 마차와 나란히 달리고 있었다.

"어떻게 구해낼 것 같아?"

"확실한 건 재상만을 구해내는 거겠지요. 뒤에서 따라오고 있는 기사들과 협력하면 어렵지 않을 겁니다. 하지만."

"폭주한 말이 주위에 있는 사람들을 다치게 할지도 모르지."

"네. 제일 좋은 건 말을 차분하게 만드는 겁니다. 하지만 흥분한 말에게 다른 말을 타고 다가가는 건 위험합니다. 최악의 경우에는 자기 말도 흥분해서 떨어져 버릴 수도 있으니까요."

"뭐, 위험하긴 하지만……, 제국군 만 명 상대로 검을 쥔 녀석이야. 그 정도 결단은 쉽사리 내리겠지."

실버의 도움을 받은 건 사실이다. 그 도움이 뒷받침한 건 틀림없을 것이다. 그래도 아로이스는 열 배의 병력 상대로 검을 겨누는 선택을 했다. 도망치지 않고 영주로서 자신의 영지 주민들을 지키기로, 그리고 제국 귀족으로서 모든 백성들을 지키기로 결심했다.

불과 열두 살밖에 안 된 어린애가 그렇게 결심한 것이다.

"저 녀석은 분명 레오가 황제가 되었을 때, 좋은 신하가 될 거야."

"제국은 넓으니까요. 황제 혼자서는 다스릴 수가 없습니다. 믿을 만한 귀족이 필요하지요."

나는 맞는 말이라며 고개를 끄덕였다. 남부는 거대한 귀족을 잃었다. 아마 그 영지는 재분배될 것이다. 하지만 남부에서 중심이 될 만한 귀족이 사라졌다는 건 분명하다.

하지만 아로이스는 그런 남부의 중심이 될 만한 인재다. 그럴 만한 공적도 세웠다. 아직 배워야 할 것들이 많긴 하겠지만, 그래도 장래가 기대되는 녀석이다.

보아하니 아로이스는 말을 차분하게 만드는 방법을 선택한 모양이었다. 필사적으로 나란히 달리며 마차를 끄는 말을 달래려 하고 있었다.

잠시 후, 프란츠의 마차를 끄는 말이 천천히 멈춰섰다. 동물은 두려움을 품은 자에게 민감하다. 차분해졌다는 건 아로이스 또한 차분해졌다는 뜻일 것이다.

"이제 아로이스는 안심이군. 재상은 정에 휩쓸리는 사람이 아니지만, 앞날을 내다볼 수 있는 사람이야. 아로이스의 장래를 기대할 수 있다면 아버님이 처벌하려 해도 말려주겠지."

"황제 폐하께서는 처벌하지 않으실 겁니다."

"그렇긴 하지. 지금 같은 상황에서 아로이스를 처벌하면 남부가 더 혼란스러워질 거야. 솔직히 말해서 재상과 접점을 만들어 준 건 다른 목적 때문이거든."

"어떤 목적 말씀이십니까?"

"재상이 아로이스의 장래를 기대한다면 분명히 아로이스를 황제 곁에 두려 할 거야. 다시 말해 성에 머무르게 하면서 가르치려 하겠지. 그렇게 되면 레오와 접점도 생길 테고, 아로이스도 이것저것 배울 수 있을 거야. 장점만 한가득이라고."

"아로이스 공이 황제 폐하의 마음에 들었다는 걸 눈치채고 다가오는 귀족들도 늘어나겠지요. 그들을 끌어들이는 타산까지 포함시켜야 하지 않습니까?"

"그렇게 나쁜 생각을 하다니, 성격이 안 좋은 녀석이구나? 너."

"성격이 좋으면 집사 일을 할 수가 없으니까요. 그건 그렇고, 그 정도 꿍꿍이도 떠올리지 못하신다면 앞으로 잔소리를 늘려야 하겠습니다."

"……."

나는 말없이 세바스를 노려보았다. 하지만 세바스는 아랑곳하지 않았다.

정말, 이 녀석은 주인의 체면을 세워준다는 걸 모르는 건가?

"내가 나쁜 꿍꿍이를 떠올리는 건 네 영향일 거야. 틀림없어."

"영광이로군요."

자랑스러워하는 듯이 대답한 세바스를 다시 노려보았지만, 효과가 없었기에 포기했다. 세바스에게 도전해 봤자 소용이 없다.

"가자. 이제 용건은 없어. 요즘은 아버님 때문에 주목받아서 움직이기 힘들거든."

"쌍흑의 황자라니, 정말 그럴싸하군요. 그렇게 말해 두면 당신의 격이 올라가니까요. 황제 폐하께서 묘수를 두셨습니다."

"민폐라고."

우리는 그렇게 이야기를 나누며 여관을 나섰다. 아로이스가 왔다는 건 남부가 조용해졌다는 증거다. 남부가 조용해질 때까지는 뒤처리 때문에 정신이 없었지만, 앞으로는 또 바빠질 것이다.

3

아로이스가 오고 그다음 날.

아버님이 나와 레오, 그리고 에리크를 불러냈다. 마침 바깥으로 나갈까 하던 참에 호출을 당한 나는 한숨을 쉬며 통로를 걸어갔다.

그런 내게 말을 건 사람이 있었다.

"아르노르트 전하."

"무슨 일이지? 재상."

말을 건 사람은 프란츠였다. 우리가 호출당했으니 아마 프란츠도 호출당했을 것이다. 목적지는 같은 곳일 테니 프란츠와 나란히 걸어가기로 했다.

"전하께서도 폐하께 불려가십니까."

"그래, 놀러 가려던 참이었는데 말이지."

"그거 아쉽군요. 하지만 놀이도 적당히 하셔야 할 겁니다. 특히 연장자를 이용한 놀이는 바람직하지 않고요."

프란츠가 그렇게 말하며 나를 살짝 나무라는 듯이 바라보았다.

역시 재상이야. 예리한데.

"무슨 소리지? 이래 봬도 연장자를 공경하는데?"

"둘러대지 않으셔도 됩니다. 에리크 전하치고는 미지근하고, 레오나르트 전하치고는 악랄했습니다. 짐멜 백작과 제가 접촉하는 걸 노리신 거지요?"

아버님이 황자였을 때부터 참모를 맡을 만도 하다. 이런 상황에서 일부러 움직일 만한 사람이 나라는 걸 간파한 건가?

프란츠는 재상이다. 보통은 손대는 것도 껄끄러워한다. 그런 프란츠의 마차에 손을 쓸 만한 자는 제위 후보자들 정도밖에 없다. 그리고 방금 말했던 것처럼 제도에 있는 사람들 중, 그렇게 어설픈 짓을 할 만한 사람은 나 정도밖에 없다.

"그래서? 만약에 내가 뭔가 했다면 어떻게 할 거지?"

"주의를 줄 뿐입니다. '지금은' 그런 짓을 삼가는 게 좋을 테니까요."

"지금은?"

"네. 전하께서는 아마 저와 짐멜 백작을 접촉하게 해서 백작의 아군을 늘리고, 나아가서는 백작을 이용해서 다른 귀족들과도 접촉하는 것을 노린다──는 표면적인 목적을 제가 눈치채고 폐하께 보고를 드려서 자신의 평가가 떨어지는 것까지는 예상하고 계셨겠죠? '쌍흑의 황자'라 불리게 된 이후로 눈에 띄게 됐으니까요."

"……."

황제의 가장 큰 공적은 프란츠를 재상으로 삼은 거라고 말하는 사람들도 있다. 그건 아마 잘못된 평가가 아닐 것이다. 아버지의 오른팔로서 제국을 지탱하는 재상. 프란츠는 제국의 근간을 지탱하고 있는 걸물이다. 역시 애송이가 생각하는 것 정도는 훤히 내다보고 있는 건가.

"항복이야. 그래서? 지금은 그러지 않는 게 나을 거라는 건 무슨 뜻이지?"

항복하는 듯이 두 손을 들었다. 프란츠는 그런 나를 보고도 놀라지 않았다. 떠본 것도 아니다. 전부 알면서 충고한 거니까 당연할 것이다.

"그건 폐하께서 설명해 주실 겁니다."

프란츠는 그렇게 말하고는 고개를 숙여 인사를 하고 나서 먼저 걸어가기 시작했다. 그런데 곧바로 뭔가 생각난 듯이 멈춰서서 고개만 돌리고 나를 돌아보았다.

"그러고 보니……, 짐멜 백작이 제도로 들어온 직후에 회색 후드를 뒤집어쓴 자가 접촉해 왔다고 합니다. 아마 짐멜 백작에게 협력했던 떠돌이 군사 그라우겠지요. 그 직후에 제 마차가 폭주했습니다만……, 우연일까요?"

"그건 처음 듣는 이야기인데."

놀란 듯이 연기했다. 부자연스러운 점은 아무것도 없는 연기였을 것이다. 그런 나를 보고 프란츠가 살짝 웃었다.

"그렇군요. 제 지나친 생각이었을지도 모르겠군요. 제국군 만 명을 물리친 짐멜 백작만 주목받고 있습니다만, 그라우는 제국군의 수법을 전부 다 예측했다고 합니다. 제국군의 전술을 숙지하고 있는 내부자의 소행일 거라 추측했습니다만."

"나는 제국군의 전술 같은 걸 몰라."

"그러시군요. 당신은 공부를 싫어하시니까요. 제 지나친 생각이겠지요. 실례했습니다."

프란츠는 곧바로 걸어갔다. 무서운 사람이다. 이런 사람이 참모였으니 아버님도 제위 쟁탈전에서 이길 만도 했을 것 같다. 약간의 단서만으로 금방 내게 도달하다니.

"역시 눈에 띄면 안 되겠어……."

눈에 띄면 감시가 늘어난다. 감시가 늘어나면 암약하기가 힘들다. 어떻게든 평가를 떨어뜨려서 다시 얕보이는 존재가 되어야 하는데, 그러지 않는 게 좋을 거라고 다짐을 받아 버렸다.

"또 골치 아픈 일이 생기는 건가?"

나는 기분 나쁜 예감을 느끼며 아버님이 있는 곳으로 향했다.

■ ■ ■

"처음 뵙겠사옵니다. 아로이스 폰 짐멜이라고 합니다."

아버님 앞에 무릎을 꿇은 아로이스가 그렇게 인사했다. 그 인사를 받고 아버님이 입을 열었다.

"잘 왔다, 짐멜 백작. 이번에는 해명하러 왔다고 생각해도 되겠나?"

"네. 저희 짐멜 백작 가문이 제국군을 적대시한 것은 인질을 잡혔기에 어쩔 수 없었기 때문입니다. 폐하께 반기를 들 생각은 없었습니다. 부디 용서하여 주십시오."

그런 건 굳이 말하지 않더라도 알고 있을 것이다. 하지만, 본인이 직접 와서 해명하는 것에 의미가 있다. 그리고 자세한 이야기는 본인에게 듣는 게 빠르다.

"그 말은 믿으마. 그런데, 제국군의 사령관을 죽인 건 짐멜 백작 가문이라고 들었다만? 그건 어떻게 변명할 테냐?"

"변명할 도리가 없습니다만……, 저희 숙부가 저지른 짓입니다. 숙부의 이야기가 사실이라면 숙부는 군의 요청에 따라 저격을 결행한 모양입니다."

아버님의 눈썹이 약간 움직였다. 보고는 받았을 것이다. 아로이스는 오기 전에 문서로 아버님께 해명했으니까.

하지만 직접 듣는 것과 문서를 보는 것은 전혀 다르다.

"그러니까……, 군부에 소속된 자가 배신했다는 게냐?"

"숙부가 한 말을 믿는다면 그렇겠습니다만……, 이야기가 너무 황당무계했기에 배후에 크류거 공작이 있었던 게 아닐까, 그렇게 생각합니다."

아로이스는 일부러 고든의 이름을 언급하지 않았다. 지금 고든의 이름을 말해 봤자 고든의 분노가 아로이스에게 쏠릴 뿐이다. 이미 붙잡힌 크류거에게 모든 것을 떠넘기는 게 아로이스에게 더 도움이 된다.

무엇보다 아버님은 굳이 말하지 않아도 눈치를 챈다. 고든이라면 전쟁을 원할 수도 있다. 그 낌새는 고든의 말과 행동에 드러나 있다. 물론 크류거가 남몰래 움직였을 가능성도 있으니 고든을 처벌할 수는 없다.

하지만 의혹은 생긴다. 그걸로도 충분하다. 아로이스가 고든과 적대시하면서까지 고든을 공격할 이유는 없으니까. 책임 이야기가 되면 숙부의 움직임을 막지 못했던 아로이스의 책임이 되어버릴 수도 있다. 여러모로 둘러대는 게 바람직한 것이다. 누구에게나.

"인질을 잡고, 움직이지 않는 백작을 움직이기 위해 억지로 전투를 벌였다. 크류거라면 그럴지도 모르겠군. 좋다. 결과만 본다면 네가 제국군을 막아낸 덕분에 기습이 성공했다. 그런 의미에서는 제국에 공헌했다고도 할 수 있겠지. 잘했다, 짐멜 백작."

"감사합니다."

"제국군에게 검을 겨눈 것도 어쩔 수 없지. 이번 건은 불문에 부치마."

지금 같은 상황에서 아로이스를 처벌할 수는 없다. 아버님은 불문에 부치고 싶고, 아로이스도 처벌당하고 싶진 않다. 무엇보다 골치 아픈 일이 연달아 벌어지고 있다. 크류거 탓으로 돌리는 게 무난할 것이다.

"한동안은 성에 머무르거라. 여기에는 제국의 인재들이 모여든다. 배울 것도 많을 게야."

"예, 분부를 받들겠습니다."

아버님은 곧바로 아로이스를 물러가게 했다. 그리고 방에는 아버님과 프란츠. 그리고 나와 레오, 에리크가 남았다. 틀림없이 제위에 관련된 이야기일 것이다.

"어째서 남으라고 했는지 알겠느냐?"

"제위에 관한 겁니까?"

"그렇다. 제위 쟁탈전이란……, 다음에 제국을 이끌 자를 정하기 위한 싸움이다. 강한 황제가 생겨난다면 어느 정도 불이익은 어쩔 수 없겠지. 하지만 이번에는 너무 지나치다. 세력 싸움의 결과로 내란이 일어나는 건 말도 안 되지!"

아버님은 그렇게 말하며 굳은 표정으로 우리를 노려보았다.

뭐, 당연한 분노다. 제위 쟁탈전은 어디까지나 제국의 이익을 해치지 않는 범위에서만 끝나야 한다. 하지만 이번 건은 그 범위에서 크게 벗어났다.

"싸우는 건 좋다. 하지만 다스릴 나라의 이익을 고려하지 못한다면 제위를 물려줄 수 없다. 명심하거라. 제위 쟁탈전은 제국을 위한 싸움이다. 첫 번째는 나라여야 한다."

"알겠습니다."

"명심하겠습니다."

에리크와 레오가 나란히 고개를 숙였다. 나는 딱히 제위 후보자도 아니니까, 그렇게 생각하며 아랑곳하지 않는 태도를 보이고 있자니 아버님이 나를 노려보았다.

"아르노르트……, 너도 알겠느냐?"

"이해는 했습니다. 하지만 저는 제위를 원하는 것도 아니고, 무엇보다 과격한 당사자들이 없는데 그런 말씀을 하셔도 곤란한데요."

"너희가 나중에 과격한 당사자들이 되지 않을 거라는 보장은?"

"없죠."

"그런 뜻이다. 알았다면 대답해라."

"예, 예, 알겠습니다."

형태만 갖춰서 고개를 숙이자 아버님이 한숨을 쉬었다. 그리고 옥좌에 몸을 기대며 말했다.

"한동안은 제위 쟁탈전을 삼가거라. 슬슬 내 생일이 다가온다. 다시 말해 내 즉위 25주년이 다가온다는 뜻이다. 이런 시기에 싸우는 것이 얼마나 어리석은지 모르진 않겠지?"

"물론입니다."

"좋다. 즉위 25주년을 기념하여 축제가 열릴 것이다. 이번에는 외국의 요인들도 초대할 것이야. 너희를 중심으로 아이들에게는 그런 요인들의 접대 담당을 맡기겠다. 그게 끝날 때까지는 제위 쟁탈전을 일단 제쳐두거라. 나도 고려하지 않겠다. 만약에 그런 낌새를 보인다면 어떻게 될지는 알겠지?"

아버님이 한 말을 듣고 에리크와 레오가 조용히 고개를 숙였다. 하지만 나는 고개를 숙이지 않았다. 아버님의 의도를 눈치채 버렸기 때문이다.

나에게 쌍흑의 황사처럼 골치 아픈 별명을 준 게 그것 때문이었나. 내 격을 올려두면 접대 담당자로 써먹을 수 있다. 평판이 안 좋은 찌꺼기 황자가 접대 담당을 맡으면 그 나라는 자신들을 깔본다고 생각할 것이다. 하지만 레오와 나란히 쌍흑의 황자라 불리는 경우에는 그렇지 않다.

인상을 찌푸리고 있자니 아버님이 씨익 웃으며 내게 다짐을 받았다.

"한동안은 다들 얌전히 지내거라. 자기 평판을 떨어뜨리는 짓도 하지 말고. 그런 짓은 국가의 이익을 경시하는 것으로 간주하겠다."

이 남자……, 성격이 안 좋다. 아버님은 한 방 먹여줬다는 듯이 웃으며 나를 바라보았다. 프란츠가 주의를 준 이유가 이거였구나. 전부 이어졌다.

젠장. 다시 말해 한동안은 쌍흑의 황자라는 평판을 지켜야만 한다는 뜻이다.

"품위를 지키면서 행동하거라. 알겠지? 아르노르트."

"……네. 알겠습니다."

내가 쥐어짜낸 듯한 목소리로 대답하자 아버님이 유쾌하다는 듯이 웃었다.

제위 쟁탈전은 일단 멈춘다 하더라도 내게는 다른 싸움이 기다리고 있다. 나는 아무것도 하지 않고 적당히 살아왔기에 평판이 떨어졌다. 딱히 의도한 게 아니었다.

하지만 그걸 금지당했다. 다시 말해 평소처럼 지내는 걸 금지당했다는 뜻이다.

빌어먹을. 그게 싫어서 레오를 황제로 만들려고 했는데, 어째서 이런 일이…….

나는 엄청난 피로를 느끼며 최근 느낀 것들 중에서 가장 큰 절망을 맛보았다.

그리고 이야기가 한동안 이어지다가 마무리되려 할 무렵, 에리크가 아버님에게 쓸데없는 질문을 던졌다.

"폐하. 한 가지만 여쭈어도 되겠습니까?"

"뭐지?"

"왕국의 제1왕자가 잔드라에게 구혼했다는 이야기를 들었습니다. 어떻게 하실 생각이십니까? 외무대신으로서 방침을 알아 두어야 할 것 같습니다."

"그건 보류다. 크류거의 죄를 명확하게 밝히고 그 녀석을 처형한 뒤에 진행해야겠지. 곧바로 왕국에 시집보내면 골칫거리를 떠넘긴 거라 간주할 수도 있다. 그쪽에서도 보류하는 것에 대해서는 동의했다. 그럼에도 불구하고 잔드라를 부인으로 맞이하고 싶다더군."

"……속셈이 있는 것 같습니다."

"속셈이 있다 해도 거절할 이유가 없다. 우리도 다루기 곤란한 잔드라를 거두어 준다고 하니 말이다. 왕국과의 관계는 최근 몇년 동안 미묘했다. 그것을 개선할 좋은 기회라 할 수 있겠지."

"폐하께서 그래도 괜찮으시다면 이의는 없습니다."

에리크는 그렇게 말하며 이야기를 끝냈다. 아버님의 속마음은 알 수가 없다. 하지만 제국으로 따지면 더할 나위 없는 요청이다.

"그 화제는 삼가거라. 잔드라를 시집보낸다고 하더라도 시간이 필요하다. 한동안 잔드라는 계속 근신 처분이다."

아버님은 그렇게 말한 다음 옥좌에서 일어섰다. 이야기가 끝났다는 뜻일 것이다.

이런, 이런. 골치 아프게 되었구나.

4

"일시 휴전……, 말씀이신가요?"

"그래, 재개 시기는 미정이지만 말이야."

다음 날. 나는 방에서 피네에게 어제 있었던 일에 대해 이야기하고 있었다.

피네는 홍차를 준비하며 의아하다는 듯이 물었다.

"그럼 표면적으로만 그렇다는 뜻인가요?"

"아니, 진짜로 휴전이야. 지금 움직인다는 건 탈락이라는 의미라고. 몰래 움직이려면 정말 교묘하게 움직여야 하겠지만, 아버님 곁에는 재상이 있어. 그 사람 눈을 속일 수는 없을 거야."

"그렇지요. 그 사실은 에리크 전하께서도 알고 계실 겁니다. 제위 쟁탈전은 한동안 쉬게 되겠군요."

"그렇군요. 그건 정말 잘된 일이네요!"

피네는 그렇게 말하고 미소를 지으며 내게 홍차를 내밀었다.

세바스에게도 홍차를 내밀자 그는 고맙다고 인사하고는 우아하게 홍차를 마셨다.

"새 찻잎이군요?"

"네. 저번에 아인 상회에서 받은 거예요. 어떠신가요?"

"맛은 아무런 문제도 없고, 기분이 편안해지는 향기로군요."

"맞아요! 마음이 편해지실까 해서요."

"훌륭한 배려십니다."

세바스는 그렇게 말하며 피네를 칭찬했다. 그 정도인가? 그렇게 생각하며 나도 홍차를 마셨다.

맛있다. 하지만 딱히 마음이 편해지지는 않는다. 평소와는 향이 다른 정도다. 아마 향을 즐기려는 의지가 없기 때문일 것이다.

"어떠신가요?"

"맛있어."

"무뚝뚝한 대답이로군요. 애초에 모처럼 휴전을 하게 되었으니 좋아하는 걸 하시는 건 어떻습니까?"

"그럼 잘까."

"품위를 지키라는 지시를 받으셨지요?"

"품위를 지키면서 자는 거야. 바깥으로 나가면 품위가 떨어질 테니까. 의도적으로 떨어뜨린 적도 있긴 하지만, 기본적으로는 평범하게 지내더라도 평판이 떨어졌어. 방 밖으로 나가지 않는 게 좋겠지."

"글러먹은 사람의 발상이로군요. 방에만 틀어박혀 있다면 그것도 나름대로 평판이 떨어지겠습니다만."

"그런 건 나도 몰라. 서류 작업을 하고 있다는 소문이나 퍼뜨리라고."

"그것도 한계가 있습니다. 황제 폐하의 눈도 있으니 바깥으로 나가시는 걸 추천드리지요."

"싫어."

나는 고개를 돌리고는 홍차를 마셨다.

그런 나를 보고 세바스가 한숨을 쉬었다. 그리고.

"그렇군요. 그렇다면 어쩔 수 없겠습니다. 일정이 좀 있기에 저는 자리를 비우겠습니다. 괜찮으시겠습니까?"

"어? 세바스 씨?"

"좋아. 얼른 가버려."

"알겠습니다. 그럼 잘 부탁드리겠습니다."

세바스는 왠지 모르겠지만 내게 부탁하는 형태로 자취를 감추었다.

잔소리가 많은 집사가 사라졌기에 나는 크게 하품을 하고는 책상에 엎드렸다. 일부러 침대로 가는 것도 귀찮다. 여기에서 낮잠이나 잘까, 그렇게 생각하고 있자니.

"저, 저기, 아르 님?"

"왜?"

"저기……, 저, 이제 바깥에 나갈 일정이 있어서……."

"아, 신경 쓰지 마. 다녀와도 돼."

"아뇨, 그게 아니라……, 그 호위를 세바스 씨께서 해주실 예정이었거든요……."

"……뭐라고?"

나는 무심코 고개를 들었다.

그리고 좀 전에 '잘 부탁드리겠습니다'라는 말의 의미를 정확하게 이해했다.

"그 집사 녀석, 무조건 나를 바깥으로 끌어낼 셈이로구나……."

"저기, 아르 님께서 싫으시다면 다른 분께……."

"네 호위는 믿을 만한 사람에게만 맡길 수 있어. 세바스가 없다면 내가 갈게. 린피아는 레오 곁에 있으니까."

호위를 부탁할 수 있을 만한 사람을 대충 떠올려 보았는데, 다들 일정이 있을 것 같다. 한가한 건 나뿐이다. 세바스는 그것까지 계산해서 자취를 감췄을 것이다.

정말, 밉살스러울 정도로 유능하구나. 그 녀석.

"같이……, 가주실 건가요?"

"네가 싫지만 않다면."

"싫을 리가 있나요! 바로 옷을 갈아입고 올게요!"

피네는 그렇게 말한 다음, 빠른 걸음으로 방을 나섰다. 혼자 남은 나는 옷을 갈아입을까 망설인 다음에 곧바로 그 생각을 지워버렸다.

옷을 갈아입는 것조차 귀찮다는 생각이 들었기 때문이다. 이럴 때 내가 상당히 게으른 사람이라는 걸 자각하게 된다.

"역시 나는 글러먹은 녀석이구나."

그렇게 말하며 한숨을 쉬었다. 글러먹은 사람이라는 걸 자각하면서도 싫다거나 부끄럽다는 생각이 들지 않는 걸 보니 답이 없다는 생각이 들었기 때문이다.

뭐, 그런 나라 해도 피네의 호위까지는 빼먹을 수가 없다. 제위 쟁탈전이 휴전하게 되더라도 제위 쟁탈전과 관계가 없는 문제는 산더미처럼 쌓여 있기 때문이다.

"에휴……, 오늘만 열심히 해볼까."

그렇게 어렴풋한 결심을 한 다음, 나는 자리에서 일어섰다.

■ ■ ■

"자, 드세요."

"감사합니다, 피네 님."

"아뇨. 뜨거우니까 조심하시고요."

"피네 님, 저도!"

"네, 알겠어요. 급하게 굴면 안 돼요."

피네는 미소를 지으며 아이에게 대답하고는 뜨거운 수프를 그릇에 담아 아이에게 건넸다.

그 옆에서는 아인 상회 사람들이 빵이나 샐러드 같은 것들을 나누어 주고 있다. 이곳은 제도의 외곽 구역이다.

오늘 피네의 일정은 그곳에서 무료 급식을 하는 것이었다. 원래는 아인 상회에서 작은 규모로 하던 행사였지만, 피네가 끼게 되자 규모가 커졌다. 피네가 직접 건네준다는 이유도 있었기에 무료 급식에 참가한 사람은 꽤 많았다. 뭐, 외곽 구역 사람들 말고는 아인 상회의 건장한 수인들에게 쫓겨났지만.

"아고고."

나는 영감님 같은 목소리를 내며 빵이 잔뜩 든 상자를 땅바닥에 내려놓았다.

사람들이 많이 온다는 건 식재료가 많이 필요하다는 뜻이다. 평범한 상회에서 이렇게 많은 식재료를 마련하려면 힘들겠지만, 아인 상회는 지금 피네의 이름을 써서 돈을 잔뜩 벌어들이고 있기에 가능할 것이다.

돈을 벌기만 하면 평판이 떨어질 것 같지만, 이렇게 외곽 구역에서도 무료 급식을 진행하고 있기에 평판도 좋다. 피네의 자선 활동에 협력하는 상회라는 인식이 정착되어 가고 있다. 그리고 피네의 평판도 더욱 올라갔다.

"대단하네."

나는 그렇게 말하며 다시 근처에 세워져 있는 마차로 상자를 가지러 갔다.

마차 안에는 아직 상자가 잔뜩 있다. 밖으로 나온 이상, 멍하니 보고만 있을 수는 없다. 품위를 지키라는 지시를 받았으니까. 그런 이유로 인해 돕겠다고 하고는 상자를 옮기고 있는데, 이게 생각보다 중노동이었다.

　허약한 나는 상자를 들어 올리는 것만도 힘들었다. 내가 하나 옮기는 동안, 아인 상회 사람들은 두세 개 정도는 옮긴다. 슬프지만 이게 아인과 인간의 차이다. 뭐, 건강한 일반인과 허약남의 차이라고 할 수도 있겠지만.

　"허리 아파……."

　"황자님, 무리하시지 말고 쉬시는 게 어떻습니까?"

　몸집이 커다란 수인이 그렇게 말을 걸었다. 호랑이 귀와 꼬리가 달린 호인 남자다.

　근육도 엄청났고, 상자도 두세 개씩 가볍게 들고 다닌다.

　"방해되나?"

　"방해가 되진 않습니다만, 황자님께서 계시든 안 계시든 별 차이는 없을 것 같군요."

　"그렇군. 그럼 있어도 문제는 없겠네?"

　"문제는 없지요. 그래도 황자님께서 무리하시다가 쓰러지시면 문제가 될 겁니다."

　"그렇게까지 멍청하진 않아. 힘들면 쉴 테니까 안심하라고."

　"알겠습니다."

　호인 남자는 그렇게 말한 다음, 씨익 웃고는 다시 상자를 옮기기 시작했다. 나는 질 수 없다는 생각으로 열심히 할 기운도 없었기 때문에 내 페이스에 맞춰서 하나씩 옮겼다.

　그러던 와중에 해가 저물었고, 무료 급식이 끝났다.

끝났을 때, 나는 팔을 들어 올릴 수 없는 상태였다.

"휴우……, 팔 아프다."

"아르 님……, 괜찮으신가요?"

짐이 사라진 마차의 짐칸에서 쉬고 있자니 피네가 걱정스러운 듯이 고개를 내밀었다.

약간 피곤한 듯한 표정이었지만, 활력이 넘쳐나고 있었다. 나와는 전혀 다른 표정인데.

"괜찮진 않아……."

"죄송합니다……, 저를 따라오셔서."

"됐어, 내가 하겠다고 한 거니까."

그런 이야기를 나누고 있자니 밖에서 귀에 거슬리는 웃음소리가 들렸다.

밖을 살짝 내다보니 불량배 몇 명이 어슬렁거리고 있었다.

"봤냐, 오늘 찌꺼기 황자!"

"봤어! 봤어! 너무 허약해서 상자 하나도 제대로 못 옮기던데! 전혀 도움이 안 되어서 웃기더라!"

"대체 뭐하러 왔냔 말이지! 필요도 없다고!"

"맞아! 맞아! 피네 님만 오면 된다고! 그 녀석이 올 거라면 차라리 레오나르트 황자가 낫지!"

정말 제멋대로 떠들고들 있네.

뭐, 도움이 안 된 건 사실이니까 뭐라 따질 수도 없긴 하지만.

피네가 그런 그들을 째려보았다. 그리고 그들에게 따지려고 한 발짝 앞으로 나섰다.

"내버려 둬, 피네."

"하지만요?!"

"괜찮아. 상대해 봤자 소용없어. 그들이 한 말도 사실이니까."

"그래도, 아르 님께서는 열심히!"

"내가 일개 시민이라면 그래도 상관없겠지만 말이지. 나는 황족이야. 백성들에게 이익을 가져다주어야만 해. 그런 황족의 역할을 다하지 못하고 있는 이상, 불평하더라도 어쩔 수 없어."

"그렇지 않아요! 아르 님께서는!"

"나는 제국을 위해 아무것도 하지 않았어. 그렇지?"

나는 흥분한 피네를 달래기 위해 그렇게 확인하는 듯이 말했다.

그러자 피네가 울음을 터뜨릴 듯한 표정을 지었다. 그런 표정은 짓지 않았으면 하는데.

"제위 쟁탈전 때문에 각지가 혼란스러워지고 유통이 정체되어서 물가가 올랐어. 임금은 오르지 않았는데 물가만 오르면 백성들의 삶이 궁핍해지지. 백성들을 위해 레오를 황제로 만들려 하고 있지만, 결국에는 그 싸움의 대가를 치르는 건 백성들이야. 화풀이할 대상이 필요한 거지. 찌꺼기 황자인 나는 절호의 표적이고, 그걸로 끝난다면 싸게 먹힌 거라고."

"그래서는 아르 님께서……, 보답받지 못하세요."

"보답받고 있어. 내게는 네가 있잖아. 그 이상 바랄 순 없지."

비밀의 공유자를 늘리지 않는 건 필요성을 느끼지 못하기 때문이다. 늘어나면 더 움직이기 편해지겠지만, 그만큼 비밀을 들키기 쉬워진다.

나 자신이 정신적으로 한계에 도달한다면 늘릴 수도 있겠지만, 딱히 그런 걸 원하진 않는다.

예상치 못하게 우발적으로 생겨난 내 비밀의 공유자는 바람직한 이해자다.

"저는……, 아르 님께서 좀 더 인정받으셨으면 해요……."

"나는 표면적으로 자그마한 일들만 해왔어. 자그마한 일들만 하는 녀석은 자그마한 보답만 받는 법이지."

"그래도……!"

"됐어. 자그마한 보답이라도 확실하게 받고 있으니까."

나는 그렇게 말하고는 미소를 지었다.

좀 전에 나와 이야기를 나누었던 호인을 비롯한 건장한 수인들이 불량배들 앞을 가로막았다.

"형씨들, 재미있는 이야기를 하는군그래."

"어? 아, 아니, 그렇지는……."

"황자님이 도움이 되지 않았다는 건 사실이지만, 그래도 도와줬어. 그런데 당신들은 뭐야? 대체 뭘 했지? 옮겨준 녀석과 옮겨주지 않은 녀석, 어느 쪽이 더 훌륭한 사람인지는 어린애도 알 텐데."

"자, 잠깐만?! 대체 뭔데?!"

"잠깐 가게까지 와주실까? 우리 누님이 정한 규칙이 있어서 말이야. 동료를 비웃는 녀석은 용서 못 해. 웃은 만큼은 일해서 갚아주셔야겠어."

"이봐?! 이거 놓으라고?! 횡포잖아?!"

"불경죄로 성에 끌려가는 것보다는 낫잖아?"

"찌꺼기 황자를 비웃는 게 무슨 잘못이라고?!"

"비웃으면 안 된다고는 하지 않겠어. 하지만, 비웃을 거라면 웃은 만큼 일을 해주셔야지. 아무것도 하지 않고 누군가를 비웃는 건 용납될 수 없는 일이라고."

수인들은 그렇게 말한 다음, 불량배들을 끌고 갔다.

안타깝게도 그들은 중노동을 하게 될 것이다. 뭐, 아인 상회라면 제대로 급료를 지불해 줄 테니 그나마 낫지. 보아하니 제대로 된 일을 하는 것 같지도 않고.

"봐, 자그마한 보답을 받았잖아?"

"그렇긴 한데요……, 애초에 바보 취급당하는 것 자체가 있어선 안 되는 일이니까……."

피네가 불만이라는 듯이 입술을 삐죽댔다. 피네치고는 신기하네. 이렇게까지 앙심을 품다니.

나는 쓴웃음을 지으며 일어섰다.

"자, 슬슬 돌아가자. 나는 지쳤어."

"네, 알겠어요. 아, 아르 님. 실은 유리야 씨가 맛있는 가게가 있다고 소개해 주셨는데요……."

피네가 방금 생각난 듯이 말했다. 무슨 말을 하고 싶은지는 짐작이 된다. 금방 그 이야기를 꺼내지 않은 건 내가 피곤하다는 걸 고려하고 있기 때문일 것이다.

"그럼 마침 잘 되었으니 거기에서 식사라도 하고 갈까? 네 일정이 괜찮다면 말이지만."

"어, 아, 네! 기꺼이!"

기쁜 듯이 대답하는 피네를 보고 나는 마음속으로 한숨을 쉬었다. 솔직히 팔이 꽤 아프다. 품위 있게 식사를 하는 건 힘들지도 모르지만 어쩔 수 없다.

남자가 여자와 함께 외출했으니까, 마지막까지 허세를 부려야겠다.

나는 그런 각오를 다지며 피네와 함께 식사를 하러 나섰다.

5

식사를 한 다음, 나는 잠시 생각하고 나서 피네에게 물었다.

"피네는……, 어린애를 좋아해?"

"저기……, 제, 제 아이라는 의미로요?!"

피네가 왠지 긴장한 듯이 오히려 내게 되물었다. 무슨 착각을 한 건지.

"아니, 아니. 그냥 어린애가 잔뜩 있는 곳도 괜찮아?"

"아, 그렇군요……, 그런 거라면 괜찮아요! 아, 그런 거라면이라고 해도 제 아이가 괜찮지 않다는 뜻은 아니고요!"

"나도 알아. 그럼 잠깐 어디 좀 들러도 될까?"

"하으……, 들른다고요?"

"그래. 예전부터 친하게 지내던 녀석을 만나러 갈까 싶어서."

나는 그렇게 말하고는 피네에게 목적지에 대해 말했다.

■ ■ ■

제도는 제검성을 중심으로 넓은 성 아랫마을이 원형으로 펼쳐져 있다.

그리고 우리가 향한 곳은 외곽 구역. 그곳에 있는 작은 검술 도장이었다.

"여기는 어디죠?"

"내가 예전부터 친하게 지내던 모험가가 운영하고 있는 도장이야. 무료로 외곽 구역 아이들에게 검술을 가르쳐 주고 있지."

"무료로요?"

"무료 급식을 통해 알고는 있겠지만, 외곽 구역의 대부분은 돈이 별로 없거든. 빠져나갈 수 있는 방법은 얼른 강해지는 거지. 하지만 검술을 배울 돈 같은 건 없고. 그래서 외곽 구역 출신인 녀석들이 무료로 이것저것 가르쳐 주고 있어."

내가 설명하면서 창문을 통해 도장을 들여다보려 하자, 피네도 덩달아 함께 들여보았다. 그곳에는.

"으랴아아아아아아아아앗!!"

"아쵸오오오오오오오!!"

"우오오오오오오오오!!"

"에에에에에에에에에잇!!"

"멍청아! 야! 적당히 좀 해! 부드러운 막대기라고 해도 너무 까불지 말라고!"

"……괴롭힘당하는 건가요?"

"아니, 아이들에게 놀아나고 있을 뿐이지……."

도장 안에서는 여러 아이들에게 공격당하며 두들겨 맞는 남자가 있었다. 밝은 갈색 머리카락과 똑같은 색 눈. 볼부터 목까지 베인 상처가 있었고 약간 험상궂은 느낌이긴 하지만, 아이들에게 당하고 있는 모습을 보니 그런 인상도 날아가 버린다. 이름은 가이. 어렸을 때 자주 함께 놀던 남자다.

지금은 모험가로 활동하면서 이렇게 외곽 구역 아이들을 돌봐주고 있다.

"선생님~. 밖에 누가 있는데~."

"헉! 그렇게 뻔한 수법에 넘어가는 녀석이 어디 있어! 나는 안볼 거다!"

"아~, 어이없다는 눈을 하고 있어~. 분명히 선생님이 알고 지내는 사람일 거라고~."

"선생님이 너무 바보 같아서 어이없어 하고 있다니까!"

"나는 바보가 아니야!"

"그럼 보든가~."

"이 망할 꼬맹이들……, 에잇! 봐주마!"

우리 쪽을 본 가이와 내 눈이 마주쳤다. 가이는 놀란 듯이 눈을 크게 떴고, 그 뒤에서는 아이들이 싱글거리며 웃고 있었다. 내가 무심코 한숨을 쉬자 가이가 뒤에서 달려든 아이들에게 얻어맞았다.

"지금이다! 해치워!"

"진짜로 보네!"

"역시 바보 멍청이야!"

"끄아아아악! 이 녀석들! 진짜로 손님이야! 잠깐만! 기다려! 진정하라고~!"

"후후……, 즐거워 보이네요."

"즐거워 보인단 말이지……."

뭐, 싫어하진 않겠지만, 즐거우냐고 물어보면 미묘할 것 같다. 하루라면 모를까, 거의 날마다 저렇게 기운이 넘치는 아이들을 상대하려면 정말 힘들 것 같다. 결국 가이는 자기 말을 듣지 않는 아이들에게 꿀밤을 한 방씩 먹여주고 얌전하게 만들고 나서 이쪽으로 다가왔다.

"오~! 아르! 오랜만이구나!"

"그래, 잘 지내는 것 같네, 가이. 그런데……, 괜찮은 거야? 끙끙대고 있는데?"

"괜찮아, 괜찮아. 외곽 구역 아이들을 얕보지 말라고!"

"뭐, 그렇다면 상관없긴 한데……."

아이들의 나이는 크리스타보다 약간 어린 정도. 제일 기운이 넘칠 나이다.

도장에는 남자애들만 있다. 여자애들은 다른 곳에서 따로 무언가를 배우고 있을지도 모르겠는데.

"그런데 갑자기 무슨 일로 온 거야?"

"아니, 어떻게 지내나 싶어서. 요즘은 못 만났으니까 조금 걱정되었거든. 그리고 이 근처를 시찰할 겸 온 거야."

"여전하구나! 너희와는 달리 우리는 터프하다고! 그렇게 쉽게 죽어버리진 않아!"

가이는 그렇게 말하며 자신의 팔을 드러냈다. 검을 휘두르는 자의 팔이다. 탄탄하면서도 필요한 근육이 빽빽하게 들어차 있다.

상처 자국도 조금 늘었다. 모험가라 해도 가이의 랭크는 B급이다. 슬슬 A급도 시야에 들어올 무렵이긴 하겠지만, 그래도 압도적으로 강한 것은 아니다. 아슬아슬하게 싸우고 있겠지.

"그런 것 같네. 안심했어. 그런데 검술 도장 아니었나? 그냥 노는 것 같던데?"

"처음에는 이 정도면 돼! 상대방을 공격하면 반격당한다. 반격당하면 아프다. 그것만 배우면 되지. 모두가 모험가가 되는 건 아니니까. 재능이 있거나 꿈이 있는 녀석들은 조만간 알아서 생각하게 돼. 그러면 자세히 가르쳐 주면 되고."

"너처럼 말이야?"

"그래! 외곽 구역 주민을 얕보지 말라고. 귀족님들 같은 형식은 우리에게 필요 없어. 아이에게 가르쳐 줘야 하는 건 공격하면 반격당한다는 것, 그리고 반격당하면 아프다는 거야. 그것만 알면 함부로 상대방을 공격하지 않게 되지. 아픔은 일찌감치 알아 두어야 해. 그러지 않으면 너를 괴롭히던 음침한 귀족처럼 되어 버린다고."

"기드 말이지⋯⋯. 그 녀석은 아픔을 모르고 자란 전형적인 사례이긴 하겠지."

쓴웃음을 짓고 있자니 가이가 눈짓하며 피네를 소개해 달라고 했다. 나는 알겠다면서 가이의 입을 손으로 막았다. 그리고 피네에게 후드를 벗고 얼굴을 보여 달라고 했다.

"네."

"으으읍, 으으읍?!"

"그래, 그래. 조용히 하라고~. 일부러 몰래 온 의미가 없잖아."

내 예상대로 가이는 경악하며 소리를 지르려 했다. 아마 창구희라고 외치려 했을 것이다.

"윽?! 무, 무슨 골칫거리를 데리고 온 거야⋯⋯?!"

"골칫거리 같은 건 데리고 오지 않았어. 그냥 피네하고 제도의 상황을 살펴보러 다니고 있었을 뿐이야."

"창구희하고 같이?! 아르 주제에 건방지잖아! 용서 못 해!!"

"잠깐만⋯⋯, 수, 숨 막혀⋯⋯."

"시끄러워! 제도 남자 전체의 원한을 받아라아아아아아!!"

"하, 항복⋯⋯."

"저, 저기⋯⋯, 아르 님께서 쓰러져 버리실 거예요⋯⋯."

"아, 네. 그래도 괜찮습니다. 이 녀석은 항상 죽을 뻔하곤 해서 의외로 터프하거든요."

단숨에 부드러운 미소를 지은 가이가 내 목을 놓았다.

이 자식……. 그럴싸한 말로 둘러대기는. 그런 생각을 하고 있자니 아이들 중 한 명이 도장 밖으로 고개를 내밀었다.

그리고 무슨 생각을 한 건지 피네 곁으로 다가가 그녀를 끌어 안았다.

"예쁜 여자다~!"

"이 녀석! 너! 부럽잖아!"

"에헤헤! 좋은 냄새가 나~. 저기, 저기, 누나는 선생님의 연인 이야~?"

"후후, 글쎄요."

아이가 끌어안자 피네는 싫어하는 기색도 보이지 않고 그 아이의 머리카락을 쓰다듬으며 그렇게 말했다. 미소를 보여준 게 기뻤는지, 아이가 응석을 부리는 것처럼 피네를 더욱 세게 끌어안았다.

그 모습을 본 가이가 분한 듯이 이를 악물고 있었다.

"어린애한테 질투하냐……."

"시끄러워! 네가 내 마음을 알겠냐고!"

"이쪽으로 와!"

"꺄악! 저기……."

"괜찮아. 놀아줘."

"네, 네!"

피네도 싫지는 않았던 모양이었다. 곧바로 도장으로 들어가 아이들과 친하게 지내기 시작했다. 아이들이 피네에게 찰싹찰싹 달라붙는 모습을 본 가이는 질투와 공포로 몸을 떨기 시작했다.

"아아아아아……, 어떻게 해야 하지……, 슬슬 그만두게 하지 않으면 내 목이 날아가는데……, 그래도, 아이들에게 미소를 짓는 피네 님을 더 보고 싶어……, 아아아아아……, 어떡하지……, 부러워……."

"질투할지, 자기 몸을 걱정할지, 한 가지만 해."

"둘 중 한가지라면 걱정을 더 먼저 해야겠지. 아무리 그래도 목이 날아가는 건 싫으니까."

"너 좀 전에 황자의 목을 졸랐는데, 그런 건 어떻게 생각하고?"

"너는 상관없어. 너에게 불경죄가 적용된다면 에르나가 제일 먼저 잡혀가겠지? 그러니까 괜찮아."

"그게 무슨 논리인데……."

뭐, 이렇게 너무 신경을 써주지 않는 덕에 지금도 계속 교류가 이어지고 있는 거지만. 어렸을 때라면 모를까, 어른이 되면 점점 입장을 의식하기 시작하게 된다. 바보 취급당하더라도 황자는 황자다. 그렇게 거리가 멀어진 녀석들은 꽤 있다. 그런 와중에 가이는 귀중한 존재다.

"정겹네. 에르나와는 좋은 라이벌이었지."

"200패 정도 해놓고 라이벌이라고 하긴 힘들 텐데."

"197패야. 헷갈리지 말라고."

"그걸 굳이 따지냐……."

어렸을 때, 가이는 외곽 구역의 골목대장 같은 존재였다. 중간 구역까지 와서 나쁜 짓을 하는 게 일상다반사였다. 그런 와중에 나와 에르나를 만났다. 처음에는 빵집의 빵을 훔친 가이를 숨겨준 게 계기였던 것 같은데, 에르나에게 들켜서 둘 다 두들겨 맞았다.

그 이후로 가이는 에르나를 라이벌로 간주하며 몇 번이나 도전했다가 몇 번이나 졌다. 하지만, 그 경험이 가이를 강하게 만들었다. 외곽 구역 주민이 터프하다는 말은 사실이다. 이 녀석들은 결코 포기하지 않는다.

가이는 유민이다. 가이의 부모님이 유민이었기에 차별 속에서 자라났다. 그것이 가이가 지닌 반항 정신의 원천이었을지도 모른다. 그럼에도 불구하고 가이는 사람으로서 자상한 마음을 잃지 않고 오늘까지 살아왔다.

모험가로서 그럭저럭 성공한 뒤에도 항상 제도의 외곽 구역에 있는 빈민들을 신경 썼다. 그런 가이이기에 나와도 인연이 끊어지지 않았을 것이다.

나는 그런 생각을 하면서 쓴웃음을 지었다. 도장 안에서는 피네가 아이들과 즐겁게 놀고 있었다. 데리고 오길 잘했네.

"아, 그렇지. 내 제자가 지금 성에 있거든. 만나게 되면 잘 좀 부탁할게."

"제자?"

"재능이 꽤 있는 애거든. 성에서 실시하는 기사 훈련에 추천했어. 지금은 성에서 머무르면서 훈련을 받고 있을 거야."

"호오, 어떤 애인데?"

"여자애인데, 시끄러운 녀석이야. 아무튼 시끄럽지. 만나면 알거야. 시끄럽다고~."

"……짐작 가는 애가 한 명 있긴 한데. 이름을 물어봐도 될까?"

"이름은 리타야."

"……그렇군. 네 제자였냐."

가이의 제자라면 리타의 올곧은 마음도 이해가 된다. 크리스타의 유괴에 대해 자세한 내용은 발표되지 않았다. 아버님이 금지했기 때문이다. 그래서 가이는 리타가 그 사건에 휘말렸다는 사실도 알지 못할 것이다. 나도 말할 수는 없다. 하지만 고맙다는 인사는 별개다.

"너에게는 고맙다는 인사를 해야겠네. 고마워."

"갑자기 왜 그러는데?"

"그 애는……, 훌륭한 기사가 될 거야."

"당연하지? 내 자랑스러운 제자니까!"

가이는 그렇게 말하고 가슴을 펴고는 쾌활한 미소를 지었다.

6

제도 중심가에 있는 거대한 저택. 그 저택의 방안에서 기드는 매우 껄끄러운 상황에 놓여 있었다.

"기드……, 내가 너에게 뭐라고 했지?"

"아, 아버님……, 그, 그게……."

"질문에 대답하도록. 뭐라고 했지?"

제국 역사상 두 번째로 오래된 역사를 귀족인 공작 가문. 호르츠바트 공작 가문의 현 당주. 롤프 폰 호르츠바트. 긴 갈색 머리가 특징인 장년 남자이며, 큰 키에 차분한 분위기를 풍기고 있다. 하지만 그 눈은 싸늘하게 기드를 바라보고 있었다.

롤프는 제도의 귀족을 대표해서 불과 얼마 전까지 남부에서 부흥을 돕고 있었다. 그게 일단락되자 제도로 돌아왔다. 그리고 보류해 두었던 아들에 대한 추궁을 시작한 것이다.

"레, 레오나르트 세력에……."

"전하."

"레, 레오나르트 전하 세력에 합류하라고……."

"그래. 나는 호르츠바트 공작 가문을 위해서 두각을 드러내기 시작한 레오나르트 전하의 세력에 들어가고 싶었다. 누가 이기더라도 호르츠바트 공작 가문이 영향력을 유지할 수 있게끔. 그런데 네가 한 행동은 뭐지?"

롤프는 그렇게 말한 다음, 눈짓으로 기드에게 이야기하라며 재촉했다. 기드는 겁먹은 표정을 지으며 고개를 저었다.

"어, 어쩔 수 없었어요! 아르노르트가 갑자기 화를 내면서 이야기를 듣지 않아서! 전부 그 녀석 잘못이라고요!"

"기드……, 나를 더 이상 실망시키지 말아 다오. 내 질문에 대답하도록. 너는 대체 무슨 행동을 했지?"

부드럽고 온화한 질문이었다. 하지만 그 너머에는 변명을 용납하지 않는 듯한 압력이 있었다.

"아, 아르노르트를 화나게 만들었습니다……."

"전하다. 어째서 배우질 못하는 거지?"

"그 녀석은 찌꺼기 황자입니다! 아무런 장점도 없는 게으름뱅이! 예전부터 저보다 뒤처지는 녀석이었다고요! 그런 녀석을 전하라고 부를 수는 없죠!"

"그래서? 그 아무런 장점도 없고 너보다 뒤처지는 사람이 노려봤다고……, 꼴사납게 엉덩방아를 찧은 거냐?"

"그, 그건……, 그, 그 녀석이 화를 낼 줄은 몰랐으니까!"

"다른 사람을 공격한다는 건 위험한 행위야. 반격당할 우려가 있지. 그러니 공격할 때는 반격을 예상해야 하지. 그런데 너는 하필이면 자신보다 지위가 높은 황자를 공격할 때 반격을 예상하지 못했다. 어리석다고 할 수밖에 없겠지."

"어, 어리석다고요?! 제가요?!"

기드는 놀라운 표정, 그리고 자존심에 상처가 난 듯한 표정을 지으며 롤프를 매서운 눈초리로 바라보았지만, 롤프가 눈을 가늘게 뜨자 곧바로 눈을 피했다.

그리고 갈 곳을 잃은 분노를 바닥에 쏟아내려는 듯이 바닥을 있는 힘껏 몇 번이나 걷어찼다.

"네가 아르노르트 전하를 괴롭힌다는 건 알고 있었다. 날마다 엄한 교육을 받아서 울분이 쌓였기 때문이겠지. 제멋대로 사는 전하가 마음에 들지 않는다는 건 이해가 된다. 괴롭혀서 화풀이를 하는 것도 하나의 방법이지. 그런데 왜 내가 말리지 않았는지 알겠니?"

"그, 그건, 그 녀석이 별것 아닌 황자이기 때문 아닌가요……?"

"더더욱 어리석구나. 알겠니? 나는 네가 배웠으면 했다. 좋은 교훈으로 삼았으면 했다. 다른 사람을 공격하면 쓴맛을 보게 된다는 것을. 하지만 네게는 배울 기회가 없었지. 아르노르트 전하가 반격하지 않았기 때문이다. 나는 안타까웠다. 그리고 너희는 어른이 되었다. 많은 부하들을 이끌게 된 네가 나름대로 어른이 되었다고 생각했다. 하지만 너는 전혀 어른이 되지 못했구나. 내가 상상했던 것보다 너는 유치하고 어리석었다."

"저, 저는 이미 어엿한 어른입니다!"

"어엿한 어른이라면 겉으로 드러나는 표정을 꾸며내는 법이다. 상대방은 황제 폐하의 아들이야. 어린애들끼리 장난을 치는 게 아니라 어른들끼리 대화를 나눌 때는 예의를 차리는 게 당연하다. 너는 그러지 않았지. 그리고 너는 전하에게 반격당했다. 매우 중요하고 매우 중대한 타이밍에 반격당했다. 전부 전하 때문이라고 할 수도 있겠지. 어렸을 때 쓴맛을 봤다면 이렇게 되지는 않았을 테니까. 아르노르트 전하는 어렸을 때부터 충분히 어른이었기 때문에 네가 거만하고 유치한 채로 몸만 성장해 버렸지. 정말 안타깝구나."

마치 아르를 칭찬하는 듯한 말을 들은 기드는 입술을 깨물었다.

자신이 비난당하는 상황에서 아르가 칭찬을 받는다는 건 기드의 마음 속에서 있을 수 없는 일이었기 때문이다.

"그 녀석이 어른이라고요?! 어디가요! 예전부터 아무것도 안 했는데!"

"그래. 그리고 너는 뭐든지 했었지."

"맞아요! 저는 노력했고, 그 녀석은 노력하지 않았습니다!"

"그 결과가 이거다. 노력한 결과, 너는 내 부탁을 들어주는 데 실패했고, 꼴사나운 모습을 많은 귀족들에게 드러냈다. 한편, 아르노르트 전하는 노력을 하지 않고도 그러한 결과를 냈단 말이다. 나는 노력한 바보보다 게으른 현자가 더 마음에 든다만……, 너는 어떻게 생각하지?"

기드는 이제 참을 수 없다는 듯이 물건에 화풀이를 하려고 손을 들어 올렸다.

그 순간. 날카로운 목소리가 날아들었다.

"움직이지 마라."

"으으윽?!?!"

롤프의 목소리를 들은 기드의 발작이 사그라들었다. 그리고 롤프는 자상하게, 그러면서도 잔혹하게 말했다.

"네 교육은 네 어머니에게 일임했다. 그녀가 너를 총애했기 때문이지. 그래서 나는 필요 이상으로 참견하지 않았다. 하지만 그

건 잘못된 선택이었던 모양이구나. 네 방으로 돌아가거라. 너는 머리를 좀 식힐 필요가 있겠어."

"아, 아버님! 저는!!"

"나는 같은 말을 여러 번 반복하는 걸 싫어한다. 이번 건으로 인해 잔드라 전하는 실각했고, 레오나르트 전하가 두각을 드러냈다. 네가 우리 가문에 끼친 손해는 크다. 네가 생각했던 것보다 더."

입을 다물게 된 기드는 갈 곳을 잃은 분노를 다시 쏟아내며 난폭하게 방을 나섰다.

그런 다음, 밖에서 무언가가 부서지는 소리가 들렸다. 그 소리를 들은 롤프는 깊은 한숨을 내쉬었다.

"실례합니다. 아버님. 들어가도 되겠습니까?"

"들어오거라, 라이너."

그렇게 말하고 들어온 사람은 기드보다 약간 어린 소년이었다.

기드와 마찬가지로 키가 크긴 하지만, 기드보다 다부진 몸매였고, 기드처럼 기발한 옷도 입지 않았다. 시원스러운 미소를 드리우고 있는 그 모습은 롤프의 아들이라는 말에 어울리는 분위기였다.

소년의 이름은 라이너 폰 호르츠바트. 올해 열여섯 살이 된 호르츠바트 공작 가문의 차남. 그리고 차기 당주로 예상되고 있는 후계자다. 라이너는 기드만큼 어머니와 닮지 않았기에 어머니는 그를 기드만큼 총애하지 않았다. 그 때문에 롤프도 라이너의 교육에는 참견했다. 그 결과, 형제인지 의심스러울 정도로 두 사람의 성격은 차이가 컸다.

"형님이 날뛰고 있는 모양입니다만?"

"항상 그랬지."

"평소보다 더 날뛰더군요. 아르노르트 전하 때문이라며 소리를 지르고 있었습니다."

"정말……, 자업자득이란 말도 부족하단 말이다. 누구 때문이 아니라 전부 그 녀석 책임이지. 하지만 맡긴 건 내 책임이다. 이 사태는 해결해야만 해."

레오의 세력은 제위 쟁탈전에 파고들었다. 그 레오의 세력에 기드를 보내서 은혜를 베풀 생각이었지만, 오히려 분노를 사는 꼴이 되었다. 레오가 아르를 신뢰하고 있다는 건 보면 알 수 있는 사실. 즉, 아르를 화나게 만들었다는 건 레오의 심기를 거슬렀다는 뜻이다.

"솔직하게 말씀드리겠습니다. 저는 형님이 있는 이상, 레오나르트 전하와 손을 잡는 게 불가능하다고 생각합니다."

"나도 동감이다. 아르노르트 전하는 오랫동안 쌓인 원한 때문에 어떻게 하려는 타입이 아니겠지만, 항상 기드의 행동을 흘려 넘기던 전하가 격노할 만한 말을 해버렸다. 이제 관계 수복은 기대할 수가 없겠지."

"제가 갈 수도 없고요. 그렇다면 어떻게 하시겠습니까?"

"필요하다면 박살 낼 수밖에 없겠지. 레오나르트 전하가 황제가 되면 우리는 지금까지의 영향력을 발휘할 수가 없다. 오랜 공작 가문으로서 존중받는다 하더라도 권력으로부터는 멀어지겠지. 그걸 피하기 위한 책략이 실패해 버렸다."

"그렇죠. 그래도 골치가 아파질 겁니다."

라이나가 한 말을 듣고 롤프가 고개를 끄덕였다. 두 사람은 기드를 노려보던 아르를 제대로 보고 있었다.

많은 사람들은 아르가 갑자기 화를 내서 기드가 놀랐다고 생각하지만, 두 사람의 의견은 그렇지 않았다.

그것은 분명히 힘을 지닌 자의 눈빛이었다. 그 생각이 사실이라면 적이 되는 것은 기세가 붙은 영웅 황자와 오랫동안 재능을 숨겨올 수 있었을 정도로 지혜로운 황자다. 가능하다면 적대시하고 싶진 않다. 하지만, 바보 같은 아들이 적대시하는 첫걸음을 내디뎌 버렸다.

"좀 더 일찍 기드에게 간섭했어야 했어⋯⋯."

"그때만 적당히 넘기려고 했을 겁니다. 저도 깜짝 놀라긴 했지만요. 부탁하러 가는 주제에 고압적으로 다가서다니, 정신이 나갔죠. 그건 본성입니다. 고칠 방법이 없습니다."

"그런 기드를 데리고 이길 수 있을 것 같으냐?"

"뭐든지 쓰기 나름이지요. 여차하면 가문에서 내쫓으면 될 겁니다. 어머님께서 반대하면서 헤어지자고 하면 그러셔도 되고요. 새로운 귀족 분과 결혼하시면 되잖습니까."

"그렇긴 하지. 매우 합리적이다. 기드가 문제를 일으키기 쉽다는 걸 이용해서 뭔가 시키는 것도 괜찮은 방법일지 모르겠군. 그러기 전에 가문에서 내쫓으면 우리에게 타격도 없고."

롤프와 라이너는 그런 생각을 하며 웃었다.

음모를 꾸미는 그 미소는 양쪽 다 싸늘했다.

7

휴전했다고는 해도 아무것도 하지 않을 수는 없다. 하지만 대대적으로 움직일 수는 없다. 그래서 나는 귀찮다고 생각하면서도 최근에 쌓일 대로 쌓인 서류를 훑어보고 있었다.

전부 중요한 사항이 적힌 서류지만, 그 서류 대각선 위에는 전부 붉은 표시가 되어 있었다.

해결된 문제라는 뜻이다. 최근에 여러모로 바빴던 나 대신 피네가 열심히 움직여 주었다. 말하자면 이 서류는 피네의 성과라는 뜻이다.

"홍차 준비가 다 되었어요~."

"고마워."

피네가 홍차를 끓이고는 방긋방긋 웃으며 다과와 함께 내주었다.

피네는 그 작업을 세바스에게도 양보하지 않는다.

세바스도 이제 자신이 하겠다는 이야기를 하지 않고 순순히 피네로부터 홍차를 받게 되었다.

"응? 피네. 이 문제는 해결된 게 아니야?"

"아, 절도 건 말씀이시죠. 죄송합니다. 여러모로 조사해 본 결과, 해결하지 않는 게 나을 것 같아서요⋯⋯."

"해결하지 않는 게 낫다고?"

"제가 설명해 드리지요."

세바스가 그렇게 말하며 우아하게 홍차를 마시고는 설명하기 시작했다.

요약하자면, 상인 몇 명이 절도 사건을 해결해 달라는 탄원을 제출했다.

하지만 잘 알아보니 그 상인들은 악덕 상인이었고, 여기저기에서 비난당하는 자들이었다고 한다.

그리고 그들이 절도 피해를 입은 시기에 외곽 지역 사람들에게 금품이 뿌려졌다.

게다가 목격 정보에 따르면 그 절도범은 몸집이 어린애 같다고 한다. 하지만 제도 수비대나 치안 유지가 직무인 순찰대도 붙잡지 못한 모양이었다.

그렇기 때문에 협력을 조건으로 레오 세력에 포박을 의뢰한 것 같았다.

"제도 수비대나 순찰대도 버거워하는 의적. 붙잡으면 백성들의 반감을 살뿐만이 아니라 일손이 많이 필요합니다. 그렇기 때문에 대처하는 걸 나중으로 미루는 게 어떨까 하고 제가 조언해 드렸습니다."

"그렇군. 재미있을 것 같은 녀석이야."

제노 수비대나 순찰대노 무능하신 않다. 악덕 상인이 피해를 당했다고는 해도 절도 사건을 방치하진 않는다. 온 힘을 다해 붙잡으러 나섰는데도 잡지 못했다면 실력이 꽤 뛰어난 자다.

"암살자 출신인가?"

"그런 것 같진 않습니다. 현장의 상태나 증언으로 보아 물건을 훔칠 때는 꽤 억지스러운 수단을 썼습니다. 암살자의 수법 같진 않군요. 오히려."

"모험가인가?"

"네. 거칠고 호쾌한 느낌. 랭크가 높은 모험가라면 납득되지요."

그래도 랭크가 높은 어린아이 모험가라는 이야기는 들어본 적이 없는데.

하지만, 어찌 됐든 제도 수비대와 순찰대의 수색을 피했다는 건 사실이다.

"크리스타 유괴 사건으로 인해 통감한 게 있어. 일손이 너무 부족해. 크리스타에게는 당분간 근위기사가 호위로 붙긴 하겠지만, 우리 의향에 맞게끔 움직일 수 있는 호위도 필요하지."

"의적을 헤드 헌팅하실 생각이십니까?"

"그렇지. 자유롭게 움직일 수 있는 인재가 필요해. 가능하다면 모험가와 맞서 싸울 수 있는 실력자, 그러면서도 암살자급으로 움직일 수 있는 자가 최선이겠지."

"너무 지나친 걸 바라시는 것 아닙니까?"

"나도 그렇게 생각하긴 하지만, 그에 가까운 인재야. 끌어들이면 최고로 효과적인 전력이 더해지겠지."

"그런데 어떻게 붙잡으실 건가요?"

피네가 묻자 나는 손가락을 하나 폈다.

"시간이 남아도는 적임자가 한 명 있지."

나는 그렇게 말하고는 곧바로 움직이기로 했다.

■ ■ ■

"정말……, 갑자기 나를 끌고 나오다니……."

그렇게 말하며 불평한 사람은 후드를 뒤집어쓴 에르나였다.

에르나의 근신은 이미 풀린 상태다. 하지만 처분은 처분이다. 에르나는 아직 근위기사로 복귀하지 못했다. 하지만, 근위기사가 아니라면 에르나는 자유로운 인재다. 제도를 떠들썩하게 만든 의적을 붙잡기 위해 협력을 받는 것에 문제는 없다. 불평할 사람은 아무도 없을 것이다.

"안타깝게도 우리 쪽은 일손이 부족하거든. 특히 실력자를 놀려두고 있을 여유도 없고."

"그렇다고 해서 악덕 상인이 짐을 옮기는 걸 도우라니……."

"안심해. 이번 일이 끝나면 박살 낼 테니까."

"정말이야?"

"세바스가 그 녀석들 상회에 숨어들었어. 뭔가 정보를 파악해서 순찰대에 넘기겠지."

"그렇다면 됐어."

에르나는 시원스러운 표정으로 짐수레를 보았다. 우리는 악덕 상인이 운반할 예정이었던 짐을 맡았다. 주위에는 에르나와 우리 쪽 호위만 있다. 상인들도 호위를 보내려 했지만, 필요 없다며 거절했다.

그 녀석들이 있으면 귀찮으니까. 만약에 제도에서 손꼽히는 거상이었다면 거절당하더라도 호위를 밀어붙였겠지만, 이번에 의뢰한 녀석들은 중견 상인 정도다.

얌전히 짐을 우리에게 맡겼다. 녀석들도 물건을 뺏겨서 장사를 제대로 하지 못하게 된 모양이었다. 뭐, 꽤 악독한 수법으로 손에 넣은 물건인 모양이니 자업자득이지만.

나는 상인인 척하면서 짐수레 위에 섰다.

"자……, 출발! 알겠냐! 절대로 짐을 뺏기지 마라! 죽어도 지켜라! 상품이 제일이다!"

나는 악덕 상인 같은 느낌을 드러내며 밤의 제도를 나아갔다.

이 짐을 보관 창고에서 가게로 옮기게 되는데, 그 이동 중에 습격을 당하는 것이다. 낮에 이동시키면 되겠지만, 사정이 있는 짐을 낮에 운반하는 건 위험하다.

그런 이유로 인해 우리는 밤의 제도를 빠르게 나아갔다.

"경계해라! 졸지도 말고! 그랬다간 보수는 없다!"

"에휴……, 그런 흉내를 낼 필요가 있어?"

"악덕 상인 같지?"

"그래, 모르는 사람이라면 믿을 정도로 그럴싸하네."

에르나가 한 말을 듣고 나는 만족스러운 듯이 고개를 끄덕였다. 그렇다면 문제는 없다. 평소와는 다르다고 생각하면 나와주지 않을 테니까.

그런 생각을 하고 있자니 앞에서 걸어가던 호위 두 명이 갑자기 쓰러졌다.

"왔나."

"이번에는 꽤 젊은 상인이 왔군그래? 꼬맹아, 쓴맛을 보고 싶지 않다면 짐을 두고 가라."

나타난 것은 후드를 쓰고 창을 들고 몸집이 작은 남자였다. 하지만 목소리를 통해 남자라고 짐작했을 뿐이다. 그런데 키가 1미터 정도밖에 되지 않았다. 들고 있는 창이 더 길다.

몸만 보면 어린애겠지만, 말투는 나보다 더 연상 같다. 이 위화감은 뭐지?

"네가 요즘에 우리 짐을 빼앗고 다닌다는 도둑이냐?"

"우리 짐이란 말이지. 그게 무슨 농담이냐? 도둑은 네놈들이잖아. 나는 되찾으러 왔을 뿐이다."

"합법적으로 손에 넣은 짐이야."

"그러신가. 그렇다면 너와는 말이 안 통하겠군. 되찾아 주마!"

남자는 내게 달려들었다. 그 사이에 끼어든 사람은 에르나였다. 남자의 날카로운 일격을 검으로 막아냈다.

"호오? 내 창을 받아내다니, 꽤 하는데?"

"나도 이렇게 날카로운 공격을 막아낸 건 오랜만이야. 둔해진

감을 되찾는 데 딱 좋겠어."

에르나는 그렇게 말한 다음, 남자를 밀쳐내듯이 연속 공격을 가했다.

다른 호위들도 끼어들려 했지만, 에르나가 소리치며 말렸다.

"걸리적거려! 끼어들지 마!"

"꽤 드센 아가씨로군. 마음에 들었어. 졸개들이 찬물을 끼얹어서야 흥이 깨지지."

남자는 그렇게 말하며 창을 겨누었다. 그리고 한순간, 굵은 목소리로 말했다.

"힘 조절은 못한다. 죽지 마라."

"내가 할 말이야. 네가 죽으면 곤란하니까 열심히 버텨 봐."

"흥……, 헛소리!!"

그 말 이후로 신속의 싸움이 시작되었다.

일격마다 뿜어져 나온 풍압으로 인해 주위 건물에 피해가 발생했다. 에르나가 꽤 진지하게 싸워야 할 상대라. 정체가 뭐지? 저 남자. 남자는 짧은 팔다리를 창으로 커버하며 멋지게 에르나와 맞서 싸우고 있다. 드워프인가? 아니, 그렇다 해도 너무 작다. 그런 생각을 하고 있자니 에르나가 찌르기 공격을 날렸다.

남자가 그 공격을 스치듯이 피한 다음, 갑자기 내 쪽으로 돌아섰다.

"미안하군. 결투를 하는 것도 아니니 말이야. 이야압!!"

그렇게 말한 남자의 창이 내게 향했다.

하지만, 에르나는 그 공격을 이미 예상하고 있었던 모양이었기에 남자의 발을 걸었다.

"어설퍼!"

"뭐어?!"

균형을 잃은 남자를 향해 에르나가 공격을 가했고, 남자는 그 공격을 겨우 창으로 막아내긴 했지만, 멀리 날아가 버렸다. 그리고 남자가 근처에 있던 짚단을 들이받았다.

"훌륭하네."

"그렇진 않아. 감촉이 이상했어."

"이상했다고?"

"얕보고 있네. 그런 목마를 타고 싸우다니."

보아하니 남자 옆에 나무 막대기 두 개가 굴러다니고 있었다. 설마 저걸 탄 채 싸웠던 건가? 에르나하고? 아니, 그건 그렇고 저 체구조차 목마를 탄 거였다고?

내가 그런 의문을 품었을 때, 짚단 속에서 남자가 나왔다. 하지만 그 모습은 우리의 예상을 훨씬 뛰어넘은 모습이었다.

"꽤 하는데, 아가씨."

"……."

"……."

"어엉? 왜 그러지?"

본인은 눈치채지 못했을 것이다. 후드가 벗겨지고 목마도 사라졌기에 남자의 신짜 모습이 드러나 있었다.

거기에 있던 것은.

"새끼곰?"

"앗?! 이런?!"

아무렇지도 않게 말하고 있지만, 그 모습은 새끼곰 그 자체였다. 갈색 털과 까맣고 동그란 눈. 생김새는 완전히 인형 같은 새끼곰이었다.

남자는 당황하며 후드를 다시 썼지만, 이미 늦었다.

애초에 목마를 탄 채 두르고 있던 후드는 헐렁했기에 차림새도 긴장감이 사라졌다.

"쳇! 어쩔 수 없지! 오늘은 그냥 넘어가 주마!"

"앗! 거기 서!"

"쫓아가지 마."

내가 말리자 에르나가 불만이라는 듯이 나를 보았다.

에르나는 결판을 내고 싶겠지만, 어떤 의미로는 목적을 이미 달성했다.

정체가 충격적이긴 했지만, 알아내야 할 건 알아냈다. 이제 찾기만 하면 된다.

외곽에 돈과 화물을 뿌리는 걸 보니 그 녀석이 숨어있는 곳도 어디인지 짐작이 된다.

"일단 돌아가자. 기절한 자들은 짐수레에 태워."

나는 그렇게 지시했다. 에르나는 불만이라는 듯이 나를 째려보았고, 남자가 떠나간 방향을 보았다.

맞붙어 싸우면서 무인의 혼에 불이 붙은 모양이었다.

"붙잡으면 다시 싸우게 해줘."

"상대방이 하기 나름이지."

우리는 그렇게 이야기를 나누며 제도의 밤길을 걸어가기 시작했다.

8

제도 외곽 구역. 나는 그곳에 있는 가이의 도장에 피네와 함께 와 있었다.

"여, 가이."

"오~, 아르. 그리고 피네 님도 잘 오셨습니다! 자, 안으로 들어가시지요!"

태도가 너무 달랐기에 나는 볼을 실룩이며 도장 안으로 들어갔다.

안에는 아이들이 보이지 않았다.

"오늘은 쉬어?"

"아니, 좀 전까지는 아이들이 있었는데, 일찍 돌려보냈어."

"왜?"

"요즘에 의적을 자칭하면서 이런저런 것들을 나누어 주는 녀석이 있거든. 뭐, 딱히 그건 상관없긴 한데, 그 녀석이 나누어 주는 물건을 노리고 불량스러운 녀석들이 어슬렁거리고 있어서. 위험하니까 집에 일찍 보내기로 했거든."

"그렇구나. 마침 잘 됐네. 우리는 그 의적을 찾으러 왔어. 뭔가 단서가 없을까?"

"모르겠는데에."

가이는 그렇게 말하며 눈을 피했다. 보아하니 뭔가 알고 있네.

나는 살짝 한숨을 쉬고는 가이에게 기밀 정보를 말해주었다.

"어젯밤, 세바스가 악덕 상인들의 부정행위 정보를 가지고 와서 순찰대에 넘겼어. 금방 체포당하겠지만, 이번에는 의적 차례야. 상대가 누구든 절도는 절도니까, 보호하지 않으면 잡혀갈 거라고."

"······잡으러 온 게 아니라고?"

"내가 그렇게 정의로운 사람처럼 보여?"

"뭐, 그렇게 보이진 않지."

가이는 그렇게 말하며 머리를 긁적이다가 정좌했다. 한동안 생각에 잠긴 다음, 나를 보았다.

"악덕 상인들은 외곽 주민들에게서 이것저것 갈취했어. 제위 쟁탈전으로 인해서 거상들이 싸우는 동안에 조금이라도 돈을 벌자고 생각했기 때문이지. 그런 와중에 의적이 비합법적인 수단으로 빼앗긴 물건들이나 돈을 되찾아준 거야. 외곽 주민들에게는 영웅이라고."

"나도 알아. 심한 짓을 할 생각은 없어."

"아르 님께서는 그분의 도움을 받고 싶을 뿐이에요. 부디 가르쳐 주세요. 그분께서는 어디 계신가요?"

"……자세한 위치는 모르겠지만, 수상한 곳은 한 군데 있지."

"어딘데?"

"최근에 빈집이 된 곳인데, 아이들이 밥을 가지고 가거든."

"그렇구나. 그 빈집으로 안내해 줄 수 있을까?"

"상관없긴 한데, 지금은 외곽 주민들이 의적의 물건과 돈을 기대하고 있어. 주의를 다른 곳으로 돌리지 않으면 폭도가 되어버릴 텐데?"

"그건 문제없어."

나는 그렇게 말한 다음, 피네를 보았다. 그러자 피네가 힘차게 고개를 끄덕였다.

이해하지 못한 가이가 멍하니 있긴 했지만, 우리는 아랑곳하지 않고 바깥으로 나왔다.

■ ■ ■

"여러분~! 배급품은 잔뜩 있으니까 밀지 말아 주세요~!!"

그렇게 말하며 많은 외곽 주민들 앞에 선 사람은 앞치마 차림인 피네였다.

피네 주위에는 아인 상회의 직원과 호위들, 그리고 기사 몇 명이 있었다.

"배급이라는 이야기가 퍼지면 주의를 돌릴 수 있겠지. 세나가 피네 님도 계시고."

"그럴 생각으로 데리고 온 건 아닌데 말이지."

"응? 그래?"

"그냥 균형을 맞추려는 거야. 악덕 상인들이 제도의 빈곤층을 속이거나 협박해서 금품을 갈취했잖아. 그 사실을 알게 된 이상, 균형을 맞춰 줄 필요가 있으니까."

"나라에서 맞춰주는 게 아니라 너희가 맞춰준다고?"

"안심해. 돈은 아인 상회에서 내주고, 레오는 백성에게 자상하다는 선전도 될 거야. 필요 경비지. 참고로 성에 안건을 올려도 되겠지만, 움직일 때까지 시간이 오래 걸릴 거야."

"그렇구나. 누구나 이득이라는 건가?"

"그런 거지. 내 지갑에도 타격이 없고."

나와 가이는 그렇게 말하며 눈독을 들이고 있던 빈집으로 향했다.

잠시 후, 나무로 만들어진 허름한 집이 보였다.

"내가 먼저 들어간다."

"조심하라고. 에르나와 맞서 싸운 녀석이니까. 뭐, 싸우러 온 건 아니지만."

경계하게 만들지 않게끔 여기에는 가이와 나만 왔다. 에르나는 너무 조심성이 없다고 할 것 같지만, 상대방이 경계하면 허사가 된다. 그리고 나라면 괜찮을 거라는 자부심도 있다.

"자리를 비운 모양인데."

"자리를 비웠다고?"

나는 가이가 한 말을 듣고 집 안으로 들어갔다. 안에는 분명히 생활감이 있었기에 자리를 비웠다는 표현이 잘못된 것은 아니었다. 안에는 인간이 없으니까. 하지만, 하지만 말이다.

"……."

"……."

선반 위에 덩그러니 놓여 있는 새끼곰 인형.

갈색 털과 동그란 눈은 분명히 인형처럼 보였다.

하지만 어제 봤으니 인형인 척 넘어가기는 무리가 있다. 나는 의적 남자에게 말을 걸었다.

"아무리 그래도 그건 아니지. 포기해라."

"……."

"호오? 어디까지나 인형이라며 시치미를 뗄 셈인가?"

"야, 야……, 아르. 괜찮아? 갑자기 인형에게 말을 걸다니."

왠지 모르겠지만 나를 걱정하는 가이를 노려보았다. 이 상황을 보고 알아채지 못하다니, 눈치가 없는 녀석이다.

"잠깐 입 좀 다물고 있어."

"어? 아, 네……, 수다를 떨고 싶으신 거군요……."

왠지 약간 다른 방식으로 배려를 해준 것 같았지만, 뭐, 상관없다. 어차피 나중에 이 녀석도 깜짝 놀라게 될 것이다. 나는 방을 둘러보았다. 이 녀석이 계속 인형 행세를 한다면 내게도 생각이 있다.

"식사를 하려던 참이었던 것 같은데. 아까우니까 내가 먹어 버릴까~."

나는 테이블 위에 있던 빵을 들고 보란 듯이 베어 물었다.

고급 빵은 아니지만, 다른 사람들에게 뽐내듯이 먹으니 나름대로 맛있었다.

왠지 새끼곰의 표정이 약간 바뀐 것 같았다. 화가 난 모양이군. 좋아, 좋아, 이대로 하면 되겠다.

"우선 자기소개를 하겠어. 나는 아르. 아르노르트 렉스 아드라. 이 나라의 제7황자다. 어제는 너를 붙잡기 위해 미끼 역할을 맡았었지."

"아, 아르……, 괜찮아?"

"시끄러워, 입 다물어."

"……오케이. 자기소개는 중요하니까."

가이는 왠지 가엾은 사람을 보는 듯한 눈빛으로 나를 바라보았다. 이 자식…….

무심코 가이를 다그치고 싶어졌지만, 지금 표적은 가이가 아니다. 나는 다시 새끼곰을 보았다.

"네가 상대하던 악덕 상인은 이미 체포했다. 어느 정도 수사가 마무리되면 이번에는 네가 붙잡힐 차례지. 상대가 누구든 절도는 범죄니까. 그래서 내가 너를 스카우트하러 왔다. 내게 협력해라. 그러면 보호해 주마."

"아~, 그렇구나. 의적을 상대할 때를 대비해서 예행 연습을 하는 거였어? 미안해, 좀 안쓰러운 녀석이라고 착각해 버렸다고."

"입 다물고 있어. 나는 이 녀석하고 이야기하고 있다고."

"미안해……, 응, 진짜로, 미안하다……."

답이 없는 녀석을 보는 듯한 눈빛으로 바라보는 가이를 무시하고 새끼곰만을 바라보았다.

틀림없이 이 녀석이 어제 그 습격범이다. 방금 한 이야기에 흥미를 품고 이야기를 들어준다면 좋겠는데, 움직임을 보이지 않는다. 말하는 곰 그 자체처럼 생긴 아인이 있다는 이야기는 들어보지 못했으니 이런 생김새에는 뭔가 이유가 있을 것이다. 아마 그런 이유로 경계심이 강할 것 같다. 어떻게든 나를 믿게 만들어야 하는데.

어떻게 해야 하지? 어떻게 해야 이 녀석의 마음을 열 수 있지?

필사적으로 생각하고 있자니 문이 열렸다. 그리고 피네가 고개를 내밀었다.

"아르 님, 가이 씨. 의적 씨가 있던가요?"

"아니, 자리를 비운 모양이라서요."

피네와 가이가 그렇게 대화를 나눈 순간.

내가 다시 돌아보았을 때는 이미 선반 위에 있던 새끼곰이 사라진 뒤였다.

아차?! 피네가 연 문을 통해 도망치겠어!!

그렇게 생각한 내가 피네 쪽을 보았을 때, 뜻밖의 상황이 벌어졌다.

"아름다운 아가씨……, 이렇게 만난 것도 어떤 운명이겠지요.

이름을 여쭈어도 될까요?"

"어머, 귀여운 새끼곰 씨네요. 저는 피네 폰 크라이네르트라고 한답니다."

피네는 웃으며 대답했다. 그래도 그 반응은 정상이 아닐 텐데. 보통은.

"고, 곰이 말했어?!"

"그래서 내가 말했잖아. 이 녀석이 의적이라고."

"사실이었구나……, 미안, 레오하고 의논할까 생각했었는데."

"너는 진짜……, 뭐, 됐어. 지금은 이 녀석이 문제지."

"당신 성함은요?"

"내 이름은 지크문트 아이슬러. 친한 사람들은 지크라고 부르지. 피네 양도 부디 그렇게 불러줬으면 좋겠군."

그 말을 듣고 나와 가이의 표정이 바뀌었다.

둘이서 서로 얼굴을 마주 보았다. 둘이서 동시에 그렇게 느낀 걸 보니 아마 착각이 아닐 것이다.

"동명의 S급 모험가가 있지?"

"그래. 대륙 전토, 수없이 많은 모험가들 중에서 최강의 창병이라는 평가를 받던 남자의 이름이 지크문트야."

"호오? 나를 알고 있는 걸 보니 자네도 모험가인가? 나를 알고 있다면 물러나시지. 나는 지금, 피네 양과 대화를 나누고 있다."

그렇게 말한 지크는 미소를 지으며 피네를 돌아보았다. 들어본 적이 있긴 하다. 그 찌르기는 신속이자 불가피라는 평가까지 받

으며 모험가이면서도 대인전에 매우 강한 무인.

단순한 기교만으로 따지면 틀림없이 모든 모험가 중에서도 다섯 손가락 안에 꼽힐 거라고 하는 강자.

그와 동시에 다른 소문도 한 가지 들은 적이 있다.

"지크문트는 여자를 정말 좋아해서 많은 여자들에게 추파를 던진다는 걸로도 유명했지. 하지만 반년 정도 전에 행방불명되었고, 애초에 인간이었을 텐데……?"

"그 문제와도 여자를 좋아하는 성격과 관련이 있을지 모르지."

인간이 자연적으로 새끼곰이 될 리가 없다. 혹시 이 녀석이 본인이라면 어떤 마법 또는 약으로 인해 생김새가 바뀌었다는 뜻이다. 하지만 스스로 새끼곰으로 변신했을 것 같지는 않으니 아마 여자 관계로 인해 뭔가 문제가 생겼을 것 같다.

나는 그렇게 예상하며 피네를 끌어안으려 하던 지크를 있는 힘껏 짓밟았다.

"끄아악?!"

"야, 난봉꾼. 좀 전에 했던 질문에 대답해라."

"무슨 짓을 하는 거냐! 애송이?! 이렇게 사랑스럽게 생긴 새끼곰을 짓밟다니, 너에게는 정이라는 것도 없는 거냐?!"

"원래는 인간이잖아."

"들었나?! 피네 양! 이 녀석이 괴롭혀~."

지크가 그렇게 말하고 우는 시늉을 하면서 다시 피네를 끌어안으려 했지만, 나는 그의 목에 가지고 온 목줄을 채웠다.

우리 할아버지의 비장품이다. 내가 가지고 있는 열쇠를 쓰지 않는 이상, 풀 수는 없다.

　"이게 뭐야?! 사랑스러운 생김새를 망치잖아?! 풀어!!"

　"그건 마도구다. 전용 열쇠로만 풀 수 있지. 가능하다면 쓰고 싶진 않았지만, 어쩔 수 없겠어."

　"흥! 그래서 어쨌다는 거냐! 사슬을 달아두지 않은 게 실수였군! 도망쳐 버리면 내 승리라고!"

　지크는 그렇게 말하며 밖으로 도망치기 시작했다. 새끼곰인데도 두 발로 전력질주하는 모습이 왠지 초현실적이었다. 게다가 꽤 빨라서 점점 멀리 가버렸다.

　"그래서? 그 마도구의 효과는 뭐야?"

　"금방 알게 될 거야."

　보아하니 좀 전까지 두 발로 뛰어가던 지크가 어느새 네 발로 뛰어가고 있었다. 게다가 꽤 느릿느릿 움직이고 있다. 다른 사람이 보면 장난을 치는 것 같겠지만, 그게 저 목줄의 효과다. 열쇠를 지니고 있는 사람에게서 멀어지면 멀어질수록 몸이 무거워진다.

　잠시 기다리고 있자니 지크가 포기하고는 어깨를 늘어뜨린 채 돌아왔다.

　"우리에게 협력할 거냐? 체포당하는 것보다는 낫잖아?"

　"네……, 협력하겠습니다……."

　"아르 님, 그런데 호위를 맡긴다 하더라도 저런 목줄을 채워둔 채로는 불편하지 않을까요? 그리고 왠지 가엾어요."

"열쇠의 소유자의 판단에 따라 무게를 느끼는 범위를 조정할 수 있어. 그리고 이 녀석을 동정할 필요는 없다고. 틀림없이 글러먹은 녀석일 테니까."

"어째서 그렇게 단정짓는 거지?! 나는 불행하게 이런 몸이 되었는데도 불구하고 외곽 구역의 곤란한 사람들을 위해 여러모로 노력했단 말이다!"

"그래? 그럼 저건 뭐지?"

나는 천으로 가려져 있는 구석을 손가락으로 가리켰다.

여기 오기 전부터 알고 있었다. 이 녀석이 탈취한 물품을 외곽 주민들에게 나누어 주기도 했지만, 그와 동시에 돈도 꽤 많이 훔쳤다. 하지만 나누어 준 돈의 액수가 맞지 않는다.

나는 천을 걷어냈다. 그러자 그 안에는 돈이 잔뜩 숨겨져 있었다.

"곤란한 사람들이 빼앗긴 돈이라면 전부 돌려주는 게 도리 아닐까?"

"아니⋯⋯, 그게 말이지요. 정의의 히어로도 아무런 대가가 없으면 좀⋯⋯."

나는 눈을 피하는 지크를 보고 한숨을 쉬었다.

그리고 가이와 함께 그 돈을 몰수했다. 그러자 지크가 내 다리에 매달렸다.

"용서해 줘! 그 돈으로 이 나라의 황녀에게 저주를 풀어 달라고 의뢰할 거라고! 부탁이야~, 나를 돕는다고 생각하고!"

"황녀라면 잔드라 말이야?"

"맞아, 맞아. 녹색 머리카락 황녀님 말이지. 얼굴이 매섭게 생긴 미인이었어."

"그렇다면 그만둬. 그 녀석은 금술 연구를 좋아하지만, 다른 사람을 돕진 않아. 이용당하기만 하거나 실험체가 될 뿐이라고. 애초에 지금은 근신 중이고."

"무서운 말 하지 말고……, 그런데 잘 알고 있네? 혹시 진짜로 황자냐?"

"그래, 맞아. 좀 전에 자기소개를 했잖아?"

"아니, 오라가 너무 없길래 거짓말인 줄 알았지."

이유가 뭘까. 그런 말을 듣는 건 익숙함에도 이 녀석이 그런 말을 하니 매우 짜증이 나는데.

나는 그런 생각을 하며 지크를 안아들었다.

오, 감촉이 꽤 좋은데.

"그만둬! 남자에게 안기는 취미는 없다고!"

"어쩔 수 없잖아. 새끼곰에게 목줄을 채워서 걸어가게 하면 다른 사람들이 이상하게 생각할 거라고. 한동안 인형 행세하고 있어. 성에서 이야기를 차분하게 들어줄 테니까."

"그만둬! 앗! 피네 양! 그렇게 쓰다듬으며언~!!"

"푹신푹신하네요~."

"오옷! 감촉이 엄청 좋긴 하네."

"그만둬! 남자는 만지지 마! 귀여운 애에게만 허락할 거라고! 그만!"

나는 피네와 가이가 마구 만져 대자 축 늘어진 지크를 옮겼다.

감촉이 신들린 것처럼 좋으니까 크리스타나 리타에게도 만지게 해주자고 결심하며 나는 지크를 마차에 태웠다.

9

"꽤 좋은 방에 사는군. 역시 황자라 그런가?"

"그거 고맙네. 자, 그럼 이야기를 해보라고. 어쩌다 그런 모습이 된 거야?"

피네가 홍차를 준비하기 시작하자 나는 핵심에 가까운 질문을 던졌다.

그러자 지크가 심각한 듯한 표정으로 고개를 숙였다. 그리고.

"발단은 지금으로부터 반년 정도 전이었어. 나는 어떤 숲속에서 여자와 만났지."

"그렇군. 네가 잘못했어."

"아직 아무런 설명도 안 했는데?!"

"안 들어도 짐작이 된다고! 어차피 손을 댄 거잖아?!"

"아직 대지 않았어! 대기도 전에 이런 모습이 되어버렸다고!"

지크는 분하다는 듯이 탁자를 내리쳤다. 원통하다는 감정이 그 모습에서 절실하게 느껴졌다.

이 녀석, 얼마나 여자를 좋아하는 거야?

"에휴……, 그래서? 그 여자에게 당한 거야?"

"아니야. 그 여자의 여동생에게 당했다고⋯⋯."

"그야 언니에게 지독한 벌레가 꼬이면 여동생으로서 막기도 하겠지."

"그것도 아니야! 이상한 비약을 먹어서 이런 모습이 되어버렸을 때! 나도 그렇게 생각했다고! 그런데 여동생은 이쪽이 더 귀여운 것 같다고 했단 말이다?! 나는 그런 이유 때문에 이렇게 큐트한 새끼곰이 되어 버렸다고!!"

지크가 엉엉 울기 시작했지만, 큐트하다고 하는 걸 보니 이러쿵저러쿵해도 지금 모습 또한 마음에 드는 것 아닐까.

그런데 귀여울 것 같다는 이유로 인간을 새끼곰으로 바꾸다니. 그 여동생은 대체 뭐지?

"대체 어떤 숲에 갔었는데?"

"그건⋯⋯, 비밀이다. 의뢰로 간 곳이니까."

지크는 눈을 피했다. 역시 랭크가 높은 모험가라 그런지 그런 부분은 확실하게 지키고 있는 것 같다. 개인적으로 의뢰를 받을 때는 의뢰자가 비밀로 해달라는 경우도 꽤 있다.

S급까지 올라간 모험가라 그런지 난봉꾼이라 해도 그런 부분은 지키고 있구나.

"홍차 준비 다 됐어요~."

"오~, 피네 양의 홍차! 잘 먹겠습니다!"

"먹을 수가 있어?"

"그래! 식사도 할 수 있다고. 바뀐 건 모습뿐이야."

"인형이 된 게 아니었구나."

"인형처럼 보이는 것뿐이지. 앗 뜨거! 후~, 후~."

홍차를 마시려던 지크가 인상을 찌푸리고는 급하게 홍차를 입으로 불었다. 나도 마셔보았지만, 딱히 뜨겁진 않았다. 그런 부분도 곰이 되었다는 건가? 의외로 힘들지도 모르겠다.

"원래대로 돌아갈 방법 말인데, 찾아볼게."

"응? 짐작 가는 곳이 있나?"

"실버라면 뭔가 알고 있을지도 모르니까."

"……실버와 알고 지내는 사이야?!"

지크가 홍차를 불다가 멈추고는 놀란 듯한 표정으로 이쪽을 보았다.

알고 지내고 뭐고, 본인인데 말이지. 뭐, 그 사실에 대해 말할 수는 없기에 적당히 둘러댔다.

"뭐, 그렇지. 이러쿵저러쿵해도 실버는 나와 동생에게 협력해 주고 있어. 일단은 의논만이라도 해볼게. 하지만, 기대하진 마라? 비약을 먹고 그렇게 되었다니 실버의 전문 분야는 아닐 것 같으니까."

"그래도 고맙군! 그 가면 쓴 모험가라면 뭔가 알고 있을지도 모르니까!"

"그럼, 지크. 확인한다. 우리는 너를 보호하고 실버에게 원래 모습으로 되돌릴 수 있을지 연락을 해볼 거야. 그 대신, 너는 우리를 돕는 거야. 그러면 되겠어?"

"그래! 나도 이의는 없어. 그러니까 얼른 이걸 풀어다오."

지크는 자신의 목에 묶인 목줄을 가리켰다. 하지만 나는 그것을 풀어줄 생각이 없었다.

"안 돼."

"어째서?!"

"네가 이상한 짓을 하지 않게끔, 그건 계속 달아둘 거야."

"그럴 수가?! 너무해! 피네 양~!"

지크는 그렇게 말한 다음, 가볍게 뛰어서 피네를 끌어안으려 했다. 피네도 받아 낼 자세를 취하고 있었지만, 중간에 지크가 아래쪽으로 떨어졌다.

"끄에엑!!"

"그런 짓을 하지 못하게끔 목줄이 필요한 거라고."

"괜찮으신가요? 지크 씨."

"이, 이놈……."

목줄을 단숨에 무겁게 만든 것이다. 그 때문에 지크는 바닥에 내동댕이쳐졌다.

겨우 고개를 든 지크는 나를 노려보고는 마치 사나운 맹수처럼 이빨을 보였다.

"그쪽이 그럴 셈이라면 해치워 주마! 열쇠 내놔아!!"

지크는 그렇게 말하며 달려와서 거리를 좁히고는 내 팔에 찰싹 달라붙었다.

그 모습은 곰이라기보다는 코알라 같았다.

"어떠냐! 항복할 테냐!"

"뭐가?"

"……어라? 무겁지 않아?"

"네가 움직일 수 없는 정도의 무게로만 조정했어. 무게가 느껴지긴 하지만, 애초에 가벼우니까."

나는 그렇게 말하며 지크의 무게를 점점 늘려나갔다. 팔에 아이가 매달린 듯한 정도의 무게가 실렸다. 그리고 지크가 점점 아래쪽으로 내려갔다.

지크는 그럼에도 불구하고 떨어지지 않겠다는 듯이 팔에 힘을 주었지만, 부들부들 떨리는 걸 보니 슬슬 한계인 것 같다.

"젠장……, 이걸로 이겼다고 생각하지 마라! 언젠가 반드시 열쇠를 되찾아서 이 설욕을, 끄엑!!"

지크는 그렇게 말하던 도중에 내 팔에서 떨어져서 엎드린 상태로 바닥에 떨어져 버렸다.

그런 상황에서도 어떻게든 일어서려 했지만, 나는 무게를 더욱 늘려주었다.

"뭐, 할 말 있어?"

"죄송합니다. 가볍게 해주세요."

"좋아."

그렇게 말한 다음, 지크의 무게를 줄여 주었다.

하지만, 지크는 그걸 기다리고 있었다는 듯이 점프해서 내게 달려들었다.

"걸렸구나!"

"네가 말이지."

"아~~~~?!?! 끄억!"

점프를 했기에 지금까지보다 더 높은 곳에서 바닥에 떨어진 지크가 이상한 소리를 내고는 움직이지 않게 되었다. 한동안은 그대로 두어야겠다.

"도움이 필요할 때는 부르마. 그때까지는 얌전히 있으라고."

"……네."

그런 이야기를 주고받은 다음, 나는 서류를 정리하기 시작했고, 지크는 바닥을 천천히 기어서 의자로 돌아가려 했다.

중간에 피네의 치마 속을 엿보려 했기에 무게를 세 배로 늘려주었더니 뭉개져 버린다고 비명을 질렀지만, 벌로 방치해 놓기로 했다.

새끼곰 모습으로 변해 버렸다고는 해도 S급 모험가다. 꽤 강한 전력이라는 건 분명하지만, 그와 동시에 골치 아픈 녀석을 끌어들인 것 같다. 뭐, 제대로 써먹기만 하면 괜찮겠지만.

나는 그렇게 생각하면서 피네가 내준 홍차를 마셨다.

10

"이봐, 꼬맹이. 나는 일이 있다길래 불려왔다만?"

"그래, 그래서 일을 부탁했잖아?"

"크 쨍! 이 곰이 말을 해!"

"감촉이 대단해……, 기분 좋아."

"일이라는 게 애를 보는 거였냐고!!"

지크가 곰처럼 약간 무서운 표정을 지으며 따졌다.

하지만 리타와 크리스타에게 놀아나는 모습을 보니 무섭다는 생각은 전혀 들지 않았다.

마침 리타와 크리스타가 놀러왔기에 놀이 상대로 지크를 붙여 줘 보았다.

지크는 여자라면 누구나 좋아하는 게 아닌 모양이었고, 특히 어린애는 수비 범위에서 벗어난 모양이었다. 그래서 크리스타와 리타가 만져도 귀찮아할 뿐이었다. 귀찮아할 뿐, 화를 내지 않는 걸 보니 어린애를 싫어하는 건 아닌 모양이다.

"이봐, 아가씨들. 난 이래 봬도 원래는 인간이었거든?"

"오~! 리타도 곰이 되고 싶어!"

"하지만 지금은 곰이야……."

"아니, 말 좀 들으라고!"

잡아당기거나, 쓰다듬거나. 지크가 그런 짓을 당하며 필사적으로 호소했지만, 두 사람은 전혀 이야기를 들을 낌새를 보이지 않았다.

어린애니까. 말하는 새끼곰, 게다가 생김새는 귀엽고 감촉이 좋으니 당연히 만질 수밖에 없다.

"이제 곧 일이 끝날 거야. 그때까지만 상대해 줘."

"어쩔 수 없지……, 너, 찌꺼기 황자라고 불리지 않았나? 무능하고 무기력한데다 글러먹은 황자라는 소문이 돌던데. 잠깐! 동시에 잡아당기지 마라! 찢~어~져~!!"

"소문은 사실이야. 그런데 요즘은 할 일이 많아서 말이지. 무기력하게 지낼 수는 없다고."

"못하는 게 아니라 안 했을 뿐인가? 팔자도 좋으시군, 정말."

"아무것도 하지 않아도 곤란하지 않은 게 황자니까. 모처럼 좋은 환경에 태어났으니 마음껏 응석을 부려야지."

나는 그렇게 말하며 세바스가 가져온 다양한 정보를 머릿속에 넣었다.

별것 아닌 정보가 대부분이었지만, 그런 정보가 유용할 경우도 있다. 대대적으로 움직일 수 없기에 사소한 정보를 신경 쓸 필요가 있다.

"동생을 황제로 만들기 위해 필사적으로 노력하다니, 좋은 형 행세를 하는군. 이봐! 눈은 하지 마! 눈은!"

"필사적으로 노력하는 게 아니야. 적당히 의욕을 내고 있을 뿐이지. 다른 녀석들이 이기면 처형당할지도 모르니까."

"도망치면 되잖아. 방법은 얼마든지 있을 텐데."

"나 혼자라면 도망치겠지만 말이지."

나는 크리스타와 리타를 보았다. 도망친다면 이 아이들도 데리고 가야만 할 것이다. 세력이 점점 늘어났고, 지켜야만 할 것들도 늘어나고 있다. 이세 노망치는 건 비현실적이다.

"그렇군……, 물러터진 녀석이야."

"뭐라고 하든 상관없어."

"뭐, 싫진 않지만 말이다. 그래도 기억해 둬라. 내게 일을 맡긴다면 나는 내 방식대로 할 거다. 불평하면 안 된다고?"

그렇게 멋진 말을 했지만, 리타와 크리스타가 양쪽 귀를 잡아당겨서 얼굴이 이상한 느낌으로 늘어난 상태다. 전혀 멋진 모습이 아닌 게 초현실적인 느낌이다.

"뭐, 그건 맡기도록 하지. 책임은 내가 질 테니 마음대로 움직이라고. 결과만 내면 불평하진 않겠어."

"그거 좋군. 마음대로 하마. 이봐! 이제 귀는 그만해! 차라리 팔이나 다리를 잡아당기라고!"

"단, 여자 쪽 문제는 일으키지 마라?"

"이런 모습이니 말이지. 그건 꽤 힘들다고. 뭐, 나쯤 되면 반하는 여자가 한두 명 정도는 생기지만, 그건 내 잘못이 아니니까."

양쪽 팔을 잡아당겨서 공중에 뜬 지크가 그런 말을 늘어놓았다.

뭐, 틀림없이 지금의 지크에게 반할 여자는 없을 테고.

"그럴 염려는 없으니까 안심해. 자, 끝났다. 크리스타, 리타. 뭐 하고 놀까?"

"지크 가지고 놀래……."

"리타는 술래잡기를 하고 싶어! 지크가 술래야!"

"좋아! 단숨에 끝내 주지……, 이봐?! 무겁게 만드는 건 비겁하잖아?!"

"상대는 어린애라고. 힘조절 좀 해."

"그렇게 말하면서 너도 도망치고 있잖아?! 비겁하다?!"

나는 무거워진 채 바닥에 달라붙은 지크를 내버려 두고 크리스타, 리타와 함께 도망쳤다.

11

"온천?"

"그래, 온천. 다 같이 가는 건 어떨까?"

그것은 갑작스러운 제안이었다. 배급부터 시작해서 지크의 포박 등, 연달아 외출해서 그런지 몸 이곳저곳이 아프던 내게 에르나가 온천에 가자고 제안한 것이다.

장소는 제도 근처의 오래된 온천 여관인 '하일룽'. 상처나 몸의 피로를 치유해 준다는 효과가 있다는 소문으로 인해 오래 전부터 황제나 유명한 전사가 이용한 것으로 유명하다.

하지만 솔직히 가고 싶지 않다. 우선 첫 번째 이유, 귀찮다. 솔직히 말해서 피곤하기 때문에 외출할 기분이 아니다. 어째서 피로를 풀기 위해 피곤해져야만 하는 건데.

두 번째 이유로는 지금 같은 타이밍에 에르나가 그런 이야기를 꺼낸 게 신경 쓰인다. 뭔가 속셈이 있는 것 같다.

그런 생각을 하고 있자니 에르나가 내 생각을 눈치챈 건지 한숨을 쉬었다.

"딱히 속셈 같은 건 없어."

"그럼 왜 갑자기 가자는 건데?"

"어머님께서 요즘 아르가 열심히 하고 있는 것 같으니까 온천에 가서 쉬고 오라고 하셨어. 나도 근위기사 임무를 맡게 되면 갈 기회가 없을 테고."

에르나의 근신이 이미 풀렸다고는 해도 아직 근위기사로 복귀하지는 않았다.

아버님도 크리스타를 지키지 못했던 책임을 물어서 근위기사에서 제외했기에 체면상 복귀시킬 계기가 필요할 것이다. 복귀시키고 싶긴 하지만, 아무런 조건도 없이 복귀시킬 수는 없는 상황일 것이다.

하지만 즉위 25주년이 다가오는 와중에 계속 에르나를 놀려둘 여유는 없다. 조만간 근위기사로 복귀하라는 칙명이 내려질 것이다. 그렇게 되면 에르나는 다시 바빠지게 된다.

그러기 전에 푹 쉰다는 건 바람직한 생각일 것이다. 하지만.

"그럼 그렇게 하라고……, 솔직히 말해서 외출할 기운도 없어."

"한심하네."

에르나는 한숨을 쉬면서 방에 있던 의자에 앉았다. 그리고 다리를 꼬고는 나를 향해 말했다.

"아르는 가기 싫을지도 모르겠지만, 다른 사람은 어떨까?"

"내가 일부러 온천에 따라갈 필요는 없잖아……."

"필요는 없지만, 따라와 줬으면 하는 사람은 있을 거야."

"누군데?"

"누굴까아?"

에르나는 그렇게 말하며 둘러대는 듯한 표정을 보였다. 그 여유는 뭐지? 평소였다면 됐으니까 따라오라면서 밀어붙였을 텐데. 대체 뭐지?

기분 나쁜 예감이 든다. 그렇게 생각한 순간, 방문이 열렸다.

"형! 온천에 갈 거면 나도 갈래!"

레오가 신이 난 듯이 들어왔다. 평소보다 더 밝은 미소다. 완전히 들뜬 상태다.

무심코 한숨을 쉬며 에르나를 보았다. 에르나는 나와 눈을 마주치려 하지 않았다.

"……레오. 나는 간다고 하지 않았는데."

"어~? 크리스타하고 피네 양도 이미 초대해 버렸는데."

"너는 대체 어째서……."

나는 어이가 없어서 얼굴을 가렸다. 레오는 이렇게 모두 함께 무언가를 한다거나 어딘가에 가는 걸 좋아한다.

어렸을 때부터 가족 여행을 동경했다. 하지만 그건 동경이다. 황제와 비, 그리고 황자가 이동하게 되면 호위할 필요도 있고, 일이 커진다. 가족들끼리만 즐거운 여행을 할 수가 없다.

어른이 된 이후로는 제위 쟁탈전이 시작되어서 그럴 겨를도 없었으니 레오가 보기에는 꿈을 이룰 수 있는 기회일 것이다.

"너, 제도 수비대 지휘는 어쩌려고?"

"하루 정도는 괜찮아. 명예 장군이니까."

"세력 쟁탈전 중이잖아? 휴전 중이라고는 해도 말이지……."

"에리크 형은 오늘 낮에 제도를 떠날 거야. 외무대신이니까. 고든 형님의 세력도 움직이지 않을 테니 괜찮아. 다른 일도 마리가 맡아 주겠다고 했어."

"……."

쳇, 상황이 가도 되는 쪽으로 갖춰져 버렸다.

지금 레오가 온천에 가는 건 좋은 인상을 주게 된다. 마음만 먹으면 뭔가 할 수 있는 상황에서 움직이지 않는다는 건 아버님의 뜻을 거역할 생각이 없다는 자세를 드러내는 것과 이어진다.

제위 쟁탈전의 시점으로 봐도 꽤 괜찮은 책략이다. 단, 내가 갈 이유가 되진 않는다.

"그렇게 가고 싶으면 너하고 에르나만 다녀와."

"형만 두고 갈 수는 없어."

"아니, 꼭 좀 두고 가줘."

"요즘은 쉬지도 않았잖아? 가끔은 친한 사람들끼리 느긋하게 쉬자고."

"아니……, 그, 나는 느긋하게 쉬고 싶으니까 가고 싶지 않다는 건데."

그렇게 평행선처럼 이야기를 주고받고 있자니 이번에는 피네가 린피아와 함께 왔다.

그녀도 왠지 들뜬 낌새였다.

"아르 님! 온천에 가시나요?! 저도 가고 싶어요!"

"아니, 아직 간다고 결정한 건 아닌데……."

"봐, 피네 양도 갈 생각이거든?"

레오가 그렇게 말하며 내게 선택을 강요했다. 레오, 피네, 에르나. 설마 이 세 사람이 결탁하다니.

나는 마지막으로 도와줄 거라 믿으며 린피아를 보았다.

"탕치를 하러 가시는 거라면 찬성이에요. 지금은 피곤해서 움직이는 게 귀찮을지도 모르겠지만, 온천에 몸을 담그면 피로를 확실하게 풀 수 있으니까요."

"린피아까지……."

내 편을 들어줄 줄 알았는데…….

나는 어깨를 축 늘어뜨렸지만, 역시 포기할 수는 없다. 탕치? 그런 것에 의존할 정도로 중상을 입은 건 아니다. 그냥 몸이 지쳤을 뿐이다. 적당히 자기만 해도 회복된다.

오히려 온천에 가면 더 피곤해질지도 모른다.

"나는 가고 싶지 않아."

"저기……."

"형, 이건 형을 위해서라고."

거짓말. 얼굴에 네가 가고 싶다고 쓰여 있거든? 레오.

속을까 보냐, 그렇게 생각하며 굳은 표정을 짓고 있자니 다른 손님이 왔다.

"아르 오라버니……, 온천……."

크리스타가 방 밖에서 고개만 내밀고는 나를 빤히 바라보았다.

가고 싶다는 감정이 시선을 통해 느껴졌다.

그런 크리스타 뒤에서 리타가 고개를 쏙 내밀었다.

"리타도 가고 싶어~!! 아르 오빠, 데리고 가줘!!"

"리타까지……, 이 멤버로 가려면 스케줄 조정이."

"제게 맡겨주십시오. 전부 조정해 두었습니다."

"……."

소리없이 나타난 세바스가 놀랍게도 일이 끝났다는 선언을 해 버렸다.

어째서지?! 주인은 나잖아?!

평소에는 그 유능함 덕분에 도움을 받고 있긴 하지만, 이럴 때는 골치만 아프다.

나는 세바스를 있는 힘껏 노려보았지만, 세바스는 아랑곳하지 않았다. 게다가.

"아르노르트 님께서 가시지 않는다면 제도에서 소문이 퍼질지도 모르겠군요. 레오나르트 황자님께서 에르나 님과 피네 님을 데리고 몰래 여행을 가셨다고요. 레오나르트 님의 이미지가 망가져 버릴지도 모릅니다."

"내가 가더라도 마찬가지잖아?!"

"아르노르트 님과 레오나르트 님, 그리고 에르나 님께서 소꿉친구시라는 건 모두가 아는 사실입니다. 사이가 좋은 세 분과 피네 님, 크리스타 님과 친구 분까지 따라간다면 아무런 문제도 없는 가족 여행입니다."

그 논리는 대체 뭔데. 제도 주민들은 그렇게 납득하는 건가?

레오를 동경하는 여자들, 피네를 동경하는 남자들이 내가 사이에 끼기만 해도 순순히 물러선다고?

"아르노르트 님의 탕치에 함께 따라갔다는 것으로 하면 전부해결됩니다. 다시 말해 아르노르트 님께서는 반드시 가실 필요가 있지요."

"어째서 그렇게까지 나를 보내려 하는 거야……."

"제위 쟁탈전도 치열해졌고, 아르노르트 님과 레오나르트 님께서는 무리하고 계십니다. 상처를 입고, 피로도 쌓였을 겁니다. 지금은 쉬는 기간이니 온 힘을 다해 쉬어야 합니다."

"에휴……, 알았어, 알았어. 가면 되잖아, 가면."

"정말로?! 앗싸!!"

레오가 어린애처럼 천진난만하게 기뻐했고, 크리스타와 리타가 들뜬 모습을 보였다.

얼마나 가고 싶었던 거야? 이 녀석.

"멤버는 나, 레오, 에르나, 피네, 린피아, 크리스타, 리타, 세바스. 이렇게 여덟 명이면 되겠지? 이 멤버면 호위도 필요없을 테고."

"이봐, 이봐, 나를 잊으면 곤란하지. 애송이."

지크가 그렇게 말하고 씨익 웃으며 방에 들어왔다.

"온천……, 그것은 남자의 이상향! 벽 건너편에 보이는 것은 매혹의 화원! 도전해야 할 것인가, 물러서야 할 것인가! 그때 남자의 배짱을 시험받게 되지! 처음이라면 겁을 먹겠지만, 안심해라! 이 지크 님께서 네 꿈을 이루어 주마! 애송이! 나를 따라와라!!"

"너는 남아서 집이나 지켜."

"뭐라고오오오?!?!"

자신에게 도취되어 있던 지크가 현실로 갑자기 되돌아와서 경악한 표정을 드러냈다.

나는 경악한 게 오히려 경악스러운데. 당연하지만, 엿보려는 녀석을 데리고 갈 리가 없지.

"너, 엿볼 거잖아. 방금 그렇게 선언했잖아."

"여, 엿보진 않아. 방금 했던 말은 뜨거운 탕에 들어가려면 용기가 필요하다는 비유로 말이지."

무슨 비유냐고. 아무리 생각해도 엿보기 선언이었잖아.

"무슨 말을 해봤자 소용없어. 너는 남아."

"이봐?! 그래도 남자냐?! 너무하지 않아?! 같은 남자로서 가엾지도 않냐고?!"

"전혀 그렇지 않은데. 요만큼도."

"이 망할 녀석! 보아하니 너 혼자 엿볼 셈이구나?! 가고 싶지 않다고 하면서도 용의주도하게 엿볼 계획을 세우고 있는 거겠지? 너만 그렇게 좋은 걸 하게 둘 순 없지! 미녀의 속살은 모든 남자의 공유 재산이라고!"

지크가 그렇게 말하고는 나를 향해 덤벼들었다. 하지만, 그 순간에 목줄을 무겁게 만들어서 바닥에 떨어뜨렸다.

"끄엑!!"

"너를 위해서 남겨두고 가는 거야. 엿봤다가는 곧바로 에르나에게 베일 걸?"

"요, 용사가 그런 게 무서워서 엿보는 걸 포기하겠냐……, 데, 데리고 가……, 나를 데리고 가라고!!"

"훌륭한 마음가짐이지만, 안 돼."

"대체 왜! 데리고 가라고! 나도 가고 싶어! 가고 싶단 말이야!"

지크는 그렇게 말하며 바닥을 데굴데굴 굴렀다. 마치 떼를 쓰는 어린애 같다.

떼를 쓰는 어린애와는 다른 점이 있다면, 바닥을 구르면서 피네의 치마 속을 들여다보려 하는 점일 것이다.

다가가기도 전에 린피아가 쳐내고 있지만.

"이제 결론 났군. 갈 거면 얼른 가자고. 마차 준비는 되었어?"

"물론입니다."

"그럼 출발이다."

"이놈……, 두고 보자, 애송이. 나를 두고 가봤자 제2의, 제3의 내가 나타날 거다……!!"

"제2의, 제3의 너는 에르나에게 베일 테니까 안심하라고."

우리는 그렇게 말한 다음, 그곳을 떠나 오래된 온천 여관, '하일룽'으로 향했다.

12

"아……, 기분 좋네."

하일룽에 도착한 우리는 남녀가 각각 다른 방으로 나뉘었다. 하지만 온천에 들어가는 게 목적이었기에 나와 레오는 곧바로 온천으로 향했다.

하일룽의 원천은 산 중턱에 있고, 그곳에서 아래쪽에 있는 이곳까지 뜨거운 물을 끌어온다고 한다.

상처나 피로를 치유해 주는 효과가 있기에 제국에서 손꼽히는 관광 명소이기도 하다. 우리는 그곳을 전세 내서 이용하고 있다. 우연히 다른 손님이 없었다는 상황이 아니라 오늘 하루 내내 용작 가문에서 통째로 빌렸다고 한다. 안나 씨의 소행인 모양.

뭐, 덕분에 쓸데없는 걱정도 할 필요 없이 느긋하게 지낼 수 있으니 고마워해야겠다.

"오길 잘했지?"

레오도 그렇게 말하며 탕속에 몸을 담갔다. 나와는 달리 단련을 해서 그런지 탄탄한 몸에 자잘한 상처가 잔뜩 나 있었고, 어깨에는 커다란 상처가 있었다. 남부에서 악마와 싸웠을 때 찔린 상처다. 레오는 그 상처에 물을 끼얹었다.

"형도 왼손을 제대로 담가야 해. 그러면 아프지 않게 된대."

"문제없어. 제대로 담그고 있으니까."

나는 그렇게 말하며 몸을 깊숙이 담갔다. 요즘에 쌓였던 피로가 탕에 녹아내리는 것 같았다.

아, 기분 좋다…….

"세바스도 들어오면 좋을 텐데."

"바깥을 경계하겠다고 했으니까. 우리가 나가면 그 뒤에 들어오지 않을까?"

"그렇구나. 나는 그럼 일찌감치 나가야겠어. 형도 너무 늦게까지 있지 말고 나와."

"그래, 나도 알아."

레오가 그렇게 말하고는 욕탕 밖으로 나갔다. 나는 그 모습을 바라보고 나서 조용히 눈을 감았다.

피로 회복 효과가 있다는 건 사실인 모양이다. 물에서 마력이 느껴진다. 혹시나 마력도 회복될지 모르겠다. 요즘은 마력을 계속 쓰기만 해서 그런지 완전히 회복된 적이 없던 것 같다.

지금까지는 그래도 상관이 없었지만, 앞으로는 그렇지 않을지도 모른다. 에리크와 본격적으로 싸우게 되면 지금까지보다 더 신중하게 암약해야 한다.

세바스가 나를 데리고 온 것도 그런 이유 때문일지 모르겠다.

"휴우……."

숨을 크게 내쉬며 고민도 함께 토해냈다. 지금은 생각하지 말자. 물에 몸을 맡기고 지나가는 시간을 느끼기만 하자. 그렇게 온천을 느긋하게 즐기고 있자니 옆에서 목소리가 들렸다.

"아르 오빠~! 레오 오빠~!"

리타의 목소리다. 대답할지 망설였지만, 무시하면 가엾을 것 같아서 대답만 했다.

"레오는 이미 나갔어~."

"어~? 그쪽은 어떤 느낌이야?"

"그쪽하고 똑같겠지. 시간대에 따라서는 이쪽을 여탕으로 쓰기도 하는 모양이니까."

원천에서 물을 끌어오고 있고, 그 물이 처음에는 이쪽으로 들어와서 옆에 있는 여탕으로 넘어간다. 큰 차이는 없겠지만, 원천과 가까운 만큼, 이쪽이 조금 더 뜨거울지도 모르겠다. 다른 점이 있다면 그 정도뿐일 것이다.

"이놈! 리타! 몸을 씻고 나서 들어가야지!"

"에~? 얼른 들어가고 싶어!!"

"안 돼! 우선 몸을 씻어!"

에르나가 그렇게 말하며 리타에게 주의를 주었다.

시끌시끌 떠들썩해진 걸 보니 여자 일행들은 이제야 들어가기 시작한 모양이었다. 방에서 꽤 느긋하게 있다가 왔구나. 뭐, 통째로 빌렸으니 급하게 들어올 필요는 없겠다고 생각한 건가?

"전하, 뜨겁진 않으신가요?"

"응……, 괜찮아."

다른 곳에서는 피네와 크리스타의 목소리가 들렸다.

아마 피네가 크리스타의 머리를 감아주고 있는 모양이다.

목소리의 느낌으로 보아 피네도 즐기고 있는 것 같고, 어린애를 돌봐주는 게 부담되지는 않는 것 같다.

리타와 크리스타를 떠넘겨서 미안하다고 생각했는데, 지나친 생각이었나?

나는 그런 목소리를 들으며 눈을 뜨고 하늘을 올려다보았다. 저녁이 되자 해가 저물기 시작한 하늘이 환상적인 색을 보여주고 있었다. 욕탕 안에 들어와 있어서 그런지 왠지 그 하늘이 특별하게 보였다.

신기하기도 하지. 오기 전까지는 그리 내키지 않았지만, 욕탕 안에 들어오니 오길 잘했다는 생각이 든다.

이 정도면 평생 이 욕탕 안에서 살아도 될 것 같다. 그만큼 기분이 좋다.

그렇게 별것 아닌 생각을 하고 있자니 갑자기 이상한 소리가 들렸다.

"츄피~."

"츄피……?"

무슨 소린가 싶어서 하늘을 보다가 시선을 내렸다.

그러자 털이 까맣고 펭귄처럼 생긴 동물이 옆에 있었다. 크기는 작았다. 생김새만 보면 펭귄이었다. 조금 통통한 것 같긴 하지만.

누군가의 애완동물인가? 왠지 고급스러운 옷을 입고 있다.

뭐, 지금은 아무래도 상관없지만.

"야……, 너……, 그 막대기, 어디서 가져온 거야……?"

문제는 그 펭귄 같은 동물이 마도구로 보이는 막대기를 들고 있다는 점이다.

내 기억이 정확하다면 물과 관련된 마도구고, 여기 있으면 안 되는 녀석 같다.

펭귄으로 보이는 그 동물은 사람의 말을 알아들을 수 있는지 산 중턱 근처를 가리켰다.

"저기에서……, 그걸 가지고 왔다고……?"

"츄피~."

펭귄 같은 동물이 그렇다는 듯이 울음소리를 냈다.

저기 있는 건 원천이다. 그곳에서 물을 끌어오는 이상, 물이 너무 많이 오지 않게끔 제한하는 물건이 있을 것이다. 혹시나.

"그걸로 물의 양을 조절하던 거 아니야?!"

"츄피~."

내가 소리친 순간, 산 중턱 쪽에서 커다란 소리가 울렸다.

위험해!

나는 재빨리 일어서서 온천 밖으로 나가려 했지만, 욕탕 안에서는 제대로 뛸 수가 없었기에 단숨에 밀려든 물에 떠내려갔다.

욕탕 속에 잠겨서 앞뒤와 상하 감각조차 느끼지 못하게 되었다. 그저 필사적으로 호흡을 확보하기 위해 발버둥치다가 겨우 얼굴을 수면 밖으로 내밀 수 있었다.

"푸핫!! 허억, 허억……."

죽는 줄 알았네…….

나는 목욕 쪽으로 저주받은 것 아닐까.

첫 번째는 에르나 때문에 익사할 뻔했고, 두 번째는 잘 모르는 동물 때문에 익사할 뻔했다.

"젠장……, 험한 꼴을……."

우선 살아있다는 것에 안심한 나는 욕탕 밖으로 나가려 했다.

그때, 나는 눈치챘다. 좀 전까지와는 경치가 약간 달라졌다는 것을.

사소한 차이다. 물이 흘러드는 곳이 조금 전보다는 약간 멀어졌을 뿐이다. 그것 말고는 별다른 차이가 없다. 문제는 그 사소한 차이가 있는 곳은 원래 널빤지를 사이에 두고 건너편이었다는 점이다.

"으으으윽?!?!"

알아들을 수 없는 비명이 들렸다.

보아하니 물에 떠내려갔을 때 널빤지가 부서진 모양이었다.

그렇다──. 나는 여탕에 있었다.

눈앞에는 실오라기 하나 걸치지 않은 에르나가 있었고, 그 너머에는 마찬가지로 아무것도 입지 않은 피네와 크리스타, 리타, 그리고 그 세 사람을 지키려는 듯이 검을 든 린피아가 있었다. 하지만 지금 같은 경우에는 검이 아니라 수건을 들었어야 했다.

피네의 커다란 가슴과 린피아의 균형 잡힌 몸, 그리고 두 사람의 새하얗고 눈부신 속살은 전혀 가려지지 않았다.

몸을 가리는데 검은 너무 얇다. 그건 눈앞에 있는 에르나도 마찬가지일 것이다.

두 손으로 몸을 가리고 있긴 하지만, 그것만으로는 아무것도 가릴 수가 없다.

가슴은 여전히 안쓰러운 느낌이지만, 그것도 나름대로 괜찮다는 사람도 많을 것이다. 그리고 여성스러운 곡선을 그리며 가늘고 탄탄한 느낌이 드는 하반신은 봐줄 만한 가치가 있을 것이다. 뭐, 보는데 목숨을 걸어야 한다는 게 문제지만.

"아르……? 뭔가 남길 말은 있어……?"

"그러게……, 에르나는 하반신의 곡선뿐만이 아니라 가늘고 탄탄한 라인이 멋지네. 린피아는 전체적으로 균형이 잡힌 느낌이라 매우 좋아, 피네는 커다란 가슴하고 가녀린 허리의 황금비가 완벽해."

내가 그렇게 평가하자 세 사람이 일제히 얼굴을 붉히며 몸을 더 가리려 했다.

이미 쓸데없이 둘러대거나 변명을 해봤자 소용이 없다. 혼쭐이 날 수밖에 없을 테니 솔직하게 감상을 말해야 할 것 같다.

남자의 솔직한 평가도 앞으로 그녀들에게 도움이 될 것이다. 눈보신을 한 대가로는 좀 그렇지만, 도움이 된다면 나도 바라던 바다.

아무리 그래도 크리스타와 리타를 비평할 수는 없다. 뭐, 드라우 형이라면 눈물을 흘리겠지만, 내게 그쪽 취향은 없다.

"여탕에 쳐들어와서 하는 말이 겨우 그거야?!"

"변명은 하지 않겠어. 완전히 우연이긴 하지만……, 눈보신 잘

했습니다."

내가 고개를 꾸벅 숙이자 머리에 강한 충격이 느껴졌고, 욕탕 속으로 거세게 잠겼다.

일격에 의식이 멀어졌다. 예전에도 이런 일이 있었던 것 같은 데, 나는 그렇게 생각하며 천천히 의식을 잃어갔다.

그 과정에서 그 펭귄 같은 동물의 울음소리가 들린 것 같은 느 낌이 들었다.

그래……, 그 녀석, 다음에 만나면 통구이로 만들어 주겠어.

나는 그렇게 결심하며 물속으로 가라앉았다.

13

하일룽 별관. 원래는 용작 가문의 이름으로 전세를 냈어야 할 곳에 많은 근위기사들이 있었다. 물론, 휴가를 온 게 아니었다.

그들이 호위해야만 하는 대상이 별관에 머무르고 있었던 것이다.

"예하. 예하의 친구분을 모시고 왔습니다."

한 근위기사가 공손히 고개를 숙이며 방으로 들어왔다.

그의 팔에는 까만 펭귄 같은 동물이 안겨 있었다. 피곤한 건지 새근새근 자고 있었다.

오래된 여관의 원천을 폭주시키고 제국 황자가 물에 빠지는 계 기를 만든 것치고는 느긋해 보였다.

"오~! 나의 벗이 돌아왔는가!"

발랄한 목소리가 방에 울렸다. 그 목소리를 듣고 펭귄 같은 동물도 깨어나서 그렇게 말한 사람에게 다가갔다. 그리고 그렇게 말한 사람은 펭귄 같은 동물을 안아 들었다.

"어디를 갔었던 게야? 혹시 나를 내버려 두고 혼자서만 놀았던 게냐?"

"츄피~."

"그래! 그래! 뭐, 됐다! 나는 마음이 넓으니 말이다! 용서하마!"

그렇게 말한 다음, 펭귄을 내려놓고는 데리고 온 근위기사를 보았다.

근위기사는 약간 긴장하고 있었다. 예하라 불린 그 사람은 극비리에 초청받은 국빈이다. 그렇기 때문에 용작 가문에서 통째로 빌린 여관에 머무르고 있다. 그 사람의 애완동물이 탈주한 것은 근위기사의 실수라 할 수 있었다.

분노할 일을 만들면, 제국에 불이익을 끼치게 된다. 근위기사로서는 있을 수 없는 일이다. 근위기사는 후회하는 마음에 휩싸였다. 하지만, 애완동물의 주인은 밝은 목소리로 말했다.

"잘 데리고 와주었구나! 감사하마! 근위기사!"

"화, 화가 나진 않으셨습니까……?"

"나의 벗이 무사히 내 품으로 돌아왔다. 그러면 된 것 아니겠나. 뭐, 그렇군. 미안하다면 계속 이렇게 좁은 방에 가두어 놓지 말았으면 한다만?"

"그건 정말로 죄송합니다. 예하의 존재는 기밀 중의 기밀이기에 제도에 도착할 때까지는 참아주십시오."

"제도에 도착할 때까지 기다리면 돌아다닐 수 있는 게야?"

"그건……, 제가 대답해 드리기 힘들 것 같습니다."

근위기사의 대답을 듣자, 그렇게 물어본 사람이 웃었다. 그렇게 말할 거라 생각하고 있었기 때문이다.

이야기는 그렇게 끝났다. 애완동물의 주인은 방안에서 펭귄 같은 동물과 놀기 시작했다.

그것도 나름대로 즐거운 느낌이었지만, 아무래도 개방감이 부족했다.

"그러고 보니 좀 전에 즐거운 듯한 목소리가 들리더군?"

"제7황자님, 제8황자님, 제3황녀님께서 일행과 함께 와 계십니다."

"그렇군. 내가 답답하게 지내고 있는 게 그 황족들 때문인가?"

"예, 예하?!"

근위기사는 자신이 쓸데없는 말을 해버렸다고 생각하며 당황했지만, 그렇게 물어본 사람은 근위기사를 보며 웃었다.

"당황하지 말거라. 아무짓도 하지 않을 테니. 나는 마음이 넓으니 말이다!"

그렇게 말하며 에헴, 가슴을 폈다. 그 모습에 불안만 더 커져 갔지만, 근위기사는 아무런 말도 하지 않았다. 더 이상 이 사람과 이야기를 하다가는 마음이 버티지 못할 것 같았기 때문이다.

근위기사는 실례하겠다고 하며 물러났다.

"휴우……."

"어땠어? 불쾌해하던가?"

"아니, 기분은 좋아 보이던데. 자기가 말한 것처럼 마음이 넓어서 다행이야."

"뭐, 대륙이 자랑하는 '모순(矛盾)' 중 방패 쪽이니까. 화를 잘 내는 성격이었다면 우리만으로는 감당할 수가 없다고."

"그렇다니까. 이대로 얌전히 지내 줬으면 좋겠는데."

근위기사는 그렇게 말하며 다시 호위 임무를 시작했다.

⇨ 제2장 창과 방패

1

"평화롭네."

"얼마 전에 돌아가실 뻔한 분이 하실 말씀은 아닌 것 같군요."

성에서 거리를 내려다보며 그렇게 중얼거리자 세바스가 태클을 걸었다.

온천에 다녀오고 나서 며칠이 지났다.

결국, 나는 익사할 뻔했다. 인생에서 두 번째 체험이다. 하지만 7할 정도는 내 잘못이기에 어쩔 수 없다. 봐도 닳는 것도 아니지 않냐고 하는 녀석도 있지만, 그걸 정하는 건 여자 쪽이니까.

그 이후로 세 사람이 약간 껄끄러워했지만, 점점 평소대로 돌아가고 있다. 고마운 일이다.

그리고 고맙게도 익사할 뻔한 나를 신경 써준 건지 아무도 나를 바깥으로 데리고 나가려 하지 않게 되었다. 그 덕분에 최근 며칠 동안은 매우 평화로웠다.

"뭐, 물속에서 의식을 잃을 뻔했을 뿐이니까. 용사가 있는 여탕에 돌격했는데 그 정도로 끝났으니 다행이지. 내가 아니었다면 베였을 거라고."

"그건 일리가 있군요."

"그리고 평화롭다는 건 나 개인뿐만이 아니야."

나는 그렇게 말한 다음 성 아랫마을을 보며 눈을 가늘게 떴다.

크류거 공작의 반란 이후로 제도는 활기가 눈에 띌 정도로 떨어졌지만, 점점 원래대로 돌아가고 있다. 약간 마비되었던 유통망도 회복되기 시작했고, 물건과 사람들이 오가기 시작했다.

"제국은 연달아 소동이 일어난 탓에 타격을 입었어. 완전히 회복되기도 전에 연달아 문제가 발생해서 백성들의 생활에도 영향이 생겼으니까, 제위 쟁탈전이 휴전에 들어간 건 확실히 다행인 것 같아."

"하지만 저희에게 붙었던 기세가 한풀 꺾이게 되는 것도 사실입니다."

나는 세바스가 한 말을 듣고 한숨을 쉬었다. 맞는 말이다. 연달아 일어난 소동을 레오가 해결해냈다. 명성이 널리 퍼졌고, 레오를 따르는 자들도 늘어났다. 그런 상황에서 휴전을 맞이했다.

이제부터 에리크를 따라잡으려 하던 시기였기에 타이밍이 안 좋았다.

"기세는 사라졌어. 하지만 기세에 몸을 맡기고 싸워서 이길 수 있는 상대도 아니지. 에리크라면 우리가 공격에 나선 순간에 제위 쟁탈전이 백성들의 생활을 압박한다고 하면서 의도적으로 이런 상황을 만들어 냈을 가능성도 있을 거야. 그렇게 되면 우리가 일방적으로 악당이 되겠지. 우리는 모든 소동에서 항상 당사자였으니까."

"에리크 전하라면 그럴지도 모르겠군요. 항상 방관하면서 표면

상으로는 제국 제일이라는 자세를 보이고 있긴 합니다만, 진의를 파악할 수가 없습니다. 강자 특유의 여유로움일지도 모르겠습니다만, 그분은 적극적으로 대항 세력을 박살 내려 하지 않습니다. 그 때문에 제위 쟁탈전이 더욱 치열해졌다고도 할 수 있겠지요."

세바스 말이 맞다. 가장 큰 세력인 에리크가 나서서 대항 세력을 박살 냈다면 제위 쟁탈전은 치열해지지 않았을 것이다. 고든이든 잔드라든, 처음에는 에리크가 보기에 약소 세력이었다. 그건 물론 우리 세력도 마찬가지다.

하지만 에리크는 왠지 모르겠지만 싹을 짓밟으려 하지 않았다. 그 이후로도 우위를 점한 채, 공격당했을 때는 반격했지만 자신이 먼저 공격하는 경우는 거의 없었다.

최강의 방관자. 그것이 에리크의 인상이다.

"그 녀석의 진의는 모르겠지만, 버거운 적이라는 건 틀림없어. 그 녀석과 우리가 맞붙으면 제위 쟁탈전은 더욱 치열해질 거야. 그러기 전에 한번 휴식 기간을 가지는 것도 나쁘진 않지. 백성들이 괴로워하는 모습을 보면 레오는 분명히 멈춰 설 거야. 그런 상황은 피하고 싶다고."

"그러면 지금 같은 시기에서는 움직이지 않으시겠군요?"

"그래, 우리가 먼저 나서진 않을 거야."

아버님이 움직이는 걸 금지했다. 하지만 들키지만 않으면 되니 할 수 있는 건 얼마든지 있다. 그래도 그로 인해 치안이 악화되면 의미가 없다.

즉위 25주년이 무사히 지나가고 제위 쟁탈전이 해금될 때까지는 암약도 자제하는 게 낫다.

단, 아무것도 하지 않는 건 아니다.

"그래서? 내가 놀고 있었다고 해서 너까지 놀고 있었던 건 아니잖아? 뭔가 쓸만한 정보는 있어?"

"네, 신경 쓰이는 정보가 몇 가지 있습니다."

정보 수집은 세바스의 임무다. 휴전 기간 중에도 세바스는 바쁘게 움직이며 정보를 모으고 있다.

세력 규모라는 점으로 따지면 우리는 에리크는커녕, 고든에게도 미치지 못한다. 기세가 사라진 지금, 정보를 손에 넣어 앞날을 예상하며 움직이지 않으면 더욱 뒤처질 수도 있다.

"말해 봐."

"우선 첫 번째입니다. 얼마 전에 갔었던 하일룽은 통째로 빌린 줄 알았습니다만, 별관에 손님이 있었던 것 같습니다."

"뭐라고? 용작 가문에서 통째로 빌렸는데?"

꽤 도전적인 짓을 하네. 용작 가문이 통째로 빌렸다고 해도 이용하던 사람은 황족인 나와 레오, 크리스타, 그리고 아버님이 마음에 들어하는 피네와 용작 가문의 차기 당주인 에르나다. 만약에 그 사실이 들키게 되면 하일룽의 평판이 추락할 텐데.

"네. 그 손님은 근위기사였습니다. 정확히 말씀드리자면 제2근위기사대가 별관에 주둔하고 있었습니다."

"제2 근위기사대기?"

근위기사단 중에서도 제1부터 제3까지의 대장은 격이 다른 힘을 자랑한다. 그렇기 때문에 그 대장들의 부대는 중요한 임무를 많이 맡게 된다. 특히 지금은 에르나가 없는 상황이기에 나머지 두 사람의 중요성이 더욱 커진 상태다.

"그들이 별관에서 놀고 있진 않았을 테고, 우리 호위를 맡고 있었던 것도 아니겠지."

"네. 틀림없이 별관을 호위하고 있었을 겁니다."

"그렇다면 그곳에 제2 근위기사대가 호위할 만한 요인이 있었다는 거겠군. 수상쩍은데."

제국의 요인일까, 다른 나라의 요인일까. 어찌 됐든, 그곳에서 하루를 묵었다면 목적지는 제도 또는 이 근처일 것이다. 누군가가 호위를 데리고 아버님을 만나러 왔다고 봐야 할 것이다.

정보가 완전히 봉쇄된 걸 보면 틀림없이 몰래 온 인물, 들키면 위험한 요인이라는 뜻이다.

"그 건에 대해서는 앞으로 정보를 더 모아볼 생각입니다."

"그래, 그렇게 해줘. 또 있어?"

"골치 아픈 정보가 하나 있습니다. 아르노르트 님께서는 '갈매기의 맹약'이라는 걸 아십니까?"

"모르는데, 갈매기라고 하니 피네와 관련된 거겠군?"

"네. '갈매기의 맹약'이라는 것은 제국 남자 귀족들이 맺은 신사 협정이자 불가침 조약입니다. 다시 말해 피네 님에 대해 새치기를 금지한다는 것이지요."

"그런 걸 맺고 있었나……, 한가한 녀석들이네."

"그렇게 한가하신 분들이 일제히 피네 님께 구혼했을 거라 생각하면 웃어넘길 일은 아니겠지요."

"그렇긴 하겠네."

피네가 제도에 온 시점에서 그들이 피네에게 몰려들었다면 피네는 공포에 질려서 자신의 영지로 돌아가 버렸을지도 모른다. 그런 의미로는 좋은 맹약이라고도 할 수 있을 것 같다.

"그 맹약 덕분에 지금까지 제도 귀족들 중에서 피네 님께 직접 구혼을 하거나 끈질기게 맞선을 요구하는 분은 계시지 않았습니다. 하지만 그 맹약이 무너지려 하고 있습니다."

"어째서?"

"원인은 당신입니다. 최근에 평판이 좋아지기 시작한 게 문제였던 모양이군요. 레오나르트 님이라면 모를까, 자칫하다가는 아르노르트 님께 피네 님을 빼앗길지도 모른다. 많은 귀족들에게 있어서 전자는 어쩔 수 없다며 포기할 수 있겠지만, 후자는 자존심이 용납하지 않는 거겠지요."

"시시하네……."

진심으로 그렇게 중얼거렸다. 레오라면 포기할 수 있지만 나라면 포기할 수 없다는 게 정말 시시하다. 진심으로 피네를 좋아한다면 상대라 레오라 하더라도 포기할 수 없을 텐데.

황제의 마음에 든 창구희. 절세의 미녀. 크라이네르트 공작 영애. 그러한 부가 가치를 노리는 자가 대부분이겠지. 그래서 상대가 나라면 포기할 수 없는 것이다.

업신여기던 자가 갑자기 행운을 붙잡는 걸 용납할 수 없기 때문이다. 레오라면 피네와 결혼해도 지위가 지금과 비슷하겠지만, 내가 그렇게 하면 확실하게 지위가 올라간다. 그걸 용납할 수 없다는 뜻이고, 이제 와서 그런 이야기를 꺼낸다는 게 한심하기 짝이 없다.

"지금까지는 신경도 쓰지 않았겠습니다만, 최근 상황을 고려하면 아르노르트 님과 피네 님께서 약혼하시는 것도 있을 수 없는 이야기는 아닙니다. 물론 많은 사람들은 레오나르트 님이 진짜 상대라고 생각하겠습니다만."

"그래서 가만히 있을 수 없다는 거야? 레오라면 어쩔 수 없지만, 찌꺼기 황자에게 뺏기는 건 마음에 안 든다고? 말도 안 되는 소리지."

"그렇지요. 그들에게는 라인펠트 공작의 발톱의 때라도 달여서 먹이고 싶군요."

"동감이야. 포기하지 않는 그 사람을 본받으라고."

나는 약간 짜증을 내며 그렇게 중얼거렸다.

피네를 마음에 품고 절대로 포기하지 않는 의지를 지닌 사람이라면 응원했을지도 모르겠지만, 시시한 맹약에 가입했다가 더욱 시시한 이유로 탈퇴하는 녀석들은 응원해줄 수가 없다.

"그래서? 중심이 된 건 누군데?"

"맹약에서 이미 탈퇴를 표명한 사람은 한 명입니다. 이름은 라우렌츠 폰 바이틀링 후작입니다."

"바이틀링 후작이라고……?"

나와도 전혀 상관이 없다고 할 수 없는 이름이 나왔기에 놀라움을 감출 수가 없었다.

설마 그가 그런 맹약을 맺었을 줄이야.

"맹약에서 탈퇴한 이상, 조만간 피네 님께 접근할 겁니다. 아마 황제 폐하께도 직접 말씀드리려 하겠지요."

"그야 그렇겠지. 바이틀링 후작 가문의 현 당주니까."

바이틀링 후작은 현재 스무 살의 젊은 궁정 귀족이다. 명문 중의 명문인 바이틀링 후작 가문을 이어받았고, 단정한 이목구비를 지니고 있기에 사교계에서는 주목받고 있는 인물이다.

하지만 주목받고 있는 인물인 이유는 바이틀링 후작 가문의 당주이기 때문만은 아니다. 그의 두 누나와 관련이 있다.

"바이틀링 후작에게는 누나가 두 명 있지. 큰누나는 황족에게 시집갔고, 둘째 누나는 현 근위기사단장 겸 제1 근위기사대 대장이야. 영향력은 엄청나다고."

문제는 큰누나 쪽이다. 그녀가 시집간 황족은 예전에 죽은 황태자다.

다시 말해 큰형의 부인이었던 여자가 큰누나다. 내게도 형수님이라는 뜻이다.

"골치가 아파질 것 같은데……."

"척 보기에 제위 쟁탈전과는 상관이 없을 것 같으니 황제 폐하께서도 말리지 않으실 겁니다."

"그런 식으로 말하면 제위 쟁탈전과 관련이 있는 것 같은데?"

"그 맹약에는 호르츠바트 공작 가문의 라이너 님께서도 가입하셨습니다. 바이틀링 후작과는 사이가 좋다더군요."

"그렇군……, 기드의 동생 말이지. 형과는 달리 솜씨가 좋은 모양인데."

아마 에리크의 지시는 아닐 것이다. 호르츠바트 공작 가문의 의향일 것 같다.

제국의 평화는 계속 이어지겠지만, 내 평화로운 나날은 이제 끝날 것 같은데.

2

호랑이도 제 말하면 온다더니. 그 말이 내 머릿속을 스쳐갔다.

피네와 성안을 걷다 보니 키가 큰 미남이 걸어왔다. 금발 벽안의 귀공자다. 들고 있는 건 푸른색으로 통일된 꽃다발.

지나가다가 본 적은 있지만, 이야기를 나눈 적은 없다. 하지만 사교계에서 주목받는 인물이라는 것도 이해가 된다. 걸어다니기만 해도 눈길을 끈다.

그 귀공자가 라우렌츠 폰 바이틀링 후작이다.

"처음 뵙겠습니다, 피네 양. 제 이름은 라우렌츠 폰 바이틀링. 꽃을 좋아하신다고 하기에 꽃을 가지고 왔습니다. 당신에게 어울리는 푸른색입니다."

라우렌츠는 그렇게 말하며 방긋 웃고는 피네에게 꽃다발을 내밀었다.

한순간에 알았다. 난 이 녀석이 껄끄럽다.

다른 사람과의 거리감을 재거나 분위기를 파악하는 걸 신경 쓰지 않는 타입이다. 별생각 없이 그러는 거라 더 질이 나쁘다. 시야가 좁고 사고가 치우쳐 있을 것이다.

피네는 라우렌츠의 행동을 보고 한순간 굳었다. 이유는 이해가 된다.

성안에서 황자인 나를 보고도 못 본 척하고 옆에 있던 피네에게 선물을 준다는 무례하기 짝이 없는 행위 때문에 깜짝 놀란 것이다.

"······바이틀링 후작님. 저는 전하께 무례하게 행동하시는 분께 무언가를 받을 생각은 없습니다."

피네는 그렇게 말하고는 인사를 한 다음, 라우렌츠 옆을 지나쳤다.

받아주지 않을 거라는 생각은 해보지도 않았겠지. 라우렌츠는 멍하니 서 있었다.

지금까지 살면서 거의 모든 게 잘 풀리기만 했을 것이다. 다른 사람들이 먼저 배려해 주니, 자기가 배려하는 쪽은 된 적이 없었을 것이다.

소문대로 능력도 있을 것이다. 그래서 어지간한 것들은 용납되어 왔다. 여자에게 차인 것도 이번이 처음일지도 모른다. 엄청난 표정을 짓고 있다. 첫 좌절이라고 해야 할까.

라우렌츠가 나를 보았다. 그 눈 너머에서는 새까만 질투의 낌새가 보였다.

"……그녀에게 그렇게 말하라고 명령한 겁니까?"

"말이 좀 심한데."

무례한 녀석의 대표주자로 기드가 있는데, 그 기드조차 나를 깔보고 있다는 자각은 하고서 나를 깔본다. 하지만 라우렌츠는 그렇지 않다. 마치 숨을 쉬는 것처럼 나를 깔보고 있다. 자각하진 못한다. 본인에게 물어보더라도 분명히 부정할 것이다. 하지만 태도와 분위기를 보면 깔보고 있다는 걸 확실하게 알 수 있다.

나보다 훨씬 황족다운데. 하지만, 이 녀석은 어디까지나 후작이다. 그건 불손한 모습으로 보일 수 있다.

"그녀는 착한 사람이야. 나를 함부로 대할 리가 없어."

"피네를 잘 알지도 못하면서 그런 말을 하는군그래? 애초에 그녀가 한 말은 잘못된 말이 아니야. 형식적이나마 내게 인사를 해야 하지 않을까?"

"인사를 하면 만족한다고?"

"나는 그걸 원하지 않지만, 내 입장과 네 입장을 따지면 그게 자연스럽겠지."

"나는 폐하를 섬기는 것이지, 당신을 섬기는 게 아니야. 경의를 표하기에 합당하다면 경의를 표하겠지만, 당신은 그렇지 않아."

"그러셔. 뭐, 나는 아무래도 상관없지만 말이지."

나는 그렇게 말한 다음, 피네를 따라 라우렌츠의 곁을 지나치려 했다. 그런 내게 라우렌츠가 말했다.

"당신에게 피네 양을 맡길 순 없어. 당신 곁에 있으면 피네 양도 괴롭겠지."

"독선적이군. 자신의 판단이 가장 올바르다고 생각하는 건 네 마음이겠지만, 피네에게도 의지가 있다는 걸 기억해 두라고."

나는 그렇게 말하며 라우렌츠와의 대화를 마치고는 복도를 걸어갔다. 잠시 후, 피네의 모습이 보였다. 왠지 풀 죽은 듯한 표정이었다.

"죄송합니다. 저 때문에 아르 님께서 불쾌해지셨죠……."

"너 때문에 그런 게 아니야. 그런데…… 바이틀링 후작은 골치 아픈 사람이구나."

기드는 귀찮긴 하지만 골치가 아프진 않다. 본인의 능력이 별로 없고, 주위에 대한 영향력이 부족하기 때문이다. 하지만 라우렌츠는 그걸 둘 다 지니고 있다.

원래는 좀 더 제대로 된 사람일지도 모르겠지만, 지금 움직이는 건 질투심 때문이다. 남자가 질투로 움직이면 바람직한 결과가 나오지 않는다.

"바보 같은 짓을 하지 않는다면 좋겠는데."

"바이틀링 후작 가문이라고 하면 명문 중의 명문이죠. 그런데도 황족에 대한 에의를 배우지 않은 길까요?"

"배우기도 했고, 레오에게는 예의를 차릴 거야. 하지만 나는 예외인 거겠지."

"그럴 수가……."

"딱히 신기할 것도 없다고. 제도의 젊은 귀족들에게 나는 그런 대상이거든. 어렸을 때부터 깔보던 상대야. 이제 와서 경의를 표하진 않겠지."

하지만, 그럼에도 불구하고 황족은 황족이다. 직접 시비를 걸 일은 없을 거라 믿고 싶다.

나는 그렇게 생각하며 피네와 함께 내 방으로 돌아갔다.

3

며칠 뒤. 나는 내 방에서 세바스에게 제도의 상황을 물어보고 있었다.

"어때? 제도의 젊은 귀족들은."

"바이틀링 후작을 필두로 갈매기의 맹약에서 탈퇴를 표명하는 자들이 속출하고 있습니다. 아직 큰 움직임은 보이지 않지만, 바이틀링 후작 가문의 저택에 많은 귀족들이 모이더군요. 조만간 뭔가 움직임이 있을 것 같습니다."

"뭐야? 나 때문이라는 거야?"

"그런 건 아닙니다만, 좀 더 적을 만들지 않게끔 노력하셨어야겠지요. 갈매기의 맹약에 참가했던 젊은 귀족들 중 대부분은 제위 쟁탈전에 참가하지 않았습니다. 너무 젊은 당주나 어디까지나 후계자라는 입장이었기 때문이지요. 그들이 모두 적이 된다면 골치가 아파질 겁니다."

"내가 마음에 들지 않는다는 녀석들이잖아? 아군이 되는 게 더 골치 아프지."

내가 뭘 하더라도 참견하는 녀석은 차라리 없는 게 낫다. 애초에 제위 쟁탈전에 아직도 참가하지 않았다는 건 정치적으로 별로 힘이 없다는 뜻이기도 하다. 라우렌츠는 바이틀링 후작 가문을 이어받았지만, 어디까지나 아버지가 병에 걸렸기 때문이다. 그에 맞는 공적을 세웠기 때문은 아니다.

아이들에게 제위 쟁탈전에서 거리를 두게 하는 부모는 많다. 중립을 지키다가 이길 만한 후보에게 붙는 게 가장 안전하기 때문이다. 그렇지 않을 경우, 이길 후보를 파악하고 그 후보를 이끌 만한 정치력이 필요하다. 그건 말처럼 간단한 게 아니다.

"그러니 적을 만들지 않게끔 노력하셨어야 했다는 겁니다."

"나는 다른 사람의 신경을 건드리는 재주가 뛰어난 모양이니까. 내 성격이 원래 그래. 포기하라고."

"휴우……, 그냥 레오나르트 님의 대리라고 한마디만 하셨으면 끝날 일 아닙니까?"

세바스 말대로 내가 피네 곁에 있는 건 레오 대신이라고 했다면 나를 적대시하는 자들이 줄어들 것이다. 하지만 그렇게 말하면 접근하지 말라는 말을 들었을 때 받아칠 수 없게 되어버린다.

"잔소리는 됐고. 지금 내 환경을 바꿀 생각은 없어."

"그렇군요. 그런 각오를 하셨다면 더 말씀드리진 않겠습니다."

피네 곁에서 지낸다는 환경. 나는 이 환경이 마음에 든다. 그래서 라우렌츠 같은 녀석들이 그것에 대해 참견한다면 제거할 것이다. 만약에 제위 쟁탈전이 불리하게 되더라도 그건 양보할 수 없다.

"그럼 다른 보고를 드리지요. 아무래도 모험가 길드에서 독자적인 움직임을 보이고 있는 것 같습니다."

"모험가 길드가?"

드문 일이다. 실버에게 아무런 말도 없이 움직이다니. 제도 지부의 의향은 아니겠는데. 더 위에 있는 녀석들이 관여한 것이다.

"네. 게다가 그 움직임에 제국도 관여하고 있는 것 같습니다."

"제국도, 말이지……."

다시 말해 아버님이 관여했다는 뜻이다. 실버를 따돌리고 대체 무슨 생각을 하는 건지.

"문제가 산더미처럼 쌓였네. 젊은 귀족들은 불온한 움직임을 보이고, 아버님은 모험가 길드와 뭔가 계획을 꾸미고 있어. 이렇게까지 정보를 차단하는 걸 보니 본부의 높으신 분이 관여했다는 건 틀림없을 거야."

"온천에서 제2 근위기사대가 호위하던 요인도 관련이 있을지도 모르겠군요."

"그럴지도 모르지. 모험가 길드는 몬스터와 관련된 일로만 움직이지. 뭔가 큰 움직임을 취할 거라면 SS급 모험가를 동원하려

할 테니 제국 내부에서 실버에게 말을 걸지 않았다는 것도 부자연스러워."

"골치 아픈 일이 생길 것 같은 예감이 드는군요."

"항상 그랬지만 말이지."

나는 한숨을 쉬며 의자에 등을 기댔다. 슬슬 몰래 움직여야 할지도 모르겠다.

4

다음 날. 나는 예전부터 받았던 의뢰를 마치고 실버로서 제도 지부에 가 있었다.

"고생 많으셨어요. 실버 씨. 의뢰 완료입니다."

"다음 의뢰는 있나?"

나는 드물게도 그렇게 물었다. 왜냐하면 제도 지부에서 다음 의뢰에 대해 말하지 않았기 때문이다. 평소에는 의뢰가 쌓여 있었을 텐데.

내가 개인 의뢰가 아니더라도 의뢰를 받기 때문이다.

랭크가 높긴 하지만, SS급이 나설 필요까지는 없는 의뢰. 제도 지부에는 그런 의뢰가 많다. 나는 그런 의뢰를 받곤 한다. 나를 지명한 의뢰가 아니기 때문에 의뢰 보수도 그렇게까지 비싸진 않다.

하지만 그런 의뢰에 대한 이야기가 없다.

"저기……, 지금은 없네요."

항상 보던 접수처 아가씨 에마가 그렇게 말하며 눈을 피했다. 뭔가 숨기고 있는 모양이었다.

다른 길드 직원들도 나를 피하는 것 같았다. 뭐, 예전부터 그러긴 했지만, 아무래도 평소와는 느낌이 달랐다.

"그렇군. 그럼 의뢰가 들어오면 말해다오."

나는 그렇게 말하고는 그곳을 떠났다. 에마나 다른 직원들을 다그치더라도 아무런 소용도 없이 곤란하게만 만들 뿐일 것이다.

세바스가 말했던 길드의 독자적인 움직임이라는 것과 관련이 있을 것이다. 조사해보도록 할까.

■ ■ ■

그리고 며칠 뒤. 나는 모험가 길드에 대해 떠보고 있었다.

뭐, 떠본 사람은 세바스지만. 그런 와중에 파악한 정보를 통해 신경 쓰이는 사람이 제도에 와 있다는 사실을 알게 되었기에 나는 실버로서 그 사람이 있는 곳으로 전이했다.

"오오?! 갑자기 나타나지 말라고……, 깜짝 놀랐잖아?"

그 사람은 우아하게 홍차를 마시고 있다가 내가 전이로 나타났는데도 홍차를 쏟지 않고 자연스럽게 근처에 있는 검 쪽으로 손을 뻗고 있었다.

하지만 나라는 걸 눈치채고는 어이가 없다는 듯이 한숨을 쉬었다. 한숨을 쉬고 싶은 건 오히려 나다.

"갑자기 나타나지 않길 바란다면, 내게 숨기는 일로 몰래 움직이지 마시지."

"역시 귀가 밝군. 제국과 공동으로 비밀리에 움직이고 있었을 텐데?"

"제국은 내 안마당이라서."

나는 방에 있던 사람, 모험가 길드 본부의 부길드장인 크라이드 샤우어에게 그렇게 말했다.

검은 머리카락과 푸른 눈동자를 지닌 나이스 미들. 길드 상층부의 일원이자 예전에는 S급 모험가이기도 했던 강자다.

그런 거물이 비밀리에 제도에 와 있었다는 것만으로도 보통 일이 아니고, 그 정보가 실버에게 전해지지 않았다는 것도 보통 일이 아니다.

"자⋯⋯, 이야기해 주실까?"

"어차피 대충은 알고 있겠지? 그러지 않았다면 내게 오지도 않았을 테고."

"그래도 말해라."

내가 추궁하자 크라이드는 어깨를 으쓱인 다음, 마시던 홍차를 다 마신 뒤에 곧바로 일어섰다.

그리고 방 한편으로 향했다. 그곳에는 대륙의 지도가 장식되어 있었다.

"황제의 즉위 25주년이 다가오고 있다는 건 알고 있겠지?"

"그래, 다른 나라에서도 귀빈을 초대한다는 것 또한 알고 있다."

"그렇다면 이해가 빠르겠군. 다른 나라에서 귀빈이 온다는 건 안전한 루트를 확보할 필요가 있다는 뜻이야."

크라이드는 그렇게 말한 다음, 칼집에 넣은 채 들고 있던 검으로 제국의 국경을 쭉 그었다.

대륙 중앙에 존재하는 제국의 국경은 길다.

물론 그곳에는 제국군이 존재하며 견고한 방어선을 구축하고 있지만, 그들의 전문 분야는 어디까지나 대인전이다. 몬스터는 그들의 전문 분야가 아니라 할 수 있다.

"제국과 협력해서 제국 국경 부근의 몬스터를 토벌할 셈인가?"

"모험가 길드는 중립 조직. 한 나라의 행사를 위해서 우선적으로 움직이지는 않지……, 하지만 제국의 전면적인 보조를 받으며 몬스터를 토벌할 수 있다는 환경이 매력적인 것도 사실이야."

"그래서 비밀리에 움직이고 있었던 건가?"

"그런 이유도 있고. 하지만 그것뿐만은 아니야. 네가 개입한 제국 동부의 사건, 기억 나나?"

"물론이지. 흡혈귀(뱀파이어) 형제가 날뛰었던 사건이잖나."

"그래. 문제는 그 녀석들이 사용했던 하멜룬이라는 피리야. 이건 극비 사항인데, 그걸 모험가 길드 본부에서 맡았다."

"역시 제국에는 맡길 수 없었나."

몬스터를 부르는 마적. 그것을 이용한 것은 흡혈귀 형제지만, 그 형제와 제국의 황자가 이어져 있었다. 평범한 생각을 지닌 사람이라면 그렇게 흉악한 물건을 제국에 맡길 순 없었을 것이다.

올바른 판단이다.

"그 하멜룬을 문헌으로 조사해 보고 알아낸 건데……, 하멜룬은 몬스터를 불러들이는 것뿐만이 아니라 활성화하는 효과도 있더라고."

"활성화?"

"휴면 상태인 몬스터도 깨운다는 뜻이야. 그리고 휴면 상태인 몬스터는 외부의 변화에 민감하지. 동부 근처의 강력한 휴면 몬스터가 깨어나서 제국 주변의 휴면 몬스터들도 점점 활성기로 들어서기 시작하고 있어."

"그런 정보는 듣지 못했다만?"

몬스터는 효율적인 생물이 아니다. 용을 비롯하여 그 거대한 몸집을 유지하기 위해 오랫동안 휴면한다는 수단을 이용하는 몬스터도 적지 않다. 그리고 그런 몬스터는 대부분 강력한 몬스터다.

그 휴면 몬스터가 움직이기 시작했는데도 제국의 유일한 SS급 모험가인 내게 정보가 들어오지 않았다는 건 이상한 이야기다.

"제국의 모험가들에게는 의도적으로 숨기고 있어."

"……그 의도는?"

"그렇게 무서운 목소리로 말하지 말라고. SS급 모험가들만 활약하는 게 마음에 들지 않는 자들도 많기 때문이야. 제국 모험가들의 수준은 그렇게까지 높지 않아. 랭크가 높은 몬스터가 나타나면 틀림없이 네가 움직이겠지. 그런 상황을 피하고 싶은 거라고."

"모험가 길드 본부의 파벌 싸움이라……, 시시하군."

"너무 그러지 마. 한 명만 눈에 띄게 활약하는 걸 피하고 싶은 건 조직으로서 당연한 거라고. 지금 네가 모두 토벌해 버리면 실버를 위해서 SSS급 모험가라는 걸 만들게 될지도 모르니까."

"흥미 없다."

"나도 알아. 그렇게 설명도 했고. 하지만 모험가 길드의 상층부에는 실버가 너무 강한 힘을 지니게 되어서 관리할 수 없게 되는 걸 싫어하는 사람들도 늘어났어. 그렇지 않아도 SS급 모험가는 문제아들뿐이니까. 비교적 얌전한 너까지 다루기 까다로워지면 곤란하다는 생각도 이해는 된다고."

크라이드는 그렇게 말하며 우습다는 듯이 웃었다. 나는 전혀 웃기지 않는데.

다른 문제아들 때문에 나까지 문제아로 한데 묶이는 것도 마음에 들지 않고, 공을 세우면 건방지게 굴 거라고 단정 짓는 것도 짜증 난다. 무엇보다.

"모험가는 백성들을 위하여 존재하지. 나를 이용해서 일찌감치 해결하는 게 길드의 마땅한 모습 아닌가?"

"맞아. 귀가 따갑군. 뭐, 손을 전혀 쓰지 않은 건 아니야. 너에게 부탁하지 않은 대신 여러 S급 모험가나 그 S급 모험가가 소속된 파티를 제도로 불렀어. 모험가 길드 상층부는 새로운 SS급 모험가가 나타나기를 기대하고 있는 거지."

"그렇게 토벌할 수 있다면 상관없지만, 당신이 보기에 토벌할 수 있겠나?"

"힘들 거야. 그래서 제국의 힘을 빌리는 거지. 다행히 제국에는 용작 가문이 있으니까."

"그 여자 용사를 이용하겠다는 건가……, 뭐, 실력은 문제가 없 겠지만, 그녀가 나서야 할 정도로 강한 몬스터가 있다고?"

"확실하게는 한 마리. 지금은 어떤 방법으로 활동을 억누르고 있지만……, 그렇게 만든 사람의 이야기에 따르면 오랫동안 버틸 수는 없다더군."

크라이드는 그렇게 말한 다음에 의자 쪽으로 돌아가서 홍차를 새로 준비하기 시작했다.

이제 이야기는 끝났다는 듯한 태도였다.

"나를 끼워줄 수는 없는 건가?"

"할 수만 있다면 그랬겠지. 너에게 의뢰가 갈 일은 없을 거야. 제국과 모험가 길드가 그런 조건으로 협력하고 있으니까."

"그렇군……, 그럼 마지막 질문이다. 성검을 다루는 용사가 필 요할 만큼 강한 몬스터, 그걸 억누를 만한 사람이 대체 누구지?"

에르나가 나설 필요가 있는 몬스터라면 그냥 생각해 봐도 S급 이상의 몬스터다.

그 움직임을 억누르는 건 매우 힘들다. 나도 결계로 막으려 한 다면 꽤 고생해야 할 테고, 하루 정도밖에 버티지 못할 것이다.

내가 그렇게 묻자 크라이드가 잠시 고민했다. 말해야 할지 망 설이고 있을 것이다.

"밀하지 않는다면 알아서 조사할까?"

"알았어, 알았다고. 멋대로 움직이진 마. 네가 멋대로 움직이면 내가 혼나니까."

크라이드는 그렇게 말하고 홍차를 한 모금 마신 다음, 한숨을 크게 쉬었다.

그리고 예상하지 못한 나라의 이름을 말했다.

"극동에 있는 반도 국가. 소국이면서도 결계의 수호로 인해 황국조차 손댈 수 없는 검은 나라. 사람과 수인들이 살고 있는 평화로운 나라, 미즈호 선국. 들어본 적은 있나?"

"물론이지. 이 나라 사람이라면 아는 사람도 많을 거다."

"그렇긴 하겠군. 제6비가 그 나라 출신이니까. 그럼 그 나라에는 제국에서의 용작 가문 같은 존재가 있다는 것도 알겠네?"

"그래……, 선국이라는 나라 이름의 유래. 나라를 지키는 강력한 결계를 만들어내고 계속 지켜온 호국의 선가. 그 가문에서는 남자애가 거의 태어나지 않고 딸들만 태어난다고 하지. 그렇기 때문에 가문을 이어받는 것도 여자뿐. 그래서 그녀들은 '선희'라 불리며 숭배의 대상이 되잖나."

"맞아. 그 선희에게 제국과 모험가 길드가 공동으로 협력을 부탁했어. 그쪽도 제국이 혼란스러워지면 황국이 온 힘을 다해 영토를 노릴지도 모르니까. 흔쾌히 받아들여 주더군."

"그러니까……, 이 나라에는 용사와 선희가 있다는 건가?"

"그렇지."

크라이드는 아무렇지도 않다는 듯이 말했지만, 제국 사람에게는 골칫거리다.

용사는 선희와 비교된다. 최강의 창인 용사와 최강의 방패인 선희.

그 사치스러운 모순에 대해 백성들이 이야기꽃을 피운다. 문제는 그런 이야기에 무척 민감하고, 지는 걸 무척 싫어하는 녀석이 지금 성검을 가지고 있다는 점이다. 문제를 일으키지 않았으면 좋겠는데…….

나는 그런 생각을 하며 그곳을 떠났다.

5

그날. 나는 요즘 쌓인 스트레스를 풀기 위해 성 아랫마을로 나왔다.

제위 쟁탈전이 휴전 중이기 때문에 세력 확대를 노리는 행위는 꽤 위험하다. 하지만 인사 정도는 문제가 없다.

레오는 그런 점을 이용해서 귀족들에게 인사하는 일정을 연달아 잡고 있다. 빈틈없이 제위 쟁탈전을 대비하고 있는 것이다.

하지만 남몰래 큰 움직임을 계획할 수는 없다. 가능한 건 겨우 정보 수집 정도고, 그건 세바스만 있으면 충분하다. 아르노르트로서도, 실버로서도 움직일 수 없는 지금, 내가 할 수 있는 일은 없다.

그래서 나는 아는 사람을 데리고 거리로 나섰다.

"나는 의뢰를 진행할 생각이었는데?"

"어차피 대단한 의뢰도 아니잖아? 같이 좀 가자고."

"까불지 마! 저급 몬스터의 토벌이 꽤 짭짤하거든?! 네가 와서 의뢰를 못 받았잖아?"

"그만큼 밥을 사줬잖아? 자잘한 걸 일일이 따지지 말라고!"

"A급 모험가가 되려면 길드의 신용이 중요하다고! 자잘한 일을 착실하게 해나가면서 점수를 따고 있단 말이야! 밥 정도로 때울 수 있을 리가 없잖아!"

가게에 들어가서 밥을 먹으며 그렇게 불평한 건 가이였다.

제도 지부로 들어가려던 가이를 납치해서 여기까지 데리고 왔다. 혼자 어슬렁거려도 상관은 없지만, 가끔은 남자 녀석과 노는 것도 기분전환이 된다.

"수지가 안 맞아!"

가이는 그렇게 말하며 요리를 더 주문했다. 홧김에 먹어대고 있다. 그것만으로도 꽤 금액이 나가니까 충분히 수지가 맞을 것 같은데.

"밥으로 부족하다면 뭘로 때워줘야 하는데?"

"나는 물건에 낚이지 않아!"

"그렇구나. 좋은 검을 사줄까 했는데."

"어쩔 수 없지! 같이 가주마!"

깔끔하게 손바닥을 뒤집었다. 무심코 감탄해 버렸다.

가이는 새로 나온 요리를 전부 먹어치운 다음, 어서 가자는 듯이 일어섰다.

"검은 도망치지 않을 텐데?"

"바보 같은 소리하지 말라고! 어딘가에 마검이 입하되었을지도 모르잖아?!"

"마검이라."

마검은 그 이름대로 마법이 걸린 검이다. 린피아가 지닌 마검 처럼 형태가 바뀌는 타입이나 불꽃, 얼음 같은 속성이 깃든 타입 등, 다양한 종류가 있다.

손에 넣어서 잘만 다루면 전력이 매우 강해지는 건 틀림없다.

가이는 지금 B급 모험가이지만, 슬슬 A급이 시야에 들어올 시 기다. A급 모험가가 되면 받을 수 있는 의뢰의 폭도 넓어진다. 다 시 말해 더 위험해진다.

장비를 다시 검토할 시기이기도 할 것이다.

"나는 그게 좋아! 강화의 마검!"

"제일 알아보기 쉽긴 하지."

강화의 마검은 소유자의 신체 능력을 강화시켜 준다. 단순하기 에 가지고 있기만 해도 강해지는 타입의 마검이다. 가이가 형태 변화의 마검을 다루는 모습을 상상할 수 없긴 하다.

다양하게 변화하는 마검은 상황에 맞게끔 나누어서 쓸 필요가 있다. 린피아이기에 다룰 수 있는 것이고, 가이가 그걸 들더라도 검만 쓸 것이다. 그래선 돼지 목의 진주목걸이다.

"그럼 일단 찾아보기라도 힐까."

"그래!"

가이가 의기양양하게 가게를 나섰다.

계산을 마치고 약간 뒤늦게 나가보니 가게 앞에 가이가 없었다.

"응? 야~, 가이!"

"멍청아! 큰 목소리를 내지 마! 이쪽으로 와!"

가게 옆. 간판 뒤에 가이가 있었다.

이 녀석은 나이 먹고 숨바꼭질에 눈을 뜬 건가?

"뭐하는 건데?"

"숨어있는 거지! 보면 몰라?!"

"누구로부터 숨은 건데……."

"내 치유의 천사야……."

망가졌나…….

갑자기 기묘한 말을 중얼거리는 가이를 우선 한 방 때려 주었다.

가이는 왜 맞은 건지도 모른 채 머리에 물음표를 잔뜩 띄우고 있었다.

보아하니 망가진 건 아닌 모양이었다. 망가졌다면 맞은 뒤에 원래대로 돌아왔을 테니까.

"정상이었나……, 아쉽군."

"너, 나를 바보 취급하는 거지? 큿, 너 때문에 귀중한 시간이!"

가이가 그렇게 말하며 간판 가장자리를 통해 조금 떨어진 가게 를 엿보았다.

다른 사람이 보기에는 완전히 변태다. 잡혀가더라도 불평은 못할 모양새다.

대체 뭐하는 건지.

"아~ 오늘도 예쁘네……."

"여자냐?"

가이는 다른 사람들만큼 여자를 좋아한다. 하지만 멀리서 여자를 바라보는 취미는 없었을 텐데.

뭔가 상태가 이상하다.

우선 여자에 푹 빠져있는 가이에게 말을 걸어 봤자 소용이 없기에 나도 엿보았다.

거기 있던 것은.

"응? 혹시 너, 마리를 보고 있었던 거야?"

"마리? 혹시 너랑 아는 사이야?"

"저 메이드복을 입은 애 말이지?"

"맞아! 저 천사 같은 여자야! 이름이 마리구나……, 정말 잘 어울리는 이름이야……."

솔직히 진심으로 기분 나쁘다는 생각이 들었다.

표정이 심하게 늘어졌다.

그런 표정으로 다가가면 호감을 품을 여자는 없을 것이다.

"……설마, 반한 거야?"

"아……, 예쁘다……, 저 사람을 보면 하루, 아니, 일주일은 열심히 살 수 있어……."

"싸구려 같은 남자로군."

"싸구려 아니야! 이런 마음은 처음이라고……, 나는……, 저 사람에게 마음을 빼앗겨 버린 것 같아……, 죄가 많은 사람이군."

완전히 한눈에 반했다고 해야 하나. 멀리서 바라보기만 할 뿐, 말을 걸 용기는 없는 것 같다.

뭐, 가이답다고 할 수도 있겠지만.

"야, 가이."

"뭔데? 나는 지금 바빠."

"소개해 줄까? 검은 없던 걸로 하고."

"뭐, 라고……?"

가이가 경악한 표정을 지었다. 그렇게까지 놀랄 일인가?

이름을 알고 있으니 소개도 해줄 수 있을 텐데. 이래 봬도 나는 황자라고.

"검은 없던 걸로 해도 된다면."

"그래도 돼! 소개해 줘! 그녀는 대체 정체가 뭐야?!"

"에휴……, 레오의 메이드야."

"그 녀석……, 너무 부럽잖아……, 다음에 두들겨 패주마."

가이는 살벌한 말을 중얼거린 다음, 갑자기 내 손을 잡았다.

그리고.

"……만나게 해주기만 하면 돼. 그 이후로는 내가 알아서 할게. 그러니까 소개만이라도 해줘!"

"뭐, 알겠어. 그녀가 나를 그렇게까지 마음에 들어 하진 않으니까. 단둘이 있게 해주지."

"정말로?!"

이런, 이런. 그렇게 순수하게 기뻐할 필요까지는 없는데.

아무래도 이번에는 진짜로 반한 모양이다. 뭐, 마리는 레오의 메이드뿐만이 아니라 세력의 연락 담당자로도 활약하고 있으니까.

외모는 확실하다고 할 수 있다. 마음에 들어 할지는 모르겠지만.

"좋아, 가자."

"자, 잠깐만 기다려! 내 마음의 준비가!"

"내가 알 바 아니야. 얼른 가자고."

나는 그렇게 말하고는 가이를 데리고 마리에게 다가갔다.

"아르노르트 님, 우연이군요."

"안녕, 마리. 장을 보러 나온 거야?"

"그렇습니다. 아르노르트 님께서는 친구분과 외출하셨나요?"

"그래, 이 녀석은 가이야. 나와 레오, 에르나하고도 소꿉친구지."

내가 그렇게 소개하자 마리가 가이에게 고개를 숙여 인사했다. 레오의 소꿉친구라면 경의를 표할 대상이라 생각했을 것이다.

"레오나르트 님을 섬기고 있는 메이드, 마리 뷜케라고 합니다."

"가, 가이입니다! 모험가로 활동하고 있습니다!"

가이가 그렇게 당황하며 인사했다. 얼굴이 새빨갛게 물들었다. 앞날이 걱정이네.

가이에게는 미안하지만, 솔직히 힘들 거라는 게 내 예상이다.

마리는 항상 무표정하고 얼음 같은 구석이 있다.

그에 맞서려면 상당히 큰 열량으로 도전하거나 마리의 마음에

드는 행동을 할 수밖에 없다. 하지만 마리가 마음에 들어 하는 사람은 레오다.

가이는 굳이 따지자면 내 쪽에 가깝다. 적당히 살아가고 있다. 세상 사람들이 생각하는 모험가 같은 느낌인 남자다.

그런 점을 감안하면 아마 힘들 것이다. 이번에는 내가 자리를 마련해 주었지만, 다음 기회는 없을 것이다.

유일하게 기회가 있다고 한다면 가이가 아이들을 돌봐주고 있다는 점이다.

마리가 어린애들을 좋아하는지는 모르겠지만, 그걸 파고들면 기회가 있을 것이다.

데이트를 하자고 꼬실 수는 없더라도 견학 정도는 제안할 수 있을지도 모른다.

어디까지나 마리에게 그럴 마음이 있다면 말이지만. 지금 마리는 일이 애인 같은 사람이다. 일을 삶의 보람으로 여기고 있다. 그런 마리가 남자에게 흥미를 지니게 될지는 의문이다.

뭐, 자기가 알아서 한다고 했으니까. 알아서 하라고 해야겠다.

"마리, 잠깐 괜찮을까?"

"무슨 일이시죠?"

나는 가이에게서 조금 떨어진 곳으로 가서 마리를 불렀다.

마리는 수상쩍어하는 표정을 지었다. 꿍꿍이를 꾸미고 있다고 생각했나? 뭐, 맞긴 하지만.

"사실 가이는 리타의 스승이야. 제대로 전수해 준 건 없다고 했지만."

"그 기사 후보생의 스승? 그렇군요. 크리스타 전하의 은인이라는 겁니까?"

"그렇지. 보답으로 검을 사줄까 했는데, 볼일이 생겼어. 대신 좀 사줄 수 있을까?"

"명령이라면 따르겠습니다."

"그럼 그렇게 부탁 좀 할게. 싹싹하게 대해줘."

나는 돈이 든 주머니를 마리에게 건넨 다음, 가이에게 다가갔다.

가이는 여전히 얼굴을 붉히고 있었다.

"지금부터 둘이서 검을 사러 가. 돈은 마리에게 줬어. 골라달라고 해."

"검까지……, 너는 신이냐……?!"

"맞아. 숭배해라."

나는 그렇게 말한 다음, 두 사람과 헤어져서 제도를 산책하는 것으로 일정을 변경했다.

6

가이와 헤어진 다음, 혼자서 제도를 산책하다 보니 뜻밖의 만남이 있었다. 전혀 예상하지 못했고, 딱 좋은 만남이었다.

"뜻밖의 수확인데."

"츄피~!!"

나는 그렇게 말하며 저번에 마주쳤던 그 까만 펭귄을 꽉 붙들었다.

설마 제도에서 찾아낼 줄이야. 어슬렁거리며 돌아다니던 게 네 잘못이다.

"어디, 펭귄은 맛있으려나?"

"츄피~?!?!"

목숨이 위험하다고 판단한 건지 약간 비만 체형인 몸을 열심히 흔들었지만, 겨우 그 정도로는 내 손에서 벗어날 수가 없다.

이대로 식당으로 가지고 가서 요리해 달라고 할까.

잔혹하다고 하는 녀석도 있을 것이다. 하지만 나는 이 녀석 때문에 용사에게 살해당할 뻔했다. 그게 훨씬 더 잔혹하다고 할 수 있을 것이다. 말하자면 이 녀석은 살인 미수를 저질렀다. 충분히 몬스터로 판단할 만한 소행이다.

나는 그렇게 생각하며 어떤 식당으로 가져갈지 생각을 시작했다. 거절하지 않고 맛있게 요리해 줄 식당은 별로 없다. 펭귄이니까.

"음~, 역시 성으로 데리고 가는 게 제일 나으려나?"

성의 요리사에게 가지고 가는 게 제일 무난할 것 같다.

그렇게 생각하고 있자니.

"아~~~~!! 무슨 짓을 하는 게냐?! 나의 엔타에게!"

뒤에서 큰 목소리가 들렸다. 돌아보자 그곳에는 까만 후드를 뒤집어쓴 작은 몸집의 소녀가 있었다. 떡 버티고 서서 나를 손가락으로 가리키는 그 모습은 매우 거만해 보였다.

"어디서 요리할지 생각하던 참인데?"

"뭐라고?! 그렇게 사랑스럽게 생긴 동물을 먹을 셈이냐?!"

"사랑스럽다고……?"

나는 소녀가 한 말을 듣고 나서 들고 있던 펭귄을 보았다.

"츄, 츄피……."

왠지 모르게 나를 애완동물 같은 눈빛으로 바라보고 있지만, 툭 튀어나온 배가 귀여운 느낌을 상쇄시키고 있고, 애초에 얼굴 생김새도 그렇게까지 귀엽진 않다. 한참 양보하더라도 사랑스럽다는 말은 나오지 않을 것 같은데.

"전혀 사랑스럽지 않은데?"

"뭐라고?! 그 귀여움을 모르겠다는 게냐?! 으음~, 제도 사람들은 미적 감각에 문제가 있는 것 아닌가?"

갑자기 제국 사람들을 전면적으로 부정하다니, 건방진 애네. 왜 그렇게 거만한 거야?

뭐, 솔직한 건 싫지 않다. 하지만, 그런 것과 펭귄을 놓아 주는 것의 여부는 별개의 문제다.

"미적 감각은 사람마다 다르니까. 그런데 이건 네 거야?"

"물건 취급하지 마라! 엔타는 나의 친구다!"

"츄피~!"

소녀가 마음에 들지 않는다는 듯이 소리쳤고, 펭귄도 그 말을 듣고는 울음소리를 냈다.

하지만 그런 건 나와는 상관이 없다.

"그렇군, 친구를 잘못 사귀었구나."

"아얏?! 이놈! 엔타를 데리고 가지 말거라!"

"츄피~!!"

"시끄러워! 나는 이 녀석 때문에 죽을 뻔했거든?! 통구이로 만들지 않으면 화가 안 풀려!"

"죽을 뻔했다고……? 엔타에게 죽을 뻔하다니, 너무 허약하구나, 그대."

에이~ 말도 안 돼~, 소녀는 그런 느낌이 드는 목소리로 나를 바보 취급했다. 발끈한 나는 말없이 펭귄을 데리고 가려 했지만, 소녀가 내 팔을 붙잡으며 말렸다.

"데리고 가지 말거라! 그건 납치다!"

"몬스터를 토벌할 뿐이야."

"몬스터라고?! 그런 모욕을! 엔타는 제비다!"

"……응?"

"음?"

나는 소녀가 한 말을 그냥 흘려넘길 수 없어서 무심코 굳어 버렸다.

그러자 소녀도 멈췄다. 잠시 침묵이 흐른 뒤, 내가 겨우 중얼거렸다.

"제비……?"

"뭐야? 눈치채지 못했나? 엔타는 어디를 보더라도 제비잖나?"

"아니, 아니, 어디를 보더라도 펭귄이잖아?"

"아니다! 엔타는 제비다!"

"어딜 봐도 펭귄이잖아?! 이 녀석이 날 수 있을 것 같아?!"

"엔타는 살이 너무 많이 쪄서 날 수가 없게 된 제비다! 예전에는 날씬했다!"

"그건 아니지?!"

날씬하다거나 살이 쪘다는 수준이 아니다. 제비는 펭귄처럼 걸어다니지 않는다. 적어도 내가 아는 제비는 그렇게 기괴한 행동을 하지 않는다.

하지만 소녀는 결코 그 사실을 인정하지 않았다.

"에잇! 내가 제비라고 하면 제비인 게다! 내가 엔타에 대해 제일 잘 안단 말이다!"

"츄피~!"

"에휴……, 그래. 그렇다면 됐고."

"오오?! 이해해준 게냐!"

"그래, 이해했어. 날지 못하는 제비는 제비의 수치지. 먹어 버리는 게 제비에게도 도움이 될 거야."

"뭐라고?!"

경악한 소녀가 무심코 내 팔을 놓았다. 나는 그 틈을 타서 성쪽으로 달려갔지만, 잠시 후에 아무것도 없는 곳에서 벽에 부딪힌 듯이 넘어져 버렸다.

결계, 그것도 빠르고 견고한 결계였다. 미리 쳐두었다면 내가 눈치챘을 것이다. 방금 그 짧은 틈에 친 것이다.

"아얏!! 코가……."

"흐흥! 악당은 천벌을 받기 마련이지! 엔타는 돌려줘야겠다!"

"츄피~!!"

내 품에서 도망친 펭귄, 엔타가 소녀에게 달려가서 안겼다.

이런, 지금 놓치면 저번 같은 참사가 이번에는 제도에서도 일어날지 모른다.

다음에 그런 장난을 치면 내 목숨이 위험하다. 저 펭귄을 잡아먹지 못하더라도 최소한 붙잡긴 해야 한다.

"홋……, 좋아. 거래를 하자고."

"거래?"

"……그것보다 귀여운 동물을 주마. 말도 할 수 있고, 엄청나게 강한 새끼곰이야."

뭐, 진짜 곰은 아니지만, 생김새는 곰이니까 문제가 없을 것이다.

일단 그 녀석을 넘기고, 그 이후로 도망친다 하더라도 내 책임은 아니다.

"마, 말하는 곰이라고?! 그렇게 신기할 수가! 귀, 귀여운가?!"

"어린아이들에게 인기가 많지."

"그럴 수가?! 아, 아니! 아니! 엔타에 대한 내 애정은 겨우 그런 걸로 흔들리지 않는다!"

"아~, 그렇구나. 그럼 다른 녀석에게 넘겨 버릴까~."

"아……, 저, 저기……, 그, 그대가 간절하게 부탁한다면 하루 정도는 교환해 줄 수도 있다만! 그래도 잡아먹으면 안 된다!"

소녀가 왠지 모르게 거만한 태도로 그렇게 말했다. 나는 한숨을 쉬고는 어쩔 수 없다는 듯이 소녀에게 다가갔다. 그리고 교섭이 성립되었다는 듯이 엔타 쪽으로 손을 뻗었는데.

"아얏?! 이 펭귄, 물었어?!"

"츄피~!!"

"에, 엔타……, 그렇게까지 싫은 게냐……, 용서하거라. 나는 그대의 마음을 알아주지 못했구나. 그렇게 되었으니 방금 했던 말은 없던 걸로 하자!"

소녀는 그렇게 말한 다음 엔타를 데리고 떠나갔다.

그런데 어느 정도 거리가 떨어지자 무슨 생각을 한 건지 이쪽을 돌아보았다.

"그래! 얼굴은 기억해 두었다! 나의 친구를 잡아먹으려 한 악귀 녀석! 이 빚은 몇 배로 갚아주마! 두고 보자꾸나!"

소녀는 나타났을 때와 마찬가지로 가슴을 펴고는 거만하게 삿대질하며 선언했다.

그러자 나는 물린 손이 아파서 흔들며 대답했다.

"선전포고는 상관없긴 한데, 내가 어디 사는지는 알아?"

"음? 그렇긴 하지. 자기소개를 하거라! 언젠가 꼭 복수하러 가겠다!"

복수하러 가겠다고 선언하는 녀석에게 자기소개를 하는 녀석이 있다고 생각하는 건가? 뭐, 펭귄을 제비로 착각하는 녀석이니 순수한 것 같다. 천진난만하다는 표현이 어울리는 성격 같고.

"자기소개를 할 만한 이름은 없어. 하지만 어디 사는지는 가르쳐 주지."

"호오? 내게 솔직하게 가르쳐 주겠다니, 훌륭한 마음가짐이로구나! 이게 다 내가 평소에 착하게 살아온 덕분이겠지!"

"왜 네 평소 행동하고 이어지는 건데……, 뭐, 됐어. 내가 사는 곳은 저기다."

나는 그렇게 말하며 멀리 떨어진 곳에 보이는 성을 손가락으로 가리켰다.

소녀는 그곳을 보고 깜짝 놀란 듯이 몸을 뒤로 젖혔고, 나는 아랑곳하지 않고 말했다.

"올 수 있다면 와보라고."

"그 도전, 받아들이마! 후회하지 말거라!"

소녀는 그렇게 말한 다음, 뛰어갔다. 나는 그 뒷모습을 보고 한숨을 쉬며 작은 목소리로 중얼거렸다.

"쫓아가서 어디 있는지 알아내. 거의 틀림없이 저게 선희일 거야. 미리 알아두면 여러모로 도움이 되겠지."

"네."

나는 그렇게 말하며 세바스에게 지시를 내린 다음, 천천히 성으로 돌아가기 시작했다.

정말 기묘한 인연도 다 있지. 게다가 마침 잘된 일이기도 했다. 단.

"에르나와 만나지 않게끔 해야겠는데."

나는 마음 속으로 그렇게 다짐하며 성으로 돌아갔다.

7

"죄송합니다. 놓쳤습니다."

"그래……."

나는 세바스에게 보고를 받고 마음 속으로 혀를 내두르고 있었다. 세바스의 추적을 따돌릴 만한 사람이 있을 것 같진 않다. 추적을 단념할 수밖에 없었던 이유가 있었을 것이다.

"결계 때문에 다가갈 수 없었던 거야?"

"아뇨, 중간까지는 다가갈 수 있었습니다만, 어떤 시기를 계기로 방향 감각을 잃었고, 주위가 미로처럼 보이게 되었습니다. 계속 추적하는 건 위험할 거라 판단하고 곧바로 철수했습니다."

"좋은 판단이야. 미궁에 들어간 거나 마찬가지니까. 나아가면 나아갈수록 상대방에게 휘둘리게 되지."

"제 힘이 부족했기 때문입니다. 그런데……, 소문보다 더 엄청나군요, 선희라는 존재는. 제가 아무것도 해보지 못한 건 오랜만입니다."

세바스가 고개를 크게 숙이고 나서 그렇게 말했다. 세바스가 완전히 패배했다고 선언하고 상대방을 칭찬하는 경우는 거의 없다. 세바스는 상대가 강하거나 실력이 좋다 하더라도 다양한 방법으로 어떻게든 하려는 타입이기 때문이다.

"역시 가장 단단한 방패라고 해야 하나. 그냥 튼튼한 결계를 펼칠 수 있는 것뿐인 게 아닌 모양인데. 수비 쪽으로는 자유자재. 용작 가문과 비교될 만도 하겠어."

"네. 골치 아프긴 합니다만……, 이제 확정이군요."

"그래. 틀림없이 선희야."

어떤 인물인지는 알아냈다. 그 펭귄이 그 애의 애완동물이라면 제2 근위기사대가 온천에서 지키고 있었던 건 그녀라는 뜻이다.

"그런데 아버님도 남몰래 이것저것 하던 모양이네. 모험가 길드를 끌어들이고 극동의 선희를 불러들이다니, 꼼수도 정도가 있지."

"역시 황제 폐하라고 해야 할까요."

"하지만, 실버에게 맡기는 게 더 편했을 거야."

쓸데없는 짓을 하지 않고 실버에게 전부 맡겼다면 골치 아픈 일이 벌어지지는 않았을 것이다.

뭐, 이번에는 모험가 길드에서 주도했을 테니 협력 관계를 맺을 때 실버를 이용하지 않겠다고 약속했겠지만.

아무리 제국이 강대국이라 하더라도 몬스터 관련 문제는 모험가 길드의 전문 분야다. 하멜룬의 영향으로 몬스터가 활성화되었다는 사실은 길드를 통하지 않았다면 이렇게 일찌감치 눈치채지도 못했을 것이다.

"길드 본부에도 이런저런 사정이 있겠지요."

"실버가 지나치게 활약하면 제멋대로 굴 거라니, 말도 안 되는 소리지. 분명히 뒤에서 움직인 녀석이 있을 거야."

"그렇게까지 생각하실 필요는 없지 않습니까? 만약에 뒤에 누군가가 있다 하더라도 이번 건은 우리 쪽에 유리해질 겁니다. 만약에 길드와 제국의 계획에 따라 에르나 님과 S급 모험가들이 정리한다면 그것도 나름대로 힘을 아껴둘 수 있고, 실패하더라도 뒤처리를 맡는 건 실버입니다."

그렇다. 제국의 목적은 행사가 진행되기 전에 안전한 루트를 확보하는 것이다. 길드의 목적은 활성기에 들어간 몬스터의 토벌과 새로운 SS급의 발굴. 모인 S급들이 실패한다면 실버에게 의뢰가 들어오게 된다.

피해가 늘어나면 비난받게 되는 건 이용할 수 있었던 사람을 이용하지 않았던 길드 본부 상층부다. 크라이드 같은 사람은 그걸 노리고 있을지도 모르겠다. 하지만 모든 게 잘 풀릴 거라는 보장은 없다.

"실버가 공적을 세우는 걸 싫어할 만한 사람은 별로 없지. S급이 보기에는 승진할 기회를 뺏기는 걸로 느낄지도 모르겠지만, SS급의 자릿수는 딱히 정해져 있지 않아. 그렇게까지 싫어할 이유도 없지. 굳이 말하자면 위쪽이나 옆쪽이겠지."

"길드의 상층부가 다루기 힘들어지는 걸 싫어하기 때문이라는 게 크라이드 공의 추측이었습니다만, 옆이라면 대등한 입장인 분들이라는 뜻이겠군요."

"……문제아들이 상층부에 손을 쓴 건지도 모르지. 이렇게 짧은 기간 동안 S급 몬스터를 연달아 토벌했으니 SSS급으로 올라간다는 말도 현실적일 수 있으니까. SS급 녀석들이 보기에는 마음에 들지 않을 거야."

시시하다. 하지만 그렇게 시시한 것에 집착하는 게 SS급 문제아들이다.

"그 녀석들이 관여하면 골치가 아파질 텐데……, 모두가 수상쩍은 녀석들이니."

"마치 자신은 그렇지 않다는 듯이 말씀하시는군요."

"무슨 소릴 하는 거야? '나만은' 정상이라고."

"안타깝게도 아마 다른 네 사람도 그리 생각하고 있을 겁니다."

"엄청난 착각이지."

사회 부적응자의 극치 같은 녀석들이 정상이라니, 착각도 정도가 있지.

내가 코웃음 치자 세바스가 왠지 모르게 살짝 한숨을 쉬었다.

■ ■ ■

다음 날. 어머님이 갑자기 나를 불러냈다. 이유는 모르겠지만, 혼자 오라는 조건으로.

뭐지? 나는 그렇게 생각하면서 어머님이 시킨 대로 혼자 어머님에게 갔다.

"실례합니다~."

그렇게 말하며 항상 그랬듯이 어머님의 방문을 열고 들어갔다.

그런데 평소와는 다른 게 있었다.

"으앗?!"

이유는 모르겠지만, 문 바로 앞에 밧줄이 쳐져 있었던 것이다.

피할 수 있을 만한 운동신경이 없는 나는 거기에 걸려서 넘어지게 되었다.

그리고 나는 어제에 이어 오늘도 바닥에 세게 부딪히고 말았다.

그런 내 귀에 들어본 적이 있는 목소리와 울음소리가 날아들었다.

"좋아! 잘했다! 엔타!"

"츄피~!!"

보아하니 밧줄 끝에서 엔타와 어제 만났던 소녀가 밧줄을 잡고 있었다. 소녀는 어제와 마찬가지로 후드를 뒤집어쓴 상태였다.

코를 누르며 그쪽을 노려보자 소녀가 거만한 태도로 말했다.

"흐흥! 어떠냐! 봤느냐!"

"츄피~!"

주인을 닮은 걸까.

펭귄도 내게 으스대는 표정을 보였다.

짜증이 난 나는 말없이 일어서서 펭귄을 끌어안고는 창문 쪽으로 다가갔다.

"으앗~~~?!?! 무슨 짓을 할 셈이냐?!"

"안심해. 제비라면 목숨이 위험해졌을 때 나는 법을 떠올릴 테니까."

151

"츄, 츄피~?!"

"그, 그만두거라!! 그렇게 끔찍한 짓은 하지 말거라! 엔타는 날수가 없는 제비란 말이다!"

"그러니까 지금부터 하늘의 감각을 되찾게 해주겠어! 이거 봐!"

내가 엔타를 던지려고 들어 올리자, 소녀가 내 팔을 잡고는 필사적으로 말렸다.

겨우 소녀를 뿌리치고 창문 밖으로 엔타를 던지려 했지만, 그때마다 소녀가 내게 달라붙었다.

"그만두거라! 엔타를 놔주거라!"

"시끄러워! 지금부터 이 녀석이 펭귄이라는 사실을 가르쳐 줄테니 잘 보라고!"

"츄피~?!?!"

"엔타는 제비다! 그저 날지 못하는 제비란 말이다!"

"날지 못하는 제비는 제비가 아니야!"

"그만두거라아아아!!!! 그대에게는 동물을 사랑하는 마음이 없는 게냐?!"

"이렇게 성격이 안 좋은 동물을 사랑할 수 있겠냐고!"

그런 공방을 벌인 끝에 우리는 지쳐서 거친 숨을 내쉬며 서로 노려보는 형태가 되었다.

완전히 교착상태.

그런 상황에서 제3자가 그제야 입을 열었다.

"차 준비가 되었어."

"오오! 고생했다, 미츠바. 하지만 나는 그대의 심술궂은 아들로 부터 친구를 되찾아야만 한다. 차는 나중에 마시마. 아, 달콤한 과자도 부탁한다!"

"알겠습니다. 아르. 예하를 너무 괴롭히면 못 써."

"괴롭히는 게 아니에요. 벌을 주고 있는 거죠."

"그건 더 못된 짓이지! 이놈, 용서할 수 없다!"

소녀는 그렇게 말하며 내 팔에 달라붙어서 엔타를 억지로 빼앗았다.

그리고 내가 반격하기 전에 어머님 뒤에 숨었다.

"흐흥! 어떠냐! 항복할 테냐?!"

"뭘 어떻게 항복하면 되는데?"

"이해를 못 한 모양이로구나. 그렇다면 설명해 주마! 내가 바로 극동의 나라, 미즈호에는 바로 그 사람이 있다고 칭송받는 절세의 미희! 선희, 오리히메 쿠온이니라~!!"

그렇게 말한 소녀가 후드를 벗고는 얼굴을 드러냈다.

길고 까만 머리카락에 금빛 눈동자. 마치 인형처럼 아름다운 소녀의 얼굴이 거기 있었다. 하지만 그녀 같은 인형을 만들 수 있는 인형사는 아마 없을 것이다. 그만큼 그 소녀의 얼굴에는 생기가 넘쳐나고 있었다. 자신만만함이 터져나올 것 같은 미소. 그야말로 천진난만하다.

그런 그녀의 머리에는 자그마한 여우귀가 돋아나 있었다. 보아하니 뒤쪽에 꼬리도 있었다.

선희 일족은 '선호족'이라 불리는 수인이다. 신체 능력이 뛰어난 대신 마력이 부족한 수인 중에서는 예외적으로 마력이 뛰어나고, 그 힘을 이용하여 선국을 지켜온 유서 깊은 명문.

격으로 따지자면 용작 가문과 동등하다. 다른 나라에서는 왕족에 필적하는 대우를 받는다.

그런 선희라는 사실을 밝히면 내가 놀랄 거라 생각했을 것이다.

오리히메는 조마조마하며 내 반응을 살피고 있었다. 하지만 나는 담담하게 대답했다.

"그래, 알고 있어."

"응? 어라⋯⋯? 이상하네⋯⋯, 나는 선희란 말이다~!"

"그러니까, 알고 있다고."

"⋯⋯어, 언제부터 눈치챈 게냐?!"

"어제, 결계를 썼을 때부터."

"뭐, 뭐라고?! 그래⋯⋯, 알고 있었던 게냐⋯⋯."

오리히메는 풀 죽은 듯이 어깨를 늘어뜨리고는 귀까지 늘어뜨린 채 힘없이 의자에 앉았다. 그런 오리히메에게 어머님이 익숙한 손놀림으로 차를 내주었다.

"놀라서 당황하는 모습을 보려고 했는데⋯⋯, 미츠바! 나는 재미가 없구나!"

"이 애는 예전부터 이런 애였거든요."

"그렇다 하더라도, 황족이라면 화들짝 놀랄 만도 할 터인데⋯⋯, 분위기를 좀 파악하란 말이다. 그게 매너라는 것 아닌가?"

"그런 매너는 몰라."

나도 그렇게 말하며 의자에 앉아서 어머님에게 차를 받았다.

이 녀석하고 놀다 보니 목이 말라서 견딜 수가 없다.

정말, 선희라면 좀 얌전히 지내면 안 되나?

그렇게 생각하다가 비교당하는 입장인 용작 가문의 아가씨가 얌전하지 않다는 사실을 깨닫고는 어쩔 수 없겠다며 납득해버렸다.

"아르, 다시 소개할게. 내 고향인 미즈호 선국의 선희, 오리히메 쿠온 예하셔."

"으음! 나는 그대의 어머니 고향에서는 높은 사람이다! 다시 말해 무슨 뜻인지 알겠느냐?"

"전혀 모르겠는데."

"그대보다 내가 더 높은 사람이라는 뜻이다! 나는 선희이니 말이야!"

"……."

뭐라고 대답할까 망설이다가 어머님을 보았지만, 어머님은 전혀 신경 쓰지 않는 것 같았다. 아마 신경을 쓰거나 상식적으로 대답해 봤자 소용이 없는 것 같다.

방금 그 말을 통해 확신했다. 이 녀석은 제멋대로 구는 폭군에 가깝다. 더 단순하게 말하자면 응석꾸러기다.

"예하. 이 아이가 제 장남, 아르노르트입니다. 예하께서 찾으시던 사람이 아르 맞나요?"

"으음! 틀림없다!"

"일단 여쭈어 보는 겁니다만, 어떻게 말하던가요?"

"성에 사는 사람 중에 머리카락이 까맣고 심술궂은 남자라고 하셨어. 머리카락이 까맣고 심술궂은 사람은 너일 것 같아서 불렀지."

"말도 안 돼……."

"심술궂지 않은가! 엔타와 나를 그렇게 괴롭히고! 이 심술쟁이 황자 녀석! 내가 복수할 거라고 말한 건 기억하고 있겠지?! 으앗?! 소매가!!"

오리히메는 마시던 차를 탁자에 내려치며 나를 손가락으로 가리켰다.

하지만 내려친 충격으로 인해 차가 흘러서 소매가 젖어버렸다.

그러자 오리히메는 호들갑을 떨면서 비명을 지르고는 어머님에게 닦아달라고 한 다음, 다시 나를 삿대질했다.

"──나는 그대에게 복수할 게다!"

"호오? 어떻게 할 건데?"

"듣고 놀라거라! 그리고 기뻐하며 오열하거라! 아르노르트! 그대를 내 접대 담당으로 임명하마!"

깜짝 발언이라고도 할 수 있겠지만, 나는 딱히 놀라지 않았다.

그런 말 정도는 할 것 같다면서 묘하게 납득해 버렸기 때문이다.

그런데 접대 담당이란 말이지…….

"왕족 대우니까 실질적으로는 황족이 더 높은 사람일 텐데 말이지."

"나는 귀빈이다! 황족이 접대하는 건 당연한 이치지! 나를 잔뜩 즐겁게 해주거라!"

오리히메는 꼬리를 흔들며 그렇게 말했다.

8

"자! 나를 즐겁게 해주거라!"

그렇게 말한 오리히메는 소파에 앉아 기대된다는 듯이 다리를 흔들며 귀를 연달아 움직였다.

지금 나와 오리히메가 있는 곳은 후궁의 가장자리에 있는 별관. 그곳은 제2 근위기사대가 경호하고 있고, 당분간 오리히메가 지낼 곳이었다.

하지만 그렇게 된 건 오늘부터인 모양이었고, 어제까지는 다른 곳에 있었던 것 같았다.

제2 기사대의 감시를 피해 엔타와 함께 산책하러 나갔기에 이쪽으로 옮겨오게 되었다고 한다. 당연한 판단이다.

오리히메는 귀빈이긴 하지만, 겉으로 드러낼 수 있는 귀빈이 아니다. 정체를 들키면 매우 혼란스러워질 것이다. 나는 선희가 와 있다는 사실을 알고 있었기에 괜찮지만, 다른 사람들이 알게 되면 문제가 커질 것이다.

"아직 내가 접대 담당을 맡게 될 거라고 결정된 건 아닌데?"

"내가 그렇게 원하고 있다. 그걸로 충분하지 않은가?"

"안타깝게도 여기는 제국이거든."

오리히메의 나라라면 그걸로도 충분할지 모르겠지만, 이곳에서는 황제의 의사가 존중된다.

어쩌다 보니 여기까지 왔는데, 이미 제2 근위기사대 대장이 재상에게 가고 있다. 내가 그렇게 전했기 때문이다.

아무리 그래도 아버님을 불러낼 순 없으니까. 아마 상황에 대해 들으면 재상도 와줄 것이다. 나는 그때까지 접대 담당이 아니다.

"그런가……, 아쉽구나."

오리히메는 그렇게 말한 다음, 풀 죽은 듯이 어깨를 늘어뜨렸다. 그와 동시에 귀도 축 늘어졌다. 알아보기 쉬운 녀석이다.

"아르노르트는 우릴 즐겁게 해줄 생각이 없는 모양이다, 엔타."

"츄피……."

엔타는 오리히메의 무릎 위에서 살짝 울음소리를 내고는 천천히 눈을 감았다.

보아하니 졸린 모양이었다. 오리히메도 눈치챘는지 천천히 달래는 듯이 엔타를 쓰다듬어 주었다.

잠시 후, 엔타는 오리히메의 무릎 위에서 몸을 웅크리고는 조용히 숨소리를 내며 잠들었다.

"느긋한 펭귄이네."

"제비다. 똑같은 대답을 하게 만들지 말거라……."

오리히메는 그렇게 대답하며 살짝 하품했다. 엔타가 잠들자 오리히메도 덩달아 졸린 모양이었다.

어떻게든 깨어있으려 하면서 눈을 뜨려 했지만, 금방 꾸벅꾸벅 졸기 시작했다. 그리고.

"으음……, 아르노르트. 이쪽으로 오거라."

"뭐야? 말동무를 해달라고?"

"그런 거나 마찬가지다."

오리히메는 자기 옆을 살짝 두드리며 나를 불렀다.

졸리면 자도 딱히 상관없긴 하지만, 너무 쌀쌀맞게 굴 수는 없으니까.

말동무 정도는 해줄까, 나는 그렇게 생각하며 오리히메 옆에 앉았다.

자, 어떤 이야기를 해야 할까, 그렇게 생각하고 있자니 다리에 무언가가 얹혔다.

"……야."

"으음, 나쁘지 않은 감촉이로구나. 내 베개로서는 합격이라고 할 수 있겠지."

정신을 차리고 보니 오리히메가 소파에 누운 채 내 다리에 머리를 기대고 있었다.

이 녀석, 한없이 자기 마음대로만 하네. 이래 봬도 나는 황자인데.

"이봐……, 외교 예절이라는 거 알아?"

"예절을 중시하는 곳에서는 그렇게 한다. 하지만 나는 비공식적인 존재이지. 어떻게 행동하든 문제는 없을 게야. 흐음, 시야에 들어오는 게 그대의 얼빠진 얼굴이라는 게 문제이긴 하지만, 꽤 나쁘지 않구나."

오리히메는 머리를 기대기 딱 좋은 위치를 찾다가 괜찮은 위치를 찾아낸 건지, 올려다보면서 만족스러운 듯이 웃었다. 정말 강아지나 고양이처럼 제멋대로 구는구나. 게다가 하는 말이 맞는 말이라는 것도 짜증난다.

비공식적인 존재인 오리히메가 제멋대로 굴더라도 문제가 없긴 할 것이다. 비공식적으로 온 거니까.

물론 황제에게 무례한 짓을 하면 그렇진 않겠지만, 나 정도 상대에게는 제멋대로 굴어도 문제가 되지 않는다. 제국이 부탁해서 와준 입장이니까.

아마 재상도 내게 접대 담당을 받아들이라고 할 것이다. 지금 오리히메의 심기를 건드릴 수는 없기 때문이다.

모험가 길드와 합동으로 계획을 진행시키고 있긴 하지만, 몬스터의 움직임을 예상하긴 힘들다.

만에 하나의 경우, 오리히메가 있으면 최고의 결계를 쳐줄 것이다. 이만큼 믿음직스러운 인재도 없긴 할 것 같다.

"에휴……, 너희 나라에서도 이렇게 행동하는 거야?"

"그럴 리가 없잖느냐. 미즈호에는 내게 마음 편히 대하는 자가 없다. 친하게 지내는 자가 있긴 하다만, 마음 편히 대할 수는 없는 게지. 나는 선희이니 말이다."

오리히메는 그렇게 말하며 쓸쓸한 듯한 표정을 지었다.

그리고 오리히메 몸 위에서 몸을 웅크리고 있는 엔타를 보았나.

"친구라고 할 만한 건 엔타뿐이다. 미즈호에서 선희는 격이 다른 존재이니……, 제국과 용작 가문의 관계와는 다르지. 제국에게 있어서 용작 가문은 비장의 수이긴 하지만, 전면적으로 의존하는 존재는 아니다. 하지만 미즈호는 그렇지 않지. 강대한 황국에 비해 미즈호는 작다. 문제에 대처하기 위해서는 선희의 결계가 반드시 필요하다. 미즈호는 선희에게 의존해야만 성립될 수 있는 나라다."

"그렇게 중요한 인물인 선희님께서 왜 제국에 와 있는 거야? 너무 위험하지 않나?"

"내게 무슨 일이 생기면 선호족의 다른 자가 선희를 이어받게 된다. 우리 선호족은 모두가 강력한 결계술사니까. 보험이 있기에 나를 파견할 수 있었던 게다. 하지만 이번에는 내가 원해서 온 것이기도 하지."

"네가 원해서 왔다고?"

"바깥 세계를 보고 싶었다. 뭐……, 제대로 보진 못했다만."

그래서 빠져나간 거구나. 하지만 그러다가 엔타와 따로 떨어지게 되었고, 찾느라 시간을 소비하게 되었다는 건가? 얼간이 같지만, 가엾기도 하다.

고독하진 않겠지만, 고고하긴 할 것이다.

"……쓸쓸해?"

정신을 차리고 보니 그 말이 입밖으로 나와 있었다. 오리히메는 그 말을 듣고 약간 놀란 듯한 표정을 지은 다음, 쑥스러워하는 듯이 미소를 지으며 대답했다.

"으음, 나는 쓸쓸하다."

"그렇구나……."

"그래서 그대와 함께 지내는 시간은 나쁘지 않다. 그대는 나를 마음 편히 대해 주니 말이다. 내가 선희라는 사실을 눈치챘으면서도 어째서 태도를 바로잡지 않는 게냐?"

"나는 내가 당하면 싫을 것 같은 행동을 하지 않아."

어렸을 때, 신분 차이를 신경 쓰지 않고 함께 놀던 평민 친구들은 어느새 점점 내게서 멀어져갔다. 슬펐다. 서글펐다.

하지만, 그런 와중에 태도가 바뀌지 않은 가이의 존재는 정말 고마웠다.

그런 경험이 있기에 어지간한 일이 생기지 않는 이상, 나는 상대방의 신분에 따라 태도를 바꾸지 않는다. 물론, 그럴 필요가 있다면 바꾸겠지만.

"그런가……, 그렇다면 나를 대하는 태도도 바꾸지 말아 다오. 바깥으로 나가지 못한다면 적어도 마음 편히 대해 주는 자와 이야기를 나누고 싶구나."

"그래서 나를 접대 담당자로 지정한 거야?"

"그건 그냥 생각나서 그랬던 것뿐이다."

"아무런 이유도 없었냐……."

"으음, 없었다. 흐암……, 나는 졸리구나. 아르노르트, 쓰다듬거라."

오리히메는 그렇게 말한 다음 눈을 감고 고개를 살짝 들면서 그렇게 말했다.

쓰다듬으라니……, 어린애도 아니고. 오리히메는 말과 행동이 어린애 같긴 하지만, 외모로 보면 열다섯 살이나 열여섯 살 정도다. 그런 여자애를 쓰다듬는 건 좀.

내가 망설이자 오리히메가 한쪽 눈을 뜨고 불만스러워하는 표정을 지은 다음, 귀를 늘어뜨리고는 풀 죽은 표정을 지었다.

그 모습을 보고 죄책감이 든 나는 손을 움직였다. 그러자 오리히메가 기대한 듯이 안절부절못하는 모습을 보였다.

꼬리를 흔들며 귀를 세우고 있다.

기대해도 곤란한데 말이지…….

"에휴……."

나는 한숨을 쉬며 오리히메의 머리를 살며시 쓰다듬었다.

그러자 오리히메는 귀를 움찔거리면서 만족스러운 듯한 미소를 지었다.

"으음! 나쁘지 않구나! 계속하거라!"

"계속하라니……, 설마 여기서 진짜로 잘 셈이야?"

"물론이다. 자, 쓰다듬거라!"

오리히메는 그렇게 말하며 꼬리를 흔들었다.

어쩔 수 없이 그대로 계속 쓰다듬고 있자니 오리히메가 기분 좋게 미소를 짓고는 눈을 감고 조용히 숨소리를 내며 잠들었다.

"진짜로 자네……."

나는 오리히메가 완전히 잠든 것을 확인하고는 쓰다듬던 손을 멈췄다. 그러자 오리히메가 자면서 불만이라는 듯이 눈살을 찌푸렸다. 사실 깨어있는 거 아니야……?

나는 포기하고 오리히메의 머리를 계속 쓰다듬었다.

그렇게 하고 있자니 재상인 프란츠가 방으로 조용히 들어왔다.

무슨 상황인지 짐작했는지, 프란츠가 내게 다가와 작은 목소리로 말을 걸었다.

"전하, 죄송합니다."

"사죄할 필요는 없어. 이 녀석이 변덕을 부린 거니까."

"그렇게 말씀해 주시니 감사합니다. 예하께서도 전하를 마음에 들어 하시는 것 같으니 원하시는 대로 해주실 수 있겠습니까?"

"접대 담당이라……."

아무리 생각해도 피곤해질 게 뻔하고, 거리가 너무 가깝다. 접점을 만들어 두면 편해질 거라 생각하긴 했지만, 접대 담당을 맡게 되면 거리가 가장 가까워진다. 상황에 따라서는 골치 아파지겠지만…….

솔직하게 쓸쓸하다고 말하던 오리히메의 표정이 머릿속에 스쳤다.

아마 접대 담당을 거절하면 좀 전 같은 표정을 지을 것이다. 그건 마음에 들지 않는다.

"뭐, 선희가 원하는 거니까. 부탁을 들어주는 게 좋겠지."

"감사합니다. 그런데 언제 예하와 접점을 만드신 겁니까?"

"어제 이 펭귄 때문에 좀. 잘됐네, 접촉한 게 나라서."

"그것 말씀입니다만……, 선희가 와 있다는 걸 알고 계셨던 이유가 뭡니까?"

어제 있었던 일에 대해서는 이미 제2 근위기사대 대장에게 설명해 두었다.

내가 선희가 와 있다는 걸 미리 알고 있었다는 것도 당연히 말했다.

프란츠가 보기에는 신경 쓰일 것이다. 물론, 일부러 말한 것이다.

"실버에게 들었어."

"실버가……? 어째서 전하께?"

"연기하지 마. 실버가 나나 레오에게 협력하고 있다는 건 알고 있을 텐데. 하지만 이해가 잘 안 되는 남자라는 건 틀림없어. 힘을 빌려줄 때도 있고, 빌려주지 않을 때도 있으니까. SS급 모험가이기 때문에 잘 구분해서 행동하는 거겠지만."

프란츠도 독자적인 정보망을 지니고 있다. 그것을 통해 실버가 우리 쪽에 협력하고 있다는 건 알고 있을 것이다.

하지만 대놓고 아군이 된 건 아니다. 어디까지나 협력할 때도 있다는 정도다.

제위 쟁탈전에 SS급 모험가가 끼어드는 건 위험하지만, 협력 정도라면 넘어갈 수 있다.

"말씀하신 대로 눈치채고 있긴 했습니다. 하지만 그 남자는 적극적으로 협력하는 타입이 아니었을 텐데요?"

"이번에는 그렇지 않은 모양이야. 정보를 빨리 흘리더군. 자신을 따돌린 게 어지간히 짜증 났던 것 아닐까?"

"……길드와 약속했으니까요."

"그렇겠지. 하지만 실버가 보기에는 마음에 들 리가 없어. 제국을 몬스터로부터 지켜온 건 실버야. 제국은 몇 번이나 실버에게 빚을 졌지. 신뢰 관계가 망가질 만한 짓은 하지 않는 게 좋을 것 같은데?"

"……제국은 넓습니다. 실버에게만 의존하는 상황은 일찌감치 벗어나야만 합니다."

프란츠가 무슨 말을 하는 건지는 이해가 된다. 길드가 모험가에게 강제력을 행사하는 경우는 별로 없다. 어디까지나 요청할 경우가 대부분이다. 그래서 인기가 없는 곳에는 모험가들이 모이지 않는다. 그리고 한동안 그렇게 인기가 없던 곳이 제국이었다.

안정적이고 몬스터가 별로 나타나지 않아서 평화로운 곳이었기 때문이다.

하지만 최근에는 그런 상황도 바뀌기 시작했다. 제국으로서는 그 문제와 더불어 S급 중 누군가가 제국에 거점을 두는 걸 원하고 있을 것이다.

실버가 아무리 강하다 하더라도 혼자서는 제국 전토를 커버할 수 없다.

"무슨 생각인지는 알겠어. 아버님의 의견도 똑같은 거지?"

"네. 그러니 파이프를 연결해 주시면 도움이 될 것 같습니다."

"안타깝게도 그쪽에서 우리한테 일방통행이야. 하지만……, 실버는 레오를 마음에 들어 하는……, 것 같아. 비위를 맞추려면 레오를 이용하라고."

"그렇게 되지 않기를 바랄 뿐입니다만……, 만에 하나, 실버에게 의존해야 할 때는 레오나르트 전하께 부탁드리도록 하지요."

프란츠는 그렇게 말한 다음, 몇 가지 이야기를 나누고 나갔다. 이제 만에 하나의 경우, 실버가 움직일 만한 라인은 마련했다. 레오의 공이 될 테고, 최악의 경우에 대비해서 준비를 할 수 있었던 것이다.

하지만 문제는 내가 오리히메의 접대 담당을 맡게 된 것이다. 그녀는 매우 기분 좋게 잠들어 있다.

"고민이 아무것도 없는 듯이 편하게 자고 있네."

발끈해서 딱밤을 먹여주자 그녀가 발끈하며 눈살을 찌푸렸다. 그 모습을 보니 화가 조금 풀렸다.

그런 다음, 나는 오리히메가 깨어날 때까지 머리를 계속 쓰다듬어 주었다.

9

"가라! 엔타!"

"츄피~!"

오리히메가 신이 나서 작은 공을 던지고는 엔타에게 가지고 오게 했다.

펭귄 주제에 매우 똑똑한 엔타가 재주도 좋게 공을 줍고는 오리히메에게 가져갔다.

그러자 오리히메가 매우 신이 났다.

"오오! 착하구나! 엔타! 대단하다! 기특해!"

"츄피~!!"

솔직히 시끄럽다.

뭐, 시끄러운 건 예전부터 그랬으니 상관이 없지만, 문제는.

"물어보고 싶은 게 있는데."

"응? 뭐지?"

"뭐지?는 무슨, 왜 내 방에 있는 거야?"

"그대가 있기 때문이다만?"

오리히메가 왜 당연한 걸 물어보냐는 듯이 대답했다.

하지만 그건 전혀 당연한 게 아니다.

"네 방은 여기가 아니잖아?! 자기가 비공식적인 존재라는 걸 자각하긴 하는 거야?!"

"뭐야, 그런 거였나? 안심하거라. 허가는 제대로 받았다."

"누구 허가를 받았는데……."

"재상이다. 항상 같은 방에 있는 게 질리니까 아르노르트의 방에 가게 해달라고 부탁했다."

"허가를 내준 거냐고……."

"물론, 조건을 내걸더구나. 내가 방 주위에 결계를 치는 조건이

169

다. 사람을 물리는 결계와 문 앞에 견고한 방어 결계를 쳤다. 다들 사람을 물리는 결계 때문에 왠지 이 방에는 다가오기 힘들게 될 테고, 만에 하나 다가오더라도 결계 때문에 문을 열 수가 없다. 그러니 괜찮다!"

"괜찮은 건 아무것도 없는데……, 황자의 방이 결계로 막혀 있다는 걸 들키면 큰 소동이 벌어질 거라고…….'

"금방 열리진 않을 테니 그동안에 내가 결계를 발판으로 삼아 창문으로 도망치는 게야. 완벽하구나!"

"소동은 어쩌고?"

"모른다. 어떻게든 알아서 하거라."

딱 잘라 말하네…….

용케도 이렇게까지 자기 마음대로 행동하는구나. 정말 대단하네.

"에휴…….'

"나와 함께 지내면서 한숨을 쉬지 말거라. 나와 함께 지내는 게 재미없는 것 같지 않은가."

"재미가 없는 게 아니라 피곤한 거라고…….'

"그건 어쩔 수 없지. 왜냐하면 그대는 나의 접대 담당이니까!"

오리히메는 그렇게 말하며 왠지 모르게 으스대는 표정을 지었다.

피곤해질 정도로 귀찮다고 말한 거였는데…….

오리히메는 일단 자유롭다. 놀고 싶으면 놀고, 자고 싶으면 잔다. 생각난 것은 곧바로 실행에 옮기고, 그러다가 내가 화를 내면 금방 풀 죽는다.

선희니까 공경하라고 하는 주제에 그 말에 따라 거리를 두면 신경 써달라고 한다.

고양이나 강아지가 아닐까, 그런 생각까지 든다.

그렇게 말하면 화를 낼 것 같지만.

그런 생각을 하면서 오리히메를 어이없다는 눈빛으로 바라보고 있자니 오리히메가 공놀이를 다시 시작했다.

공을 던지고 엔타에게 가지고 오게 한 다음, 엔타가 가지고 오면 호들갑스러울 정도로 칭찬한다.

뭐가 재미있는 건지 전혀 모르겠다.

애초에 내 방에서 하는 이유가 뭐지?

무심코 아무래도 상관없는 생각을 해버리게 된다. 오리히메의 행동에 이유가 있을 거라 생각하는 게 멍청한 짓이라는 걸 나중에야 깨달았다.

"응? 왜 그러는 게야? 아르노르트."

"아니, 딱히 아무것도 아닌데."

"음~? 오오! 그렇군! 그렇군!"

골치가 아파서 머리를 누르고 있자니 오리히메가 뭔가 눈치챈 모양이었다. 아마, 아니, 틀림없이 착각일 것이다.

함께 지낸 지 얼마 되지 않았지만, 그 정도는 알아챌 수 있게 되었다.

"오늘은 계속 쳐다보나 싶었는데, 그런 거였나. 미안하다, 미안해. 내가 둔감했구나."

"뭐, 그렇지. 그건 나도 그렇게 생각해."

"하지만 눈치챘단 말이다! 그대도 동료로 받아 줬으면 하는 거겠지! 그런 말도 꺼내지 못하다니, 꽤 귀여운 구석도 있구나!"

"아니, 전혀 그렇지 않아."

"너무 부끄러워하지 말거라. 나도 악귀는 아니다. 그대가 꼭 좀 부탁하겠다고 하면 공을 던지게 해줄 수도 있다!"

오리히메는 그렇게 말하고는 팔짱을 끼고 거만하게 가슴을 폈다.

어째서 그렇게 잘못된 추측을 자신만만하게 할 수 있는 걸까.

역시 정말 대단한 것 같다.

"아니, 그러니까……."

"사양하지 말거라!"

오리히메는 그렇게 말하며 내게 공을 보여주었다.

그 뒤에서는 꼬리가 마구 흔들리고 있었고, 눈은 기대로 빛나고 있었다.

그거구나. 놀아 줬으면 하는 거구나.

"……."

"자! 재미있단다!"

오리히메는 내게 자꾸 공놀이를 요구했다. 하지만 뭐가 재미있는지 이해하지 못한 나는 대답하지 않았다.

그러자 오리히메가 귀를 축 늘어뜨리고는 점점 어두운 표정을 지었다.

"……하고 싶지 않다면 어쩔 수 없지. 억지로 강요하진 않겠다.

나는 엔타와 하마……."

오리히메는 풀 죽은 모습을 보이며 다시 엔타와 공놀이를 하기 시작했지만, 던지는 공에 힘이 없었고, 엔타가 주워와도 잠깐 쓰다듬어 주기만 했다.

완전히 의기소침한 오리히메를 보고 있자니 아무것도 잘못한 게 없는데도 내가 잘못한 것 같은 기분이 들었다.

"알았어, 알았다고……, 하면 되잖아, 하면."

"정말이냐?! 흐흥! 처음부터 하고 싶다고 하면 될 것을. 곤란한 녀석이로구나!"

오리히메는 그렇게 말하며 기쁜 듯이 내게 공을 건넸다.

그리고 꼬리를 흔들며 내가 움직이기를 기다리고 있었다.

"내가 던지라고?"

"으음! 그대가 던지거라. 나는 최대한 바닥에 닿기 전에 잡을 게야! 그게 전부다!"

오리히메는 그렇게 말하며 얼른 던지라고 재촉했다.

뭐가 재미있는 건지 이해가 안 되는 와중에도 어쩔 수 없이 던지자 오리히메가 순식간에 반응을 보이며 공이 착지하는 지점으로 다가섰다.

"으음? 이렇게 힘없이 던지면 재미가 없는데~."

"……진심이냐고."

마치 육식동물 같은 반응이다. 단숨에 이동했다. 뭐, 수인이니 그 정도로 놀라진 않겠지만, 그 움직임을 놀이에 쓴다는 건 놀라

위해도 될 것 같다.

오리히메는 좀 더 빠르게 던지라고 하며 내게 공을 던졌다.

그렇게 말한 이상, 제대로 해야만 한다. 이번에는 공을 진지하게, 있는 힘껏 벽을 향해 던졌다. 튕겨서 제대로 잡지 못할 것이다.

그렇게 생각하고 있자니 벽에 닿기 직전에 쉽사리 잡아내 버렸다.

"으음! 이번에는 그럭저럭 괜찮았다!"

"······쳇."

"방금 혀를 차지 않았는가?!"

"안 그랬어. 착각한 거겠지."

"그런가?! 나는 혀를 차는 소리를 들은 것 같다만······."

오리히메가 고개를 갸웃거리며 내게 공을 던졌다.

방금 그건 내 자존심을 건드렸다. 꽤 진심으로 던졌는데 쉽사리 잡아내다니······.

이건 아마 아버님에게 물려받은 것 같은데, 아무래도 여유로워하는 녀석에게는 한 방 먹여줘야만 성이 풀린다. 그렇게 즐기고 싶다면 즐기게 해주지. 잡는데 실패해서 분한 모습을 봐야겠다.

봐라! 이게 내 전력 투구다!

나는 그렇게 생각하며 있는 힘껏 엉뚱한 방향으로 공을 던졌다. 방 안에서 던질 만한 속도가 아니었다. 야외에서나 던질 만한 속도다.

하지만 오리히메는 그 공을 매우 간단히 잡아냈다.

내가 온 힘을 다해 던진 공을.

"으음! 그래야지!"

"뭐, 라고······?!"

나는 오리히메가 던진 공을 받으며 충격을 느꼈다.

아무리 오리히메가 빠르다 해도 방금 그 공을 잡다니······. 눈으로 봤다기보다는 몸이 먼저 반응했다는 느낌일 것이다.

젠장. 꼬리를 엄청 흔들어 대고 있네. 즐거워서 어쩔 줄 모르겠다는 표정이다.

나는 한 방 먹여주고 싶어서 온 힘을 다했는데!

이대로는 끝낼 수 없다. 그쪽이 본능으로 공을 쫓아간다면 그걸 이용할 뿐이다.

밀어서 안 되면 당겨봐라. 먼 곳이 안 된다면 가까운 곳을 이용할 뿐이다. 얕보지 말라고, 오리히메. 나는 상대방이 싫어하는 걸일부러 나서서 하는 타입은 아니지만, 한 번 하게 되면 천재적인 남자라고.

그 사실을 깨닫게 해주마.

"자, 간다!"

"오거라!"

나는 오리히메를 향해 전력 투구를 하기 위해 다리를 들어 올렸다.

오리히메가 그 모습을 보고 자세를 취했다.

하지만 나는 곧바로 다리를 내리고 공을 내 눈앞에 슬쩍 던졌다.

"봤냐! 이건 도저히이이이이?!"

오리히메는 내 페인트에 한순간 걸렸지만, 동물 같은 반응을 보이며 내 쪽으로 달려들었다.

그리고 공이 바닥에 닿기 전에 잡아내고는 그대로 데굴데굴 구르며 나까지 휘말리게 만들었다.

오리히메 때문에 세게 넘어진 나는 위쪽을 보고 누워서 뒤통수를 눌렀다. 넘어졌을 때 뒤통수를 부딪혔기 때문이다.

"아얏……, 아니, 무거워!"

"흐흥! 어떠냐! 잡았다!!"

보아하니 오리히메가 내 위에 올라타고 있었다. 그녀의 얼굴에 드리운 표정은 오늘 보았던 것 중에 가장 으스대는 표정이었다.

멋지게 잡아낸 공을 보여주고 있었다.

"다치면 어쩌려고 그래……, 내가."

"오오! 그건 미처 고려하지 못하였구나! 미안하다! 허나, 그대가 잘못한 게야. 나를 속이려 하니 이렇게 된 게다."

오리히메는 그렇게 말한 다음, 내 쪽을 보았다.

무슨 짓이냐면서 의아한 표정을 짓고 있자니 오리히메가 활짝 웃으며 말했다.

"내가 멋지게 잡아냈다! 칭찬하거라!"

"아…….."

"칭찬하거라! 칭찬하란 말이다!"

말투가 거만하긴 하지만, 꼬리를 흔들면서 머리를 쓰다듬기를 기다리는 모습은 아무리 봐도 고양이나 강아지 같다.

오리히메는 귀를 움직이며 내게 쓰다듬으라고 재촉했다. 어차피 거절해 봤자 끈질기게 재촉할 게 뻔했기에 나는 오른손으로 오리히메의 머리를 쓰다듬었다.

"그래, 그래, 잘했어요."

"으음! 좀 더 칭찬하거라!"

"좀 더 칭찬하라니……."

대체 어쩌라는 거야.

그렇게 생각하고 있자니 갑자기 유리가 깨진 듯한 소리가 울렸다. 그것은 마력을 다루는 데 익숙해진 자만 알 수 있는 소리였다. 일반적인 사람이라면 듣는 것조차 불가능한 소리, 결계가 파괴된 소리다.

그리고 문이 천천히 열렸다.

"정말! 아르! 대체 뭐야?! 사람을 물리는 결계뿐만이 아니라 문에도 결계 같은 걸 쳐두고! 쓸데없이 튼튼하기까지! 부수는 데 애를 먹……, 었잖……, 아…….."

문 건너편에 있던 사람은 에르나였다.

그녀가 말한 대로 결계를 부수느라 애를 먹은 모양이었다. 검을 쥔 채 어깨를 들썩이고 있었다.

하지만 내 위에 올라탄 오리히메를 보고 에르나의 표정이 점점 굳어졌다. 그와 동시에 내 몸에 식은땀이 솟구쳤다.

그렇게 최악의 타이밍에 창과 방패가 마주치게 되어버린 것이다.

어째서 에르나가 여기 온 거지? 그 의문이 머릿속에 맴돌았다. 사람을 물리는 결계를 쳐두었고, 면회도 사절한 상태였을 것이다. 그 정도로 손을 써두지 않으면 내 방에 오리히메가 올 수 있을 리가 없다. 하지만 지금은 그런 생각을 해봤자 소용이 없을 것 같다.

우선 내가 생각해야만 할 것은——, 어떻게 해야 살아남을 수 있을지일 테니까.

"아르…… 방에 결계까지 쳐두고 여자애하고 즐기고 있었던 거야? 팔자도 참 좋네?"

"아니, 진정해. 그게 아니야."

"이런 상황인데 어떻게 진정하라는 거야?! 왠지 제2 근위기사대가 어슬렁거리고 있길래 몰래 상황을 살펴보러 왔는데, 대체 어떻게 된 거냐고?!"

그 녀석들 때문인가?! 대체 무슨 짓을! 지켜주기는커녕, 오히려 위협적인 존재를 불러들였잖아!

젠장! 가능하다면 에르나에게는 오리히메가 선희라는 사실을 밝히지 않았으면 하는데.

"에르나, 일단 진정해. 너는 매우 큰 착각을 하고 있어."

"그렇다, 수상쩍은 녀석. 어서 사라지거라. 나와 아르노르트는 바쁘다."

"?!"

나는 무심코 눈을 크게 뜨며 오리히메를 바라봐 버렸다.

이렇게 어리석을 수가. 동물의 본능을 내팽개친 건가? 제국에서 가장 화를 내게 만들면 안 되는 여자에게도 자기 마음대로 행동하다니. 역시 선희라고 해야 하나.

"수상쩍은 녀석……? 그건 내가 할 말이야! 왜 아르 위에 올라타고 있는 건데! 그래 봬도 제국의 황자라고! 내려와!"

"어째서 내가 그대의 지시에 따라야만 하지? 내가 여기 있는 건 승자의 권리다. 만족할 때까지는 내려가지 않을 게다."

"뭐?! 이게! 아르! 대체 어떻게 된 거야?! 누구냐고! 이 여자!!"

"아……, 설명하자면 길어지는데……."

"이름을 알고 싶다면 먼저 자기소개를 하거라. 자기소개를 할만큼 대단한 이름이 있다면 말이다만."

오리히메는 그렇게 말하며 에르나를 놀리는 듯한 미소를 보였다.

그러자 에르나가 분노했다.

에르나는 결계를 부수기 위해 뽑아 들었던 검을 오리히메에게 겨누고 발끈하며 자기소개를 했다.

"좋아! 나는 에르나 폰 암스베르그! 암스베르그 용작 가문의 차기 당주야! 자! 너도 자기소개를 해!!"

"아니, 이 녀석은 그렇게 대단한 녀석이 아니라."

"호오! 역시 용작 가문 사람이었나! 내 이름은 오리히메 쿠온!

극동의 나라, 미즈호의 선희이니라!"

오리히메는 그렇게 말하며 내 말을 가로막고는 으스대는 표정으로 자신의 이름과 지위를 말했다. 말해 버렸다.

제국의 용작 가문, 미즈호의 선호족. 용사와 선희. 가장 강한 창과 가장 단단한 방패.

대륙의 모순이 서로의 존재를 알게 되면 골치 아파질 것이 뻔하다.

만약에 공식 방문이었다면 그나마 괜찮았을 것이다. 하지만, 지금은 비공식이다. 오리히메가 제멋대로 행동해도 문제가 되지 않는 것처럼, 오리히메에게 무례한 행동을 하더라도 그렇게까지 큰 문제가 되지는 않는다.

애초에 겉으로 드러나지 않기 때문이다. 그래서 나도 있는 그대로의 모습으로 오리히메를 대하고 있지만, 에르나와 나는 선희에 대한 인식 자체가 다르다.

내가 보기에는 다른 나라의 높으신 분 정도다. 하지만 용작 가문은 그렇지 않다. 용작 가문은 항상 최강을 자부해 왔다. 대륙을 구해낸 용사의 후예이자 최강의 무기인 성검을 다룰 수 있는 일족.

용작 가문은 자신들과 버금가는 존재들에 대해 강렬한 라이벌 의식을 보인다. 그만큼 자신들의 힘에 자부심을 지니고, 실력을 증명해 왔기 때문이다.

그렇기 때문에 성검도 막을 수 있지 않느냐는 소문이 있는 선희와는 접촉시키고 싶지 않았다.

에르나는 이럴 때 어른스럽게 대처할 수 있을 정도로 얌전하지 못하다.

"선희라고……? 제국에 와 있다는 이야기는 못 들었는데?"

"극비에 방문한 것이니 어쩔 수 없지. 제국에 용작 가문이 있다 하더라도 중요한 이야기는 못 들은 모양이로구나."

"호오……, 극동의 소국에서 온 손님의 소문 따위는 용작 가문에 전해지지도 않는 거겠지. 용작 가문은 한가하지 않아, 어디 사는 누군가와는 달리."

두 사람 사이에서 불꽃이 파직파직 튀었다. 라이벌 의식을 지니고 있는 건 용작 가문뿐만이 아니었던 모양이다. 오리히메도 평소와는 달리 도전적이다.

아니, 얼른 좀 비켜주면 안 될까…….

"호오? 그렇게 바빠 보이진 않다만? 나는 지금 공무중이다만, 그대는 무슨 볼일로 온 게지?"

"나도 공무야. 네 밑에 있는 황자의 호위가 내 임무라고."

"오, 그런가, 그런가. 그렇다면 돌아가거라. 호위라면 나만 있더라도 충분할 게야. 나는 결계를 펼치는 것에서는 천하제일이니 말이다."

"그럴 수는 없어. 그렇게 연약한 결계로는 걱정이 되니까."

"그렇게 연약한 결계를 부수는 데 꽤 애를 먹은 모양이다만? 내가 대충 만든 결계였는데 말이다."

"어머, 우연이네. 나도 수위에 폐를 끼치게 되는 걸 고려해서 조용히 부쉈어. 온 힘을 다하면 그 정도 결계로는 주위에 영향을 끼치는 걸 막을 수가 없으니까."

둘 다 말을 주고받으며 상대방을 도발했다. 용사와 선희의 대화치고는 얌전하다고도 할 수 있겠지만, 이건 아마 폭풍 전야의 고요함일 것이다.

양쪽 다 여유로운 모습을 무너뜨리지 않게끔 필사적이지만, 표정이 굳었다. 이미 인내심에 한계가 온 모양이다.

"이 녀석이! 더 이상의 모욕은 용납할 수 없구나! 나의 결계는 천하제일이란 말이다! 성검이 없으면 아무것도 못 하는 용사 따위에게는 지지 않는다!"

"뭐라고! 그쪽도 전설의 도구를 이어받았잖아?! 다 안다고! 그걸로 나라 전체의 결계를 유지하고 있는 거지?! 혹시 강한 건 그 도구인 거 아닐까?!"

"뭐야?! 요즘은 모험가에게도 명성이 밀리고 있는 내리막길 용사 주제에 건방지구나!"

"누가 내리막길이야?! 용작 가문의 명성은 떨어지지 않았어! 시골이라 듣지 못했던 것 아닐까?!"

"미즈호는 시골이 아니다! 해상 무역이 활발한 선진 국가다! 보아하니 공부를 별로 안 한 모양이로구나!"

"극동에서 번영해 봤자 거기서 거기지! 용작 가문이 수호하고 키워온 제국의 발치에도 못 미칠 텐데!"

"뭐야?! 몬스터가 없는 안전지대에서 커진 것 정도로 건방지게

굴기는! 평범한 인간들 상대로 으스대면서 최강 행세를 하지 말 거라!"

"뭐라고?!"

매서운 말이 오갔다. 양쪽 다 점점 뜨거워졌다.

이건 정말 위험하다. 나는 지금 세계에서 가장 위험한 곳에 있는 건지도 모르겠다.

우선 나는 누워있는 상태로는 도망칠 수도 없기에 몸을 일으키고 오리히메를 내 위에서 내려놓았다.

"무슨 짓이냐?!"

"흥! 무거워서 그런 거 아닐까?"

"끄으으!! 까불지 말거라! 내가 무겁다면 가슴 무게일 게다! 그대처럼 가슴이 빈약하지 않으니 말이다!"

"뭐?! 결국은 지방이잖아?!"

"모성의 증거다! 검을 휘두르는 것밖에 모르는 여자는 이해하지 못할 테지!"

"키익~!! 이제 용서 못해!"

정말 수준이 낮은 말싸움이다. 에르나와 오리히메는 양쪽 다 손이 닿을 만한 거리까지 다가서서 서로 노려보았다.

몸집이 작은 오리히메를 에르나가 약간 내려다보는 형태가 되었지만, 오리히메는 에르나의 가슴을 보고 비웃으며 에르나를 더욱 화나게 만들었다.

이게 대륙 전토에서 기대하며 이야기꽃을 피우던 용사와 선희의 배틀이다. 하찮은 것도 정도가 있지.

"아르! 뭐라고 말 좀 해봐!"

"아르노르트에게 기대해 봤자 소용없다! 아르노르트는 이미 내 포로이니 말이다!"

"뭐라고?!"

"그대보다 내가 가슴이 더 크고, 애초에 내가 더 귀엽다!"

"자화자찬일뿐이잖아!"

오리히메는 가슴을 펴고 당당하게 뽐냈다.

자신에 대한 자신감의 차이가 드러나기 시작했구나. 오리히메는 어디에서든 유아독존이다. 말싸움을 하더라도 결코 양보하지 않고, 근거가 없는 자신감을 다른 사람들에게 드러낸다. 에르나는 그렇게까지 자신감이 절대적인 게 아니다. 아니, 그렇게까지 유아독존을 인정받는 존재가 아니다.

용작 가문은 어디까지나 귀족이고, 황족을 존중하는 존재다. 한편, 선희는 미즈호의 수호신에 가깝다. 왕 이상의 인기를 얻으며 발언에도 영향력이 있다. 그것도 당연하다. 미즈호는 선희에게 의존하고 있으니까.

그게 두 사람의 차이일 것이다. 우열을 가릴 만한 문제는 아니지만, 말싸움을 할 때는 흔들림이 없는 오리히메가 더 강하다. 뭐, 다른 사람의 이야기를 듣지 않는다고 할 수도 있겠지만.

"내가 귀엽다는 건 당연하고, 남자가 귀여운 여자를 선호하는 것도 당연하다! 그러니 사라시거라! 이곳에는 검을 휘두르는 것밖에 모르는 여자는 필요가 없다!"

"끄으으으! 뭐야! 아르! 이런 애가 어디가 좋다는 건데?! 귀?! 꼬리?!"

에르나의 표적이 나로 바뀌었다. 큰일이다. 설마 이런 타이밍에 표적이 나로 바뀔 줄이야.

어떻게 중재해야 할지 망설이고 있었는데, 그런 걸 생각할 상황이 아니게 되어버렸다.

"아니, 나는……."

"귀로구나! 그럴 것 같다는 생각이 든다!"

"변태!"

"아무 말도 안 했잖아……."

한숨을 크게 쉬었다.

자, 무슨 말을 하더라도 매도당할 것 같은 느낌이 들지만……, 그렇다고 내버려 둘 수도 없을 테니까.

이대로 내버려 두면 최악의 경우에는 힘 대결을 벌일지도 모르겠다, 그렇게 생각하고 있자니.

"전하! 폐하께서 부르십니다! 예하도 함께 오시라고 합니다!"

근위기사가 방으로 들어와 그렇게 말했다. 아버님이 호출한 걸 보니 계획의 진도가 나갔을지도 모르겠다. 뭐, 그런 거라면 딱히 상관없을 것 같다.

"알겠어. 바로 가지. 그리고 에르나를 데려가겠다고 전해줘."

"네? 아뇨, 전하……, 폐하께서는."

"부르지 않았다는 건 알고 있어. 하지만 언젠가는 부르게 될 테니 딱히 상관없을 거야. 이미 오리히메가 있다는 걸 눈치챘으니 숨겨 봤자 소용도 없고."

이대로 에르나를 내버려 두었다가 여기저기에 화풀이를 하게 되면 곤란하니까. 굳이 말하지는 않겠지만.

11

"이게 어떻게 된 거냐? 아르노르트."

"잔소리는 재상에게 해주시죠. 저는 피해자입니다."

에르나와 오리히메를 데리고 옥좌의 방으로 들어가자 아버님이 곧바로 다그쳤다.

하지만 죄송하다고 사과할 상황은 아니다.

내가 어떻게 해볼 수 있을 만한 상황이 아니었다. 내 책임이 아니다.

"죄송합니다. 예하께서 전하의 방에 가고 싶다고 하시기에 허가하였습니다."

"무조건으로 말이냐?"

"결계를 쳐달라는 조건을 내걸긴 했습니다만."

"기사들이 어슬렁거리고 있던 걸 에르나가 수상쩍게 여기고 경비의 빈틈을 파고들었습니다. 결계를 부수고요."

"……"

"……."

아버님과 프란츠가 동시에 머리를 감쌌다. 그 모습을 본 에르나는 껄끄러워하는 표정을 지었고, 오리히메는 꼴좋다는 듯이 으스대는 표정을 지었다.

"뭐, 어차피 에르나에게 말씀하실 예정이었죠? 조금 앞당겨져도 문제는 없지 않습니까?"

"그건 그렇다만……, 너는 어디까지 알고 있지? 아르노르트."

"동부 사건으로 인해 제국 근처에 있던 휴면 몬스터들이 일제히 활성화하기 시작했다는 것. 그리고 제국이 모험가 길드와 함께 토벌 계획을 세우고 있다는 건 알고 있습니다. 방치하면 기념행사에 영향이 생길 테니까요."

"거의 전부 알고 있다는 건가. 비밀리에 진행하고 있었다만 말이다."

아버님은 어이가 없다는 듯이 그렇게 중얼거리면서도 더 이상 캐물으려 하지 않았다.

지금은 내 정보원에 대해 문제를 삼을 상황이 아니기 때문일 것이다.

"에르나, 이야기는 들었겠지. 이 문제에 대처하기 위해 선희 공을 초대했다. 모험가 길드에 따르면 네 힘을 빌려야만 하는 몬스터가 적어도 한 마리는 있다는구나."

"폐하의 명령이라면 어디든 가서 어떤 몬스터라도 토벌하겠습니다. 하지만……, 함께 싸우라고 하신다면 생각을 좀 해봐야 할 것 같습니다."

"호오? 싸우기도 전부터 다른 자의 협력을 기대하다니, 용작 가문도 별것 아닌 모양이로군. 자신이 없다면 확실하게 자신이 없다고 하거라. 그렇게 말하면 내가 힘을 빌려줄 수도 있다만."

"누가 자신이 없다고……? 만약에 대비해서 말하는 거야! 너와 함께 싸우는 건 절대로 사절이니까!"

"그건 내가 할 말이다! 이제 부탁하더라도 힘을 빌려주지 않을 게야!"

두 사람이 나를 사이에 두고 파직파직 불꽃을 튀겼다. 솔직히 상황을 좀 고려해 줬으면 좋겠다.

뭐, 두 사람은 신분과 힘이 전혀 다르다. 어느 정도 무례한 짓을 저지르더라도 질책 정도로 넘어갈 수 있는 게 이 두 사람이다.

하지만 정작 질책할 만한 사람은 두 사람이 말싸움을 하는 모습을 보고 굳은 표정을 짓고 있다. 보아하니 생각보다 더 위험한 상황일지도 모르겠다.

"오리히메."

"응? 뭐냐, 아르노르트! 아르노르트가 꼭 좀 부탁한다고 한다면 나도 생각해 볼 수도."

"시끄러워."

"뭣……?!"

"에르나도 마찬가지야. 아버님 앞이라고."

"윽……, 죄송합니다. 폐하."

둘 다 어깨를 늘어뜨리며 풀 죽었다.

이제 조용해졌다. 이제야 차분히 이야기를 할 수 있을 것 같다.

"어떤 몬스터죠? 에르나의 힘이 필요하다는 몬스터 말입니다."

"……'영귀'라 불리는 초거대 몬스터다. 어디선가 자연 발생하는 몬스터이고, 그 거대한 몸집 때문에 돌아다니기만 해도 재해를 일으킨다."

"어디선가 나타난다고요? 휴면기에 들어간 몬스터가 활성화했다고 들었습니다만?"

"그렇다. 그 영귀가 나타난 건 200년 전이다. 영귀는 그때부터 휴면하고 있었던 것이지."

"200년 동안이나요? 대체 무슨 일이 있었던 거죠?"

수백 년 동안 잠드는 몬스터가 있긴 하지만, 매우 드물다.

예전에 싸웠던 해룡, 레비아타노는 강제로 잠들어 있었다. 그렇게 특수한 조건이 아닌 이상, 강력한 몬스터도 보통 휴면기는 수십 년 정도다.

무슨 이유가 있는 게 틀림없다.

"영귀는 불사의 몬스터라 불리고 있다. 그 몬스터가 일반적인 방법으로는 죽지 않기 때문이다."

"어떤 이유가 있는 겁니까?"

"영귀의 몸이 마력으로 이루어져 있을 거라는 게 모험가 길드의 견해다. 영귀는 심한 부상을 입으면 몸을 초경질화시켜서 휴면에 들어간다. 그리고 몸을 강화시켜서 다시 움직이기 시작한다고 한다. 만에 하나, 그 상태가 되기 전에 토벌당한다 하더라도 애초에 마력이기 때문에 몸을 다시 구축해서 나타나지. 처음 나타났던 영귀와 현재의 영귀는 동일 존재라고 한다. 그게 불사의 몬스터라 불리는 이유다."

"그렇게 골치 아픈 몬스터라면 좀 더 화제가 되더라도 이상할 게 없을 텐데요?"

"몸이 한번 마력으로 돌아간 영귀가 다음에 돌아왔을 때는 몸이 작아진 상태라고 합니다. 성장이 리셋되는 거겠지요. 그 시점에서 다시 토벌하면 크게 위협적인 몬스터가 아닙니다."

그렇구나. 불사라 해도 토벌하지 못하는 건 아니다.

위험하지 않긴 하겠네. 하지만 200년 동안 휴면기에 들어가 있었다면 200년 전에는 토벌을 실패했다는 뜻이다.

"그래서요? 200년 전에는 왜 실패했던 겁니까?"

"200년 전, 모험가 길드에서 SS급 모험가를 파견했다고 합니다. 그 SS급 모험가가 토벌 직전까지 몰아넣었지만, 방해를 받고 놓쳐서 휴면 상태에 들어갔다는군요."

"SS급 모험가를 방해해요? 대체 어떤 강자가요?"

"예전에 실버에게 토벌당한 고룡이다. 사람들을 노리던 그 골치 아프기 짝이 없던 고룡은 200년 전에 SS급 모험가와 교전했다. 뭐, 오히려 당해서 겨우 도망친 뒤에 조용히 휴면기에 들어간 모양이다만, 골칫거리를 남겨두었군."

아버님이 짜증이 나나는 듯한 표성을 지었다.

내가 토벌했던 고룡이 그런 짓을 했었나? 강대한 힘을 지니면서도 용작 가문과는 결코 정면으로 맞서 싸우지 않고, 대륙 중앙에 자리잡은 채 제국에게 피해를 입혔던 교활한 용이라는 이야기를 들은 적이 있다. 나와 싸웠을 때도 마지막에는 도망치려 했으니까. 도망치는 재주가 뛰어난 용이라는 인상이었는데, 그런 녀석이 일부러 SS급 모험가를 방해하면서까지 영귀를 구해준 건가?

휴면기에 들어가서 몸을 강화한다는 건 분명히 강적을 이길 수 있을 때까지 강화한다는 뜻일 것이다. 그런 이유가 200년이라는 긴 세월로 이어졌을 테고.

그런 몬스터가 있다면 자신도 더 움직이기 편해진다. 혹시나 골치 아픈 용작 가문을 쓰러뜨려 줄지도 모르겠다는 타산으로 움직였을지도 모르겠다.

결과적으로 자기가 먼저 토벌당해 버렸지만, 남겨둔 선물치고는 너무 큼직한데.

"SS급 모험가를 이길 수 있을 때까지 몸을 강화하고 있었다면 아무리 에르나라 하더라도 혼자서는 위험하지 않습니까?"

"그런 것도 충분히 우려하고 있다. 그래서 선희 공도 함께 싸워주면 고맙겠다만."

"흐음, 황제 폐하. 착각하지 말아다오. 나는 몬스터를 토벌하기 위해 불려온 게 아니다. 위험한 몬스터를 막기 위해 불려온 것이다. 내 몸이 위험해진다면 싸우겠다만, 제국의 이익을 위해 싸울 생각은 없다. 물론, 귀국이 우리나라에 막대한 이익을 제공해 준다면 생각해 보겠다만!"

당당하게도 그런 말을 하는구나.

제국은 어떻게든 기념 행사를 성공시켜야 한다. 그러기 위해 모험가 길드에 대해 전면적인 보조를 약속했다. 지출이 꽤 클 테고, 거기에 기념 행사로 인한 지출까지 겹쳐진다.

선희를 움직일 만큼의 이익을 미즈호에게 넘기는 건 힘들 테고, 얻게 되는 게 너무 적다.

선희는 어디까지나 결계의 전문가다. 거대한 몬스터를 토벌할 때 결정타가 될 수는 없다. 협력해 주면 고맙고 도움이 되긴 하겠지만, 반드시 있어 줬으면 하는 건 아니다.

"그거 안타깝군. 그럼 모험가 길드에 원호를 부탁하도록 하지."

"그 가면남과 함께 말씀이십니까……, 뭐, 선희보다는 낫겠습니다만."

"에르나, 이번에는 실버에게 부탁하지 않을 거다. 모험가 길드와 제국이 그런 조건으로 움직이고 있으니까."

"윽?! 그 남자가 무슨 짓을 저지른 건가요?!"

"그런 건 아니다. 모험가 길드로서는 인재를 발굴하고 싶다는 이유와 실버에게만 공훈이 집중되는 걸 피하고 싶은 모양이야. 우리 제국에서도 다른 모험가가 제국으로 거점을 옮겨준다면 더할 나위 없이 좋은 일이니."

"그런 이유로 따돌린다는 건가요? 그 남자는 마음에 들지 않습니다만……, 제국을 지켜왔다는 건 틀림없는 사실입니다. 제국은 가장 먼저 실버에게 의뢰해야 할 것 같습니다. 만약에 실버의 마음이 제국에서 떠난다면 어떻게 하실 생각이십니까?"

"그것에 대해서는 생각해 두었다. 아르노르트. 네가 실버와 손을 잡았다는 이야기는 들었다."

"손을 잡았다고 할지, 그쪽에서 손을 내밀었을 뿐이지만요."

"그래도 연락을 취할 수단은 지니고 있겠지?"

"그쪽이 응답할지는 모르겠습니다. 제도 지부와 마찬가지죠. 실버는 항상 신출귀몰하니까요. 어디 있는지 파악하는 건 불가능합니다."

"응하지 않는다면 어쩔 수 없겠다만, 시도하기도 전에 포기할수는 없지. 내가 만나고 싶다고만 전하거라."

"……뭘 하실 생각이시죠?"

"이야기를 나눌 뿐이다. 느긋하게 말이지."

아버님은 그렇게 말한 다음, 성 밖을 슬쩍 돌아보았다.

실버가 SS급 모험가이긴 하지만, 신분도 불확실한 사람을 황제가 부른다는 건 이례적인 일이다.

멋대로 들어왔던 저번과는 다르다. 아버님이 직접 실버와 관계를 맺으려 나선 건가.

이건 뜻밖의 전개다.

12

황제의 초대. 거절하는 건 간단하지만, 이번 건을 이유로 거절하면 골이 깊어질 뿐이다.

황제도 체면이 있기에 호출을 한 차례 거절한 모험가에게 또 부탁하진 않을 것이다. 그렇게 되면 실버가 이번 건에 관여할 수 있을 가능성이 사라져버린다.

그런 이유로 인해 나는 실버로서 아버님의 초대를 받아들이기로 했다.

전이로 제검성의 튀어나온 곳에 위치한 광장으로 향했다.

그곳에는 테이블과 의자가 마련되어 있었고, 아버님이 이미 앉아 있었다.

"잘 와줬구나. 실버."

"황제 폐하가 직접 초대했다길래 왔을 뿐이다. 마지막까지 있을지는 이야기의 내용에 따라 다르겠지."

"훗, 너답군."

아버님은 그렇게 말하며 내게 맞은편 의자에 앉으라고 권했다.

같은 곳에 앉아 이야기를 나눌 생각인 것 같다. 아무리 상대가 SS급 모험가라 하더라도 이례적인 조치일 것이다. 게다가.

"호위가 별로 없는 것 같다만?"

"최소한으로 줄였다. 네가 무슨 짓을 하려고 든다면 호위가 있다 해도 막을 수는 없을 테니."

"그렇군, 신뢰의 증거로 받아들이도록 하지."

광장 주위에는 근위기사 몇 명뿐이었다.

가장 가까운 호위가 그들뿐이다. 아버님 주위에는 나밖에 없다. 그것 또한 이례적이라 할 수 있을 것이다.

"그렇다. 신뢰하고 있지. 지금까지 제국을 지켜온 네 실적을 말이다."

"안타깝지만 제국을 지킨 기억은 없다. 내가 지켜온 건 항상 백성들이다."

"결국은 마찬가지다. 백성을 지키는 것은 나라를 지키는 것으로 이어지지. 네가 나타난 뒤로 백성들이 불안한 목소리를 내는 경우가 줄어들었다. 강력한 몬스터가 잘 나타나지 않는 제국에 SS급 모험가가 있다는 건 제국 국민들에게 있어서 안심할 수 있는 요소이니."

"내가 제국에 머무르는 건 다른 모험가들과 충돌이 생기지 않기 때문이다. 랭크가 높은 몬스터가 나타나는 곳에서는 모험가들이 의뢰를 두고 다툼을 벌이지. 영역 다툼 같은 건 피하고 싶다. 그래서 제국에 머무르는 거다."

나는 그렇게 말하며 아버님의 얼굴을 빤히 바라보았다.

가면 너머이긴 하지만, 내 시선을 눈치챈 아버님이 쓴웃음을 지었다.

"그런 네가 보기에 제국의 이번 행동은 환영하기 힘든가."

"모험가를 유치하는 건 나라로서 당연한 일이다. 부정할 생각은 없다. 하지만 지내기 불편해진다면 떠날 거다. 그뿐이다."

"그러면 제국이 곤란해진다. S급 모험가를 몇 명 끌어들인다

하더라도 SS급 모험가를 대체할 순 없다. 실력은 물론, 명성 면으로도 말이다. 백성들도 분명히 불안해할 거다."

"제국의 사정 같은 건 내 알 바가 아니다. 누군가가 제국에 들어온다면 나는 이동해서 대륙의 균형을 맞출 거다. 랭크가 높은 모험가가 필요한 곳은 얼마든지 있으니까. 원래는 길드 본부가 할 일이다만……, 지금 길드 본부에 기대하는 건 무의미하겠군."

최근 길드 본부의 상층부는 현장을 알지 못하는 자들로 많이 채워지게 되었다.

예전에는 모험가 출신도 많이 있었지만, 파벌 싸움만 놓고 보면 모험차 출신보다는 길드 직원이 더 우세하다.

본부의 직원이 그대로 상층부로 올라간 지금 길드 본부는 골치 아픈 곳이 되었다.

대륙에 다섯 명 있는 SS급 모험가를 자극하지 않게끔, 그러면서도 자신들이 컨트롤할 수 있게끔 만들려 하고 있다.

뭐, 컨트롤할 수 있을 만한 녀석들도 아니고, 그런 사실도 알고 있기에 새로운 SS급 모험가를 원하는 거겠지만.

소용없는 짓이다. 찾는다고 발견할 수 있는 문제였다면 고생할 일도 없었을 테니까.

"어디까지나 백성이 제일인가."

"그게 모험가다. 우리는 자유로운 입장에서 백성들을 수호한다. 랭크나 신분과는 무관하게, 그것만이 우리의 규칙이다."

"단순하군. 싫진 않아."

아버님은 그렇게 말한 다음, 테이블 위에 있던 홍차를 천천히 마셨다.

냄새로 보아하니 술이 들어있는 것 같다. 아버님이 좋아하는 음료다.

"황제 폐하. 당신도 한가하진 않을 텐데? 어서 용건을 말하지 그래?"

"좀 기다려 보거라. 이렇게 주위에 다른 사람들이 없는 경우는 드문 일이니 말이다. 조금 더 즐기더라도 천벌을 받진 않을 테니까."

"내 시간을 뺏기게 된다."

"성격이 급한 남자는 미움을 사게 될 걸?"

"돌아가도 되겠나?"

내가 그렇게 말하자 아버님이 어깨를 으쓱이고는 쓴웃음을 지었다.

황제라는 직책을 걷어낸 아버님은 쉽게 볼 수 있는 게 아니다. 이 모습이 원래 모습일 것이다.

"좀 기다려 보거라. 지금부터가 중요한 이야기다."

"그렇다면 빨리 하시지."

"그럼, 단도직입적으로 묻지. 넌 마음에 둔 상대가 있는가?"

"……대체 무슨 소릴 하는 거지?"

"아니, 마음에 둔 상대가 없다면 내 딸들 중 누군가를 줘도 되 겠다는 생각이 들어서 말이다."

"……그게 무슨 뜻인지 알긴 하는 건가?"

"물론이지. 고대 마법의 사용자인 네게 딸을 시집보내게 되면 반감을 사게 될 게다. 황족과 고대 마법. 그 세트는 제도에서 살아가는 자들에게 있어서 공포의 대명사다. 예전에 나의 조부가 고대 마법을 연구하다 정신이 나가서 제도를 공포로 뒤덮었다. 당시를 기억하는 자들도 아직 있고, 그 이야기가 전해져 내려오고 있지."

"나와 황녀 중 누군가가 결혼하고, 아이가 생긴다면 황족의 피를 이어받은 고대 마법 사용자가 또 태어날 가능성이 있다. 아무도 바라지 않는 미래일 것 같다만?"

물론 실버로서 그런 혼담을 받아들일 생각은 없다. 그런데 정말 대담한 제안이다. 아버님으로서는 가장 쓰고 싶지 않을 비장의 수일 텐데.

그만큼 실버를 제국에 붙들고 싶어서 그렇겠지만.

"공포만으로는 앞으로 나아갈 수가 없다. 이 대륙은 과거에 마왕의 재앙에 휩싸였다. 마왕은 용사가 쓰러뜨렸지만, 그런 적이 또 나타나지 않으리라는 보장이 어디 있지? 그렇기 때문에 500년 전의 황제가 용사에게 작위를 내렸고, 그 핏줄을 보호하는 것을 선택했다. 제국을 지키기 위해서, 나아가서는 대륙을 위해서 말이다. 그와 동시에 황가는 자신들의 핏줄을 강화하는 것도 게을리하지 않았다. 아드라 가문은 우수한 피를 맞이하며 강해졌다. 그건 앞으로도 변함이 없을 게다. 네게는 공작 지위를 내리고 황녀를 시집보내겠다. 그리고 네 자손을 황가로 끌어들일 거다. 이건 제국을 위한 행동이자 대륙에 살고 있는 모든 백성을 위한 행동이다."

"훌륭한 생각이다만, 거기에 맞춰줄 의리나 의무는 없지. 후세는 그 시대에서 살아가는 자들이 어떻게든 하면 된다. 특히 고대 마법은 소질에 좌우된다. 일부러 핏줄을 남겨봤자 소질이 이어질 거라는 보장도 없다. 나중에 태어날 새로운 생명에게 쓸데없는 부담만 남길 뿐이다."

"흐음, 역시 안 되는 건가."

밑져야 본전이라는 식으로 생각했을 것이다.

아버님은 살짝 한숨을 쉬고는 다시 홍차를 마셨다.

"가능하다면 딸이 결혼하는 모습을 보고 싶었다만……, 그렇지. 네가 원한다면 피네나 에르나라도 상관없다만?"

"끈질기군. 황녀들보다 더 사양하겠어. 제국 제일의 미녀를 부인으로 삼으면 쓸데없이 적을 만들게 될 테고, 용사를 부인으로 삼으면 내 생활이 붕괴할 거다. 떠넘기지 말아 주시지."

"하하하!! 피네나 에르나와 결혼할 수 있는 권리를 내팽개치는 남자는 너 정도뿐일 게다. 여자의 가치를 모르겠다면 어쩔 수 없지. 현실적인 이야기로 넘어가 볼까."

"이제야……, 장난은 이제 적당히 좀 해줬으면 좋겠군."

"장난을 치는 게 아니다. 너는 영웅이다. 작위를 내리고 우리 쪽으로 끌어들일 수 있다면 더할 나위 없는 상황이었겠지. 뭐, 세상 일이 그렇게 잘만 풀리는 것만은 아니니. 자, 어떤 조건이라면 제국에 남아줄 테냐? 너와 친분이 있는 부길드장의 뒤를 봐주면 만족하겠나?"

아버님이 그렇게 제안하자 나는 꺼내려면 말을 집어삼켰다. 지금 바로 그 제안을 하려던 참이었기 때문이다.

길드는 중립이다. 하지만 모든 나라의 영향력을 배제할 수는 없다.

길드의 우두머리를 정할 때 그런 나라의 영향력이 중요해진다.

현재, 길드의 상층부 중에서 현장을 알고 있는 건 크라이드다. 크라이드가 우두머리가 되면 분명히 길드 본부도 바뀔 것이다.

그건 나로서도 바람직하다. 그래서 이번 건을 이유로 삼아 크라이드에게 협력하게끔 요청할 생각이었는데, 아버님이 먼저 이야기를 꺼냈다.

"왜 그러지? 그 조건이면 되겠나?"

"그것만으로는 부족하다면 어떻게 할 셈이지?"

"타협안을 찾을 뿐이다."

"그 타협안 안에 제위 쟁탈전과 관련된 사항도 포함되나?"

"포함되어 있지 않다. 아무리 네 요구라 하더라도……, 후보를 편애할 생각은 없다. 황태자 자리는 스스로의 손으로 쟁취해야 하지."

"그런가? 그렇다면 황제 폐하가 제안한 것만으로도 상관없다. 크라이드의 뒤를 봐다오. 지켜준다면 나도 시금까지처럼 남도록 하지."

나는 그렇게 말한 다음, 자리에서 일어섰다. 더 이상 여기 있어 봤자 소용이 없기 때문이다.

하지만 아버님이 그런 나를 불러세웠다.

"실버."

"아직 할 이야기가 남았나?"

"이건 개인적인 질문이다. 싫다면 대답하지 않아도 된다. 네게 고대 마법을 가르쳐 준 게 누구지?"

"──대답할 의무는 없는데."

"그런가……, 고대 마법이 소질에 좌우된다고는 해도 귀중한 문헌을 연구해야만 하지. 그저 마을에서 태어난 평민이 쉽사리 배울 수 있는 게 아니다. 그에 맞는 신분이 아니라면 배우기조차 힘든 것이 고대 마법이다. 나는 네가 고귀한 신분이라 추측한다만, 아닌가?"

"상상에 맡기도록 하지."

"그런가. 그럼 멋대로 상상하도록 하마. 나의 조부가 어떤 방법으로 살아남아서, 제자를 받았던 거지. 그런 자들 중 한 명이 네 스승 아닌가?"

"이야기의 설정으로서는 나쁘지 않은 상상이로군. 은거하게 되면 책이라도 써보시지 그래?"

"흐음, 꽤 그럴싸한 것 같다만."

나는 아버님이 한 말을 듣고 쓴웃음을 지으며 전이로 그곳을 떠났다.

더 이상 아버님 앞에 있다가는 들킬지도 모르니까.

⇨ 제3장 대리 토벌

"꽤 유망해 보이는 녀석들을 불렀군그래."

"그런 것 같군요."

세바스가 입수해 온 S급 모험가 리스트를 보며 나는 그렇게 중얼거렸다.

아버님과 밀약을 맺었기에 실버로서 걱정할 필요는 없어졌다. 계획이 무사히 진행되면 문제가 없고, 위험하다고 판단되면 개입할 뿐이다.

그래서 문제가 생긴다 하더라도 제국이 크라이드의 뒤를 봐주며 사태를 수습할 것이다.

솔직히 그 전개가 가장 바람직하지만.

"이런 멤버로 실패하는 걸 기대하는 게 못된 짓인가?"

"유망한 S급 모험가들뿐이니까요. 이런 상황에서 실패한다면 몬스터의 위험도를 크게 올리게 될 겁니다."

나는 세바스가 한 말을 듣고 고개를 끄덕이며 리스트 가장 위쪽에 적힌 S급 모험가 부분을 보았다.

이번에 길드가 제국으로 초빙한 모험가들 중 단독으로 S급 모험가 인정을 받은 사람은 두 명이다.

"브루스 타런트. 북쪽의 이그레트 연합 왕국에서 활약하던 얼음의 마도사인가? 최근에 S급으로 올라간 지 얼마 안 되었을 텐데, 정말 부지런하군."

"한참 출세 중이니까요. 아직 20대 초반이면서도 랭크를 빠르게 올려가고 있습니다. 신사적인 행동과 단정한 외모에 힘입어 '빙결의 귀공자'라 불리며 연합 왕국에서도 인기가 많습니다."

"길드가 내세우고 싶은 필두 후보겠지. 모범생일 게 분명해."

"물론 실력도 겸비하고 있습니다. 현상수배 몬스터를 여러 마리 토벌해서 지금 같은 지위까지 올라갔으니까요."

"마도사가 단독으로 S급 모험가가 된 것만으로도 그 실력이 짐작되는군. 하지만 거기가 한계일 거야. 현대 마법만으로는 위력이 부족해."

"역시 엄하시군요."

"후배에게는 엄하게 대해야지. S급과 SS급은 랭크 이상의 차이가 있다고. 상대하게 되는 몬스터의 차원이 달라. 실력이 부족하면 죽을 뿐이니까."

나는 그렇게 말한 다음 브루스 아래에 적힌 이름을 보았다.

직접 면식은 없지만, 소문을 자주 듣는 녀석이다. 안 좋은 쪽 소문이긴 하지만.

"이그나트까지 불렀나? 이래선 주객전도지. 지금 시점에서조차 길드의 말을 듣지 않는 문제아잖아?"

"황국을 거점으로 삼고 있는 불꽃의 마검사로군요. 주위의 피해를 무시하고 날뛰기만 하는 전사라는 소문이 자주 들립니다만, 실제로는 어떨까요."

"더 지독할 게 뻔하지. 실력이 있는 탓에 길드에서 무마해 준

사건이 한두 건이 아닐 테니."

나는 그렇게 말한 다음, 한숨을 크게 쉬었다.

골치 아픈 녀석을 부른 모양이다. 브루스는 성격 쪽으로 문제가 없다. 하지만 이그나트는 그렇지 않다. 최악의 경우, 이그나트 때문에 상황이 악화될 가능성마저 있다.

실력이 있는 만큼, 더 악질이다.

"길드에서 컨트롤할 수 있다면 좋을 텐데 말이지."

"그리 기대할 순 없을 것 같군요."

"그렇지. 이번에는 다른 S급 모험가에게 기대하도록 할까."

나는 그렇게 말한 다음, 이그나트 아래쪽을 보았다.

거기에는 두 사람의 이름이 적혀 있었다.

2인 1조로 움직이는 모험가는 드물지 않다. 하지만 이 2인조는 그런 모험가들 중에서는 이단이다.

"부부로 S급 모험가 인정을 받은 2인조. 시드니와 오규스트인가."

"왕국을 거점으로 삼고 있는 2인조로군요. 모험가 경력도 긴 걸 보니 지휘 담당까지 기대하고 뽑은 것이겠지요."

"공격의 시드니와 방어의 오규스트. 활동 기간도 기니까 이런 특수한 작전에 참가한 경험도 풍부해. 실력을 따지더라도 둘이서 싸운다면 충분히 기대할 만하고. 안정감으로 따진다면 이번에 참가한 S급 중에서는 가장 뛰어나겠군."

"아마 한 번 만난 적이 있으셨지요."

"그래. 본부에서 한 번 만났어. 안 좋은 인상은 아니던데."

이번 멤버 중에서는 유일하게 납득할 만한 인선이다. 출세를 거듭하며 위쪽만 보게 된 젊은이나 주위에게 폐만 끼치는 트러블 메이커. 아마 함께 싸우긴 힘들 것이다.

원래는 안정감 있는 멤버들을 선발해야 했을 텐데.

"마지막은 번개의 용병단, 그롬 솔다트인가?"

"황국을 중심으로 싸우는 5인조 파티로군요. 연계를 통한 집단 전이 특기라고 들었습니다만……."

"뭐, 이중에서는 제일 실력이 뒤처지겠지. 눈에 띄는 공적도 세우지 못했어. S급으로 인정받은 것도 좀 수상쩍은데."

S급으로 인정받았다는 건 어지간한 몬스터에게는 대처할 수 있다는 뜻이다. 하지만 번개의 용병단은 황국 밖으로 나간 적이 거의 없고, 눈에 띄는 몬스터를 토벌한 공적도 없다.

이미 공략법이 알려진 몬스터를 많이 토벌하고 그 공적으로 S급이 된 파티다.

당연히 실력은 있겠지. 약한 건 아니지만, 휴면에 들어갈 정도로 강한 몬스터를 상대할 수 있는 실력자냐고 하면 고개를 갸웃할 수밖에 없다.

이번 멤버들 중에서 실력 면으로는 유일하게 불안한 자들이다.

"초빙된 S급은 이상인가? 이 녀석들에게 몬스터를 하나하나 할당해 주는 거야?"

"그런 모양입니다. 확인된 고랭크 몬스터는 영귀를 제외하고

네 마리니까요. 그런데 문제가 한 가지 있습니다."

"벌써부터? 무슨 일인데?"

"모두가 도착이 늦어지거나 아직 제도에 들어오지 않았습니다. 특히 번개의 용병단은 연락이 끊긴 모양입니다."

"도착이 늦어진 건 어쩔 수 없다고 해도 연락이 끊겼다고? 마지막 연락은 언제였는데?"

"마지막으로 연락된 것은 2주일 전. 북부에서 제국으로 들어왔다는 정보가 마지막이라고 합니다."

"2주일 전에 북부에서? 왜 황국에서 이동하는데 북부로 들어올 필요가 있지? 국경을 통과하는 건 문제가 없을 텐데. 모험가 길드에서 하는 일이니까."

"그것도 신경이 쓰이긴 했습니다. 혹시나 이쪽과는 다른 속셈으로 움직였는지도 모르겠습니다."

"길드와 제국이 주도하는 계획이잖아? 그런 계획에 다른 속셈을 끼워넣다니, 너무 위험할 텐데."

길드와 제국을 무시하면 앞으로 활동하기 힘들어진다.

행동을 개시하는 건 어디까지나 제도에 모인 이후일 테니까.

만약에 독단으로 움직였다면——.

"……황국이라면 쓸데없는 짓을 할지도 모르지."

"황국에서 보기에는 계획이 성공해서 제국 주변의 몬스터가 토벌되고, 기념 행사도 성공하고, S급 모험가도 제국에 거점을 마련하게 되는 건 마음에 들지 않을 테니까요."

"세상 일은 그렇게 잘만 풀리는 게 아니지만 말이지. 그래도 제국을 혼란스럽게 만들기 위해 음침한 수법을 썼을 가능성은 있겠는데."

번개의 용병단을 포섭해서 독단 행동을 하게 만든다. 그렇게 해서 제국이 혼란스러워지면 황국으로서는 기쁠 수밖에 없을 것이다. 그렇지 않아도 제국은 요즘 어수선하니까. 리제 누님이 있는 동부 국경은 철벽이다. 힘으로 밀어붙여서 돌파할 수 없는 이상, 꼼수를 쓰리라는 건 쉽사리 상상할 수 있다.

"쓸데없는 짓을 하지 않았으면 좋겠는데 말이지."

평소였다면 혼란을 틈타 움직였겠지만, 지금은 실버로서 움직이기가 힘들다.

초빙한 파티가 실수를 저지른 상황에서는 절묘하게 움직이기 껄끄럽다. 그 밖에도 모험가가 있기 때문이다. 실패했다고 판단하고 움직이면 반발을 면할 수 없을 것이다.

"백성들에게 피해가 없으면 좋겠는데."

나는 그렇게 중얼거리며 창문 너머로 제도의 거리를 바라보았다.

2

"더 이상 모험가들을 기다리고 있을 순 없습니다!"

며칠 뒤. 옥좌의 방에서 레오가 그렇게 강한 말투로 말했다. 그곳에는 나와 피네도 있었다.

S급 모험가들은 아직도 모이지 않았다. 남부에서 일어난 소동에 이어 각지에서 몬스터들이 움직이기 시작했기에 S급 모험가들이 발목을 잡힌 상태였다.

그들이 몬스터를 토벌하러 나서서 사태의 수습을 꾀하고 있는 것 같긴 하지만, 아무래도 늦어 버리게 될 수밖에 없다. 그리고 그 지체로 인해 원래 그들에게 맡길 예정이었던 몬스터들이 움직이기 시작해 버렸다.

대기하고 있던 각지의 모험가들이 필사적으로 잡아두고 있는 것 같지만, 피해가 늘어나기만 하고 있다는 보고가 들어왔다. 레오는 그 보고를 듣고 아버님께 직접 담판을 지으러 온 것이다.

"제8황자 레오나르트와 제7황자 아르노르트, 그리고 피네 폰 크라이네르트, 이 세 명의 이름으로 근위기사단을 이용한 사태 수습을 제안드립니다."

"오늘 아침에 에리크도 비슷한 제안을 했다."

아버님은 살짝 한숨을 쉬었다. 그 반응만으로도 제안이 받아들여지지 않았다는 걸 짐작할 수 있었다.

이번에는 모험가 길드와의 합동 작전이다. 제국 쪽에서 먼저 멋대로 행동할 수는 없다. S급 모험가가 늦게 도착한 원인은 어수선해진 제국 쪽에도 있기 때문이다.

그래서 나는 곧바로 발걸음을 돌렸다.

"어디 가는 게냐? 아르노르트."

"답이 이미 정해진 것에 대해 토론할 필요가 있을까요?"

"레오나르트는 나를 설득하려는 모양이다만?"

"설득해서 움직여 줄 사람이었다면 고생도 하지 않았겠죠. 가자, 피네."

"형!"

"그만둬. 아버님께도 입장이 있다고."

"아르 님……."

나는 피네를 데리고 옥좌의 방을 나섰다.

그리고 말없이 복도를 걸어 내 방으로 돌아오자 세바스가 소리 없이 나타났다.

"무슨 일이 생겼어?"

"제도 지부에 상처투성이가 된 소년이 뛰어 들어왔습니다. 소년은 실버를 만나고 싶다고 합니다."

"……몬스터 문제겠지."

"그렇겠지요. 많은 몬스터들이 각성하고 있는 상황입니다. 도움을 청하러 온 것이겠지요."

"그렇군. 도움을……, 청하러 온 건가."

일정이 어긋나고 현장이 혼란스러워졌다. 백성들에게 피해가 발생하기 시작했다. 이럴 때는 언제나 실버가 사태를 수습해 왔다. 하지만 모험가 길드는 실버에게 의존하는 상황을 탐탁치 않아한다.

"개인적인 의견입니다만, 만나지 않으시는 게 좋을 것 같습니다."

"어째서?"

"만나시면 움직이실 수밖에 없지 않겠습니까?"

"그렇게까지 정에 약하진 않아."

"글쎄요."

나는 세바스가 한 말을 듣고 한숨을 쉬었다. 그리고 피네를 보았다.

"……어떻게 해야 할 것 같아? 피네."

"어떻게, 라뇨?"

"움직여야 하는 건지, 움직이지 않아야 하는 건지. 움직이면 많은 몬스터들을 상대하게 돼. 지금 움직이기 시작한 몬스터 말고도 초거물이 기다리고 있다고. 마력을 아껴두는 것도 현명한 생각이야. 지금 움직인다고 해서 제위 쟁탈전이 유리해지는 것도 아니니까."

움직이지 않을 이유는 많다. 눈을 감아야만 하는 피해는 존재한다. 대국을 위해서다. 지금 모험가 길드와 대립하는 건 바보 같은 짓이다. 움직이기 힘들어지기만 할 뿐이다.

하지만, 피네는 슬쩍 웃었다. 그 미소는 왠지 어머님과 닮았다.

"'답이 이미 정해진 것에 대해 토론할 필요가 있을까요?'"

좀 전에 내가 아버님께 했던 말이다. 나는 그 말을 듣고 한순간 놀랐지만, 곧바로 웃을 수밖에 없었다. 정말이지 맞는 말이었기 때문이다. 답은 이미 정해져 있다. 마음은 이미 움직였으니까.

"──항상 이렇게 생각해. 네가 비밀을 알게 된 건 행운이었어."

"영광이에요. 그럼, 다녀오세요. 마음껏."

"그래, 다녀올게. 뒷일은 맡긴다? 세바스."

"어쩔 수 없지요. 맡겨주십시오."

나는 고개를 숙여 인사하는 두 사람을 보며 가면을 꺼내 실버의 모습으로 변했다. 그리고 제도 지부로 전이했다.

3

제도 지부로 전이해 보니 그 안이 시끌벅적했다.

"그러니까, 실버를 불러 달라고!"

"그럴 수 없다니까요!"

"어린애가 부르고 있단 말이야! 그 녀석이라면 와줄 거다!"

평소에는 술만 마시고 있던 모험가들이 접수처로 몰려든 상태였다. 간단하면서도 보상이 짭짤한 의뢰가 나온 게 아니면 볼 수 없는 광경이다.

"이곳저곳에서 큰일이 벌어졌잖아?! 이럴 때 실버가 나서야지!"

그런 모험가들 선두에 있던 사람은 가이였다. 그런 가이 옆에는 10대 초반 정도로 보이는 소년이 있었다. 상처투성이였다. 척 보기에도 지친 상태다. 쉬지 않고 제도까지 온 모양이다.

"저희 쪽에도 사정이 있어서······."

"어떤 사정?! 의뢰자가 있는 이상, 받아들이는 게 모험가잖아!"

가이가 접수처 이가씨를 다그쳤다. 그래서 인기가 없는 거야,

나는 그렇게 생각하며 입을 열었다.

"길드 본부와 제국의 합동 계획이다. 각지의 S급 모험가들을 동원해 움직이기 시작한 고랭크 몬스터를 토벌하는 거지. 나는 움직이지 말라고 했으니 제도 지부에 아무리 따져 봤자 소용이 없다."

"실버?! 그 이야기가 사실이야?!"

"까불지 마! 외부인에게 공을 세우게 해주려고 얌전히 있으란 말이냐고?!"

"본부가 시키는 대로만 하는 거냐?!"

"이래서 현장을 모르는 녀석들은 안 돼! 지금 당장 때려쳐라!"

"맞아! 맞아! 몬스터 앞에 끌고 가주자고!"

일제히 불평이 쏟아졌다. 차마 듣기 거북한 욕설이 점점 튀어나오기 시작했다. 접수처 아가씨들의 안색이 새파래졌다. 길드 직원들이 보기에는 못 들은 걸로 하고 싶을 것이다.

그런 와중에 소년이 내 앞으로 다가왔다.

"당신이……, 실버인가요?"

"그렇다."

"이거……, 마을 사람들 모두가 모은 돈이에요. 이걸 받고……, 마을을 구해 주세요!"

"……어떤 마을이지?"

"동부에 있는 소르브라는 마을이에요. 커다란 몬스터가 다가오는데……, 부모님도……, 여동생도……, 이웃 사람들도……, 아직 마을에……."

소년이 떨리는 목소리로 말했다. 동부에서 여기까지 말을 타고 오더라도 며칠이 걸린다. 다가오고 있다는 걸 알게 된 시점에서 소년이 출발했다 하더라도 이제 한시의 여유도 없을 것이다.

"실버! 지금 당장 전이문을 열어 줘! 부족하나마 돕겠어!"

"이야기는 들었겠지? 내가 움직이면 많은 사람들의 체면을 박살 내게 된다. 길드 본부는 물론이고, 제국 그리고 일부러 다른 나라까지 온 S급 모험가들. 그걸 위해 꼼꼼하게 준비가 진행되어 왔다. 일정이 조금 늦어지고 있는 것 같지만, 내가 움직이는 건 시기상조라 할 수 있겠지."

"그래서 어쨌다고?! 체면 같은 건 내 알 바 아니야! 백성을 위하여! 모험가에게 있어서 중요한 건 그것뿐이잖아!"

가이는 그렇게 말하며 나를 노려보았다. 아마 내가 거절하면 말리는 것도 듣지 않고 소년의 마을로 향할 것이다. 함께 갈 사람도 많을 것 같았다.

모험가는 대국을 신경 쓰지 않는다. 그 순간만 생각하고 행동한다. 그렇기 때문에 지킬 수 있는 것이 있고, 구할 수 있는 사람들이 있다. 그 삶의 방식을 동경했다. 그들처럼 되고 싶다고.

"질책으로는 끝나지 않을 텐데? 보수도 바랄 수 없다. 게다가 상대해야 할 몬스터도 버거울 거다."

"내 알 바 아니야!"

"그 말, 잊지 마라?"

나는 그렇게 말하고는 내 뒤쪽에 거대한 전이문을 열었다.

"나는 토벌하지 말라고 했으니 말이다. 할 수 있는 건 돕는 것뿐이다. 직접 토벌하는 건 너희들이다. 내 대신 활약해 줘야겠는데?"

나는 그렇게 말하며 소년에게서 돈이 든 주머니를 받아들었다. 그리고.

"제국 영지 안에 있는 몬스터는 제국의 모험가들이 정리해야겠지. 질책이나 벌이 두렵지 않은 자들만 따라와라. 더 이상 몬스터들이 마음대로 설치게 내버려 두진 않을 거다. 지금부터는———, 모험가의 시간이다."

나는 그렇게 말한 다음, 소년의 손을 잡고 전이문으로 들어갔다.

4

소르브 마을로 전이한 우리가 본 것은 황폐해진 마을의 모습이었다.

"이럴 수가……."

"제도 지부 소속! B급 모험가 가이다! 의뢰를 받으러 왔다!"

절망한 소년 옆에 나타난 가이가 멋진 표정으로 그렇게 말했다. 하지만 마을의 참상을 보고는 어깨를 늘어뜨렸다. 역시 눈치챘나.

"어라, 이미 피난 간 거야……? 한번 해보고 싶은 말이었는데……."

"피난?"

"그래, 안심해. 마을에는 시체는커녕, 피가 흐른 자국조차 없어. 몬스터에게 습격당하면 이렇게 되지 않아. 어디론가 피난 간 거겠지."

가이는 그렇게 말하며 소년의 머리에 손을 얹었다. 그리고 안심시키려는 듯이 씨익 웃었다.

그러던 와중에 제도 지부에 있던 모험가들이 차례차례 도착했다.

숫자는 충분하다. 하지만 표적이 없다.

"현지 모험가들은 실력이 좋은 모양이로군."

아마 모험가들이 피난시켰을 것이다. 그렇다면 자신들의 본거지로 데려갔을 테고.

"도시로 갔다면 제때 맞추지 못할지도 모르겠군."

피난민들은 몬스터에게 쫓기고 있다. 도시에 도착하기 전에 따라잡히면 도시에서 기다리고 있어봤자 구해줄 수 없다.

"다들, 날아간다."

"이봐, 이봐, 모두가 당신처럼 날 수 있다 생각하진 말라고?"

"날 수 있다."

나는 그렇게 말한 다음, 그곳에 있던 모두를 결계로 가두고는 결계를 유지한 채 하늘 위로 올라갔다.

"이봐?! 이건 나는 게 아니라 옮겨지는 거잖아?!"

"어느 쪽이든 마찬가지다."

"날 수 있을 거라고 좀 기대했는데! 내 꿈을 돌려줘!"

나는 소리 지르는 가이를 내버려 두고 근처 도시까지 온 힘을 다해 날아갔다. 물론, 그러는 동안에도 탐색하는 걸 잊지 않았다. 미처 도망치지 못한 백성이 한 명이라도 있다면 구해내야 한다. 그러지 않으면 온 의미가 없다.

하지만 백성의 모습은 어디에도 없었다. 어떻게든 도시까지 도망친 건가? 그렇게 생각했을 때.

도시 근처에서 많은 피난민들이 달려가는 걸 발견했다. 그들 뒤쪽에서는 늑대형 몬스터가 여러 마리 쫓아가고 있었다.

"실버!"

"나도 알고 있다."

결계를 변화시켜서 지상까지 이어지는 길로 만들었다.

나는 소년을 안고 도시로 향했다. 가이와 다른 모험가들은 피난민들 곁으로 갔다.

일단 바깥에 있는 백성들을 보호하는 게 최우선이다. 나는 도시에 도착한 뒤 소년을 내려주고 자그마한 결계를 여러 개 전개했다. 도망치고 있는 백성들 한 명 한 명에게 결계를 쳐준 것이다.

그동안에 가이와 다른 모험가들이 늑대형 몬스터들을 쓰러뜨려 나갔다. 무리를 짓는 몬스터는 기본적으로 한 마리 한 마리의 힘은 그리 강하지 않다. 골치 아픈 건 숫자지만, 이번에는 모험가들이 수십 명이나 있다.

"아빠! 엄마!"

전황을 바라보고 있자니 소년이 뛰어가기 시작했다. 그 앞에는 어떤 부부가 어린 소녀를 데리고 있었다.

그들은 눈물을 흘리며 소년을 끌어안았다. 보아하니 소년이 살던 마을 주민들은 무사히 도시 안으로 들어올 수 있었던 모양이다. 그런 광경을 바라본 다음, 나는 목소리를 확산시켰다.

"지금부터 몬스터 토벌을 개시한다. 이 토벌은 제도 지부의 모험가 일동이 진행한다. 현지 모험가들은 도시까지 물러나라. 잘했다. 뒷일은 우리에게 맡겨라."

나는 그렇게 말하며 마법을 준비하기 시작했다.

졸개 몬스터는 문제가 없다. 문제는 그 녀석들이 움직이기 시작한 원인, 길드 본부가 표적으로 설정한 고랭크 몬스터다. 아무리 그래도 그런 진짜배기 표적은 다른 모험가들에게 맡기기 힘들다.

그런 생각을 하고 있자니 근처의 숲이 떨렸다. 무언가가 걸어오고 있는 것이다. 진짜 목표가 오고 있는 모양이다.

"왔다! 타이거렉스야!"

AAA랭크 희귀 몬스터. 호랑이처럼 생긴 머리에 용의 몸을 지닌 몬스터다. 크기는 7~8미터. 용의 아종이긴 하지만 날개는 퇴화되었기에 네 발로 땅을 기어다닌다.

원래는 안전을 위해 AAA급 몇 명이나 AA급 모험가들이 대규모 파티를 짜서 꼼꼼하게 조사한 뒤에 토벌하는 상대지만, 지금은 그럴 시간이 없다.

"제도 지부의 모험가들이여! 나는 도시의 방위와 후방 지원을 맡겠다. 전선은 너희에게 맡기마! 두려워하지 마라! 이 실버가 제군에게 힘을 주겠다!!"

하늘에 마법진이 전개되기 시작했다. 대상은 전선에 서 있는 모험가들 수십 명. A급은 몇 명. 거의 대부분이 B급이다. 위험하다는 건 알고 있었을 것이다. 그럼에도 불구하고 와주었다.

나나 에르나가 몬스터와 맞서 싸우는 것과는 전혀 다르다. 우리는 이길 수 있을 거라는 자신감이 있지만, 그들에게 그런 것은 없다. 적이 더 강하기 때문이다. 호각조차 되지 못한다. 그럼에도 불구하고 용기를 쥐어짜내 주었다.

용감한 자들이라는 의미로는 그들도 틀림없는 용사일 것이다. 하지만 그들에게 있어서 그런 건 당연하다. 약하더라도, 괴롭더라도, 모험가는 몬스터와 맞서 싸운다.

'백성을 위하여'. 그 말은 모험가들의 절대적인 규칙이다. 국가가 구하지 못하는 사람들의 방패가 되기 위한 직업이다.

"부디……, 존경할 수 있는 자들에게 힘을."

나는 그렇게 말하며 하늘 위로 손을 들어 올렸다. 마력이 상당히 소비될 것이다. 내가 토벌하는 게 분명히 더 손쉽겠지. 하지만 지금은 이것밖에 방법이 없다. 그래도 불평은 하지 않는다. 이 방법은 가이와 다른 모험가들이 얻어내준 것이니까.

《종말의 때가 오도다・울려라 천화의 소리여・하늘을 건너 대지에 강림하라・경청하라 약한 자・켜지는 것은 심염・솟구치는 것은 용염・약한 자들이여 투사가 되어라──, 브레이브 호른.》

전장에 울려퍼진 것은 뿔피리 소리. 그 소리를 들은 모험가들이 포효했다.

대상의 능력을 키워주는 강화의 음색. 강화의 원호 마법, 브레이브 호른이다. 솔로로 움직이는 내게는 써먹을 방법이 없는 마법이었는데, 설마 도움이 될 때가 올 줄이야.

타이거렉스가 골치 아픈 이유는 그 흉폭함과 공격력 때문이다. 하지만, 방어력은 그렇지 않다. 능력이 강화된 모험가들 수십 명이라면 그렇게까지 고전하지 않고 쓰러뜨릴 수 있을 것이다.

그것과는 별개로 나는 모험가들이 접근하기 쉽게끔 결계를 쳐서 타이거렉스를 일시적으로 묶어 두었다.

"자, 토벌하러 가자고."

■ ■ ■

"실버!"

"알고 있다."

가이가 소리친 것과 동시에 높게 뛰어올랐다. 타이거렉스는 입을 크게 벌리고 불꽃 브레스를 토해냈지만, 가이는 피하지 않았다. 내 결계를 믿고 있기 때문이다.

불꽃이 가이를 휘감았지만, 가이가 그곳에서 곧바로 빠져나왔다. 마지막 방어 수단을 돌파당한 타이거렉스는 도망치려 했지만, 가이가 조금 더 빨랐다.

"우오오오오오오오옷!!!!"

가이는 검을 타이거렉스의 머리에 깊게 박아넣었다. 그 일격을 맞고 상처투성이였던 타이거렉스는 그 자리에 쓰러졌다.

"해냈다······, 해냈다고!!"

지금까지 토벌해본 적이 없을 정도로 높은 랭크의 몬스터. 그것을 토벌한 모험가들이 신이 나서 떠들기 시작했다. 그런 그들을 보고 도시의 주민들도 환호성을 질렀다.

하지만, 일은 아직 끝나지 않았다. 나는 결계형 치유 마법으로 모험가들의 상처를 치유했다.

"오오! 땡큐! 실버!"

"고맙다는 인사는 일이 끝난 다음에 받도록 하지."

나는 그렇게 말한 다음, 새로운 전이문을 열었다. 그것을 본 가이가 정색했다.

"일이라니······, 방금 끝나지 않았나······."

"곤란해하고 있는 곳은 이곳뿐만이 아니다. 나머지 세 마리도 토벌하러 간다."

"말도 안 돼······, 꽤 지쳤는데······."

"내 알 바 아니다. 움직여라, 백성을 위하여."

"악귀!"

"악마!"

"마왕!"

"됐으니까 얼른 들어가라. 내동댕이쳐지고 싶나?"

나는 불평하는 모험가들을 협박하며 전이문으로 들어가라고 재촉했다. 저항하는 게 아무런 의미도 없다고 판단한 모험가들이

지친 기색을 보이며 전이문으로 들어갔다. 그렇게 그들을 보내준 다음, 나는 도시 쪽을 돌아보았다.

도시의 외벽. 그곳에 소년이 서 있었다.

"실버! 고마워요! 저도 언젠가 모험가가 될게요!!"

"훗……, 기대하마. 실력 좋은 모험가는 언제든지 환영한다."

나는 그 말을 남기고 그곳을 떠났다.

그리고 우리는 그날 안에 나머지 몬스터 세 마리의 토벌도 끝냈다.

5

"고생 많으셨습니다."

"그래……, 고생 좀 했지."

모험가들을 제도 지부에 데려다준 다음, 나는 내 방에 겨우 돌아왔다. 강대한 마법을 쓴 것은 아니다. 하지만 마법을 잔뜩 썼다. 게다가 원호를 맡는다는 건 의외로 정신적으로 힘들었다. 그래도 아직 방심할 순 없다.

나는 맞이해 준 세바스에게 자리를 비운 사이에 대해 물었다.

"별 일 없나?"

"선희 님께서 아르노르트 님을 찾으러 오셨었습니다. 용건이 있어서 거리로 나가셨다고 말씀드렸습니다."

"그래……."

그렇게 이야기를 나눈 다음, 문이 세차게 열렸다.

"아르노르트! 돌아온 게냐! 나와 놀자꾸나!"

오리히메가 그렇게 말하며 태클을 거는 듯이 나를 끌어안았다. 나는 복부에 충격을 느끼고 기침했다.

"콜록……."

"으음? 아팠는가?"

"조금."

"그거 미안하구나. 허나, 그대가 잘못한 게다? 나를 내버려 두고……, 응? 피곤한가?"

꽤 눈치가 빠르네. 부정해 봤자 의심을 살 뿐인가?

"뭐, 조금."

"패기가 없는 건 평소와 마찬가지다만, 안색이 좋지 않구나? 무슨 일이 있었던 게야? 내게 말하거라! 뭐든지 해결해 주마!"

"별것 아니야. 요즘, 이런저런 문제가 많아서 피곤할 뿐이라고."

"뭐라고?! 그건 큰 문제로구나. 내 놀이 상대가 나와 노는 것 이외로 피곤해져서는 아니 된다! 나에 대한 도전으로 받아들이 겠다!"

사고회로가 어떻게 되어 있는 건지. 게다가 아무렇지도 않게 나를 놀이 상대라고 했다. 어디까지나 접대 담당인데 말이지.

"자! 뭐든지 고민에 대해 말해 보거라!"

"에휴……."

이미 고민 상담 모드에 들어갔네. 아마 뭐라도 말하지 않으면 오리히메가 만족하지 않을 것이다. 그래서 나는 애매하게 말하기로 했다.

"아무래도 실버가 움직이지 못하게 된 것 같아. 곤란에 빠지면 좀 도와줘."

"그 유명한 가면 쓴 모험가 말인가? 나도 신경 쓰이던 참이다. 좋아, 알겠다! 나에게 맡겨만 두거라!"

오리히메는 그렇게 말하고는 방긋방긋 웃으며 공을 꺼냈다. 얼른 던지라는 듯이 꼬리를 흔들었다.

내가 어이없어하며 공을 던지자 오리히메가 폴짝 뛰어올랐다.

6

아르가 실버로서 움직이던 무렵. 레오도 나름대로 움직이고 있었다.

자기 혼자서는 황제를 움직일 수 없겠다는 걸 깨닫고는 제도 전체의 귀족들을 만나고 돌아다녔다. 어떤 세력에 소속되었는지와는 무관하게.

자칫하다가는 자신의 세력을 만드는 작업으로 간주될 수도 있는 행동이었지만, 레오는 망설이지 않았다. 전부 제국을 위해서 하는 행동이었기 때문이다.

레오가 한 행동은 서명을 모으는 것이었다. 자신이 주도해서 탄원서를 쓰고, 거기에 낳은 귀족들의 서명을 모았다.

모험가 길드와 약속한 게 있긴 하지만, 그 모험가 길드가 대처하지 못하고 있다. 레오는 관계가 일시적으로 악화된다 하더라도 백성을 구해야 한다고 생각했다. 그리고 그 생각은 많은 사람들의 동의를 얻었다.

레오는 많은 사람들의 서명이 들어간 탄원서를 들고 마리와 함께 복도를 걸어가고 있었다.

"마리. 나는 이제부터 재상을 만날 거야. 곧바로 움직일 수 있게끔 준비해줘."

"알겠습니다. 그런데……, 위험하진 않을까요? 아마 재상 각하의 의견은 폐하와 마찬가지일 겁니다."

"나도 알아. 하지만, 아버님을 설득할 수 있을 만한 사람은 재상 정도밖에 없어. 이렇게 많은 귀족들이 찬성한 이상, 재상도 무시할 순 없을 거야. 이야기 정도는 들어주겠지."

"결과적으로 움직이는 것에 대해 허가를 받는다 하더라도 재상의 심증이 안 좋아질지도 모릅니다. 그건 폐하의 심증이 안 좋아진다는 뜻입니다."

"품위를 지켜라, 인가……, 문제없어. 나는 황자로서 부끄러워할 만한 짓을 아무것도 한 게 없으니까."

레오가 그렇게 말하자 마리는 살짝 한숨을 쉬고 나서 고개를 숙여 인사했다. 설득은 불가능할 거라고 생각하며 포기한 것이다.

결심한 이상, 레오는 흔들리지 않는다. 마리는 그 사실을 잘 알고 있었다.

레오는 마리와 헤어진 다음, 서둘러 재상의 방으로 갔다. 하지만, 그런 레오를 불러세운 사람이 있었다.

"재상과 의논할 생각이라면 그만둬라, 레오나르트."

"에리크 형님……, 그건 경고입니까?"

"조언이다. 아버님은 우리에게 각 나라에서 오는 귀빈들의 접대 담당을 명령하실 생각이다. 아버님의 의향을 거스르며 분노를 사지 마라. 네가 빠지면 접대 담당자가 부족해진다."

황제의 심기를 거드린 황자. 그런 자가 접대 담당을 맡으면 그 귀빈은 자신을 업신여겼다고 느낄 것이다. 그렇기 때문에 대국의 접대 담당을 맡을 수 없게 된다.

"외무대신으로서 행사의 준비를 신중하게 진행해 왔다. 내 노력을 허사로 만들지 마라. 문제를 일으키지 마."

"문제를 일으키려 하는 게 아닙니다. 문제가 일어났기에 대처하려는 거지요."

"제국의 문제가 아니다. 모험가 길드의 문제지. 끼어들지 마라."

"제국에서 일어난 문제입니다. 그냥 내버려 둘 순 없습니다."

"모험가 길드는 일부러 실버를 따돌리는 실수를 저질렀다. 이번 건으로 인해 모험가 길드는 우리 제국에 빚을 지게 된다. 실버도 아버님이 납득시켰으니 제국에 머무르겠지. 지금만 희생에 눈을 감으면 모든 게 잘 풀릴 거다."

"그 말을 지금 몬스터로 인해 위기에 처한 사람들에게 하실 수 있습니까?"

"말할 필요는 없지. 정치라는 그런 것이다. 대국을 봐라. 아버님이나 재상도 눈을 감고 있다. 네가 하고 있는 건 질서를 어지럽히는 짓이다."

에리크는 그렇게 말하며 레오 앞을 가로막았다. 레오는 그런 에리크를 똑바로 바라보았다.

에리크가 한 말은 정론이었다. 가장 지위가 높은 황제가 이미 방침을 제시했다. 그를 보좌하는 재상도 이의를 제기하지 않는다. 그게 최선일 거라 판단했기 때문이다. 하지만, 그럼에도 불구하고.

"황제의 명령을 알겠다면서 따르기만 한다면 황자나 신하는 필요가 없습니다. 의견을 말할 수 있는 입장인 이상, 제시해야 하는 의견은 제시할 겁니다. 저는 백성을 위해서 움직여야 한다고 생각합니다. 그게 이익이 되지 않는다는 에리크 형님의 말씀도 이해가 됩니다. 하지만 납득은 못하겠군요. 당신이 한 말에는 이익밖에 없으니까."

"이익 말고 또 뭘 따지지?"

"제국 전체에서 많은 소동들이 일어나고 있습니다. 백성들이 괴로워하고 있고요. 그걸 저버리는 건 대의에 어긋납니다. 언젠가 백성들의 분노가 황족에게 쏠릴 겁니다."

"이번 건으로 인해 질책당하는 건 모험가 길드다."

"질책만이라면 그럴지도 모르죠. 하지만, 백성들의 마음에 반드시 분노가 깃들

겁니다. 황족이 해야 할 일을 하지 않았기 때문이죠."

두 사람의 의견은 평행선이었다.

그래서 레오는 고개를 숙여 인사를 하고 나서 에리크 옆을 지나쳤다.

"아르노르트를 좀 본받아라. 저버려야 할 것을 저버리지 못하는 자는 황제가 될 수 없을 텐데?"

"저는 아무것도 하지 않고 저버리지는 않을 겁니다. 모든 것을 구할 수 없다는 사실을 알고 있긴 하지만, 발버둥치며 노력해야겠죠. 그렇게 함으로써 구할 수 있는 사람 한 명에게 가치가 있으니까요. 형도 그건 마찬가지입니다. 당신하고 똑같다고 생각하지 말라고요. 내 형은 아무것도 하지 않는 당신과는 다르니까."

레오는 그렇게 말한 다음, 재상의 방으로 향했다.

■ ■ ■

"재상, 할 이야기가 있습니다."

"레오나르트 전하, 불러주셨다면 제가 갔을 텐데요."

재상 프란츠는 그렇게 말하며 레오를 맞이하고는 직접 홍차를 준비해서 레오에게 내주었다. 레오는 그것을 받아들고는 단숨에 전부 마셨다.

"안타깝지만 차를 마시며 느긋하게 이야기할 시간은 없습니다."

"그거……, 안타깝군요."

재상은 레오의 올곧은 눈을 보고 한숨을 쉬었다. 그리고 레오가 내민 탄원서를 받아들었다.

거기에는 백성을 구해야만 한다는 문장과 많은 귀족들의 이름이 적혀 있었다. 프란츠의 기억에 따르면 레오에게 협력하지 않는 귀족들의 이름도 있었다.

짧은 기간만에 이렇게 많은 사람들에게 서명을 모아오다니.

프란츠는 레오의 행동력을 보고 혀를 내둘렀다.

"많은 귀족들이 찬성해 주었습니다. 모험가 길드에게 일임하는 게 아니라 제국이 몬스터를 토벌하러 나서야 합니다."

"사전에 모험가 길드에 일임하기로 결정했습니다. 의논도 하지 않고 그 약속을 어길 수는 없지요. 이해해 주십시오."

"약속을 먼저 어긴 건 모험가 길드 쪽입니다. 몬스터에게 대처하지 못하고 있죠."

"몬스터들이 움직이기 시작한 시기가 예상보다 빨랐습니다. 그런 걸 질책하다가는 협력할 수가 없습니다. 그리고 폐하의 즉위 25주년 행사도 얼마 남지 않았지요. 지금 몬스터를 토벌하기 위해 군대를 움직이는 건 각 나라의 경계심을 자극하게 됩니다."

"동원하지 않으면 됩니다. 용작 가문을 움직여야겠죠."

"용작 가문의 기사들이 강자들뿐이긴 합니다. 하지만 함부로 움직일 수는 없습니다. 군대 이상으로 신중하게 운용할 필요가 있다는 사실은 알고 계실 텐데요."

용작 가문은 제국의 비장의 수. 그렇기에 함부로 움직이지 않는다. 몬스터를 토벌하기 위해 움직인다는 건, 본래의 모습과 다르게 움직인다는 뜻이다. 군대를 동원하는 것 이상으로 각 나라를 자극할 것이다.

"백성들이 괴로워하고 있습니다. 구해야 한다는 의견에 많은 귀족들이 찬성하고 있습니다. 움직이기에는 충분한 상황인 것 같습니다만."

"……움직이지 않는 것이 이익으로 이어집니다. 그 사실은 알고 계시겠지요?"

"잘 알고 있습니다. 하지만, 움직이지 않음으로써 생겨나는 문제도 있죠. 재상이라면 아실 텐데요."

"……설마 당신이 이렇게까지 움직일 줄은 몰랐습니다. 품위를 지키라는 명령을 받으셨을 텐데도 불구하고 당당하게 폐하께 대드시다니."

"품위는 지키고 있습니다. 입장이 다르면 의견도 달라지지요. 아버님의 입장도 이해합니다. 그렇다고 해서 백성을 저버리는 선택을 하게 둘 수는 없습니다. 지금은 백성을 지켜야만 할 때입니다. 각지에서 큰 사건들이 일어나고 있습니다. 백성들이 불안해하고 있습니다. 지금이야말로 백성들에게 다가서야 할 때입니다."

레오의 설득을 들은 프란츠는 한숨을 쉬었다. 그리고 고개를 몇 번 끄덕였다.

"좋습니다. 제가 폐하께 탄원서를 드리며 설득해 보겠습니다."

프란츠는 그렇게 말하며 레오의 부탁을 받아들였다. 레오와 수많은 귀족들의 부탁으로 움직였다는 형태를 취하면 프란츠로서도 명분이 생기기 때문이다.

"……감사합니다."

레오는 고개를 크게 숙였다. 프란츠는 그 모습을 보며 눈을 가늘게 떴다.

예전에 백성들을 위해 열심히 움직였던 황자가 있었다. 그 모습이 지금의 레오와 겹쳐져 보였기 때문이다.

"아르노르트 전하는 폐하의 어린 시절과 닮으셨습니다만……, 레오나르트 전하는 돌아가신 황태자 전하를 닮으셨군요. 많은 사람들을 끌어들이는 힘은 형님께 물려받으신 모양입니다."

"영광입니다. 돌아가신 형님을 항상 목표로 삼아왔습니다. 앞으로도 그렇게 할 생각입니다."

"……괴로운 길이겠군요. 황태자 전하는 맺고 끊음을 확실하게 하실 수 있는 분이셨습니다. 여차하면 자신의 신조를 버릴 수 있는 힘을 지니고 계셨지요. 당신께서 그러실 수 있겠습니까?"

"글쎄요……, 저는 어설프니까요. 자각하고 있습니다. 그래서 많은 사람들에게 폐를 끼치고 있지요. 그래도……, 신조를 버리지 않는 힘도 있다고 생각합니다."

"그렇군요……, 완전히 똑같은 건 아니군요. 뭐, 그게 더 재미있겠지요."

프란츠가 그렇게 말하며 일어섰다. 곧바로 황제에게 갈 생각이 었던 것이다. 그런데 갑자기 근위기사가 급하게 방으로 들어왔다.

"긴급 상황이기에 무례를 용서하여 주십시오."

"무슨 일이지?"

"각지에서 날뛰던 강력한 몬스터들을 제도 지부의 모험가들이 전부 토벌했다는 연락이 들어왔습니다."

"제도 지부의 모험가들이……?"

"실버가 움직인 거야?"

"그것까지는 모르겠습니다만……, 아마도."

"자신은 그저 도왔을 뿐, 토벌은 하지 않았다, 그렇게 잡아뗄 셈인가?"

프란츠는 어이없다는 듯이 근위기사를 물러가게 했다. 그리고 다시 의자에 앉았다.

"헛수고를 하셨군요."

"헛수고라고 생각하진 않습니다. 저는 움직이는 것을 선택했고, 실버도 그걸 선택했죠. 움직이지 않는 것을 선택했다면 면목이 없었을 겁니다. 제국을 위해서 움직여 준 실버를 실망시키지 않았다면……, 의의가 있는 행동이었을 거라 생각합니다. 무엇보다 제가 후회하지 않았으니까요."

"그렇긴 하군요. 맞는 말씀일지도 모르겠습니다."

프란츠는 그렇게 말하며 탄원서를 책상 서랍에 넣었다. 이제 쓸모가 없는 탄원서다. 실버가 해결했으니까.

하지만 프란츠는 그것을 책상 서랍에 넣었다.

"그걸 어떻게 하실 겁니까?"

"나중에 폐하께 보여드리지요. 레오나르트 황자님께서 황자답게 행동하셨다고 보고하겠습니다."

레오는 그 말을 듣고 뜻밖이라는 표정을 지었다. 프란츠는 재상이라는 입장으로 인해 특정한 제위 후보자에게 힘을 빌려주지 않았다.

그런 프란츠가 레오의 인상이 나빠지지 않게끔 움직여 준다는 건 드문 일이었다.

"이번 건, 자칫하다가는 제위 쟁탈전을 이어서 진행했다고 보일지도 모릅니다. 많은 귀족들을 끌어들였다고 간주하더라도 이상할 게 없으니까요."

"그렇게 보이더라도 이상할 게 없는 행동을 했습니다. 아버님의 의견을 거역했으니까요."

"각오하시고 행동하셨다는 건 알고 있습니다. 하지만, 당신의 올곧은 마음을 보아 이번 일이 손해가 되지 않게끔 제가 움직이겠습니다. 앞으로는 주의하여 주십시오. 뭐, 주의하시더라도 당신은 올곧게 행동하시겠지만요."

프란츠는 그렇게 말하며 웃었다. 그리고 레오가 나가는 모습을 바라보았다.

⇨ 제4장 영귀 토벌

1

며칠 뒤. 제도에는 번개의 용병단을 제외한 S급 모험가들이 모였다. 하지만, 원래 토벌할 예정이었던 몬스터는 제도 지부에서 토벌해 버렸다.

실버에게 설명하라는 요구가 들어왔지만, 나는 모습을 드러내지 않았다. 귀찮기도 하고, 할 일이 남아있었기 때문이다.

북부에서 제국으로 들어온 번개의 용병단은 왠지 모르게 연락이 끊겼다. 북부에는 가장 큰 표적 몬스터인 영귀가 있다.

독단적으로 새치기했다는 말이 떠오를 수밖에 없다. 안전한 방식으로는 S급까지 올라간 번개의 용병단이 위험을 무릅쓴다는 건 약간 부자연스럽지만, 황국의 의향으로 그랬다면 이상할 건 없다.

그런 생각을 하고 있자니 갑자기 오리히메가 새파랗게 질린 채 내 방으로 들어왔다. 그 모습을 본 나는 드디어 때가 온 건가, 그렇게 생각하며 일어섰다.

"왜 그래? 오리히메."

"내 결계가……, 부서졌다. 아마도 영귀가 움직이기 시작했을 게야."

"그렇구나……, 알겠어. 아버님께는 내가 말씀드릴게. 가자,

세바스."

"네."

"아르노르트……, 영귀를 움직이지 못하게 막아두고 있던 결계는 시간을 벌기 위한 결계였다. 원래 예정으로는 앞으로 사흘 정도는 더 버틸 수 있었을 게야. 그렇다면 아직 피난이 끝나지 않았을 테지……. 백성들이 위험에 처하게 된다. 나의 결계가 버티지 못했기 때문이지……, 미안하다."

오리히메는 결계가 부서진 것을 눈치챘기에 지금 상황이 어떤 위기인지 제대로 이해하고 있을 것이다.

그녀의 말은 매우 무거웠다. 하지만 나는 그 말을 듣고 미소를 지으며 대답했다.

"괜찮아. 제국에도 믿음직한 녀석은 있으니까."

나는 그렇게 말하며 불안해하는 듯한 표정을 짓고 있던 오리히메의 머리를 살짝 쓰다듬어 주고는 세바스와 함께 밖으로 나섰다. 그리고.

"아무래도 움직일 수밖에 없을 것 같군."

"좀처럼 쉬질 못하시는군요."

"어쩔 수 없지. 자, 암약할 시간이다."

"알겠습니다."

나는 그렇게 이야기를 주고받으며 세바스와 함께 옥좌의 방으로 향했다.

2

내 보고를 들은 아버님은 제도에 도착해 있던 S급 모험가들과 나라의 요인들을 성으로 소집했다.

딱히 직책이 없는 나는 옥좌의 방에서 나왔지만, 그 대신 레오가 옥좌의 방으로 들어갔다.

마침 잘된 일이었다. 굳이 명분을 내세우며 나오지 않아도 되었기 때문이다. 한시도 여유가 없는 사태다. 결계가 붕괴한 원인이 번개의 용병단이 독단적으로 움직였기 때문인지, 아니면 다른 이유 때문인지는 상관이 없다.

중요한 건 결계가 부서지고 영귀가 움직이기 시작했다는 사실이다. 산이 움직이는 거나 마찬가지다. 주위에 있는 백성들을 구할 필요가 있다.

"그럼, 다녀올게. 이것저것 둘러대는 건 맡기마."

"알겠습니다. 다녀오십시오."

세바스가 그렇게 말하며 실버 모습인 내게 고개를 숙였다. 방에는 환술을 남겼다. 이제 세바스가 알아서 해줄 것이다. 하지만 나는 전이하기 전에 멈춰섰다.

"세바스……, 이 비밀도 슬슬 밝혀야 할 때라고 생각해?"

이런 질문을 한 것은 처음이었다. 그래서 대답하지 않아도 딱히 상관없다고 생각했다.

하지만, 세바스는 곧바로 대답했다.

"양심의 가책을 느끼십니까? 비밀을 유지하는 게 괴로우신 겁니까?"

"……그렇지. 에르나는 슬슬 의심하더라도 이상할 게 없어. 그렇다면."

"비밀을 밝히는 게 편할 거라고요? 너무 저를 실망시키지 말아주십시오, 아르노르트 님."

"세바스……."

"처음에 밝힌다는 방법이 있었는데도 그걸 선택하지 않고 지금까지 비밀을 지켜왔습니다. 그것을 밝히는 이유가 '편해지기 위해'서는 안 됩니다. 결정적인 이익을 만들어 내야 비로소 비밀이 유용해지는 겁니다. 에르나 님께 밝히고 암약에 협력을 받는다 하더라도 큰 이익은 생기지 않습니다. 한번 비밀로 하기로 결심하셨다면 비밀을 철저하게 지키십시오. 레오나르트 님께 자신을 관철하라고 하셨으니 당신도 흔들려서는 안 됩니다. 한번 정하신 거라면 마지막까지 관철하셔야 할 겁니다. 이치에 맞게끔 행동하는 것은 원래 그런 법입니다."

그것은 설교였다. 항상 하던 잔소리가 아니다.

그래서 나는 순순히 그 말을 듣고 고개를 끄덕였다. 그렇다. 나는 주위 사람들을 속이는 것을 선택했다. 그게 괴로워졌다고 해서 중간에 그만둘 거였다면 처음부터 그러지 말았어야 했다.

레오에게만 이것저것 요구하고 내가 흔들리는 일이 있어선 안 된다.

"그렇지……, 이치에 맞게끔 행동해야겠지."

"네. 비밀은 철저하게 지키셔야 합니다. 당신의 비밀은 세월이 흘러감에 따라 무거워졌습니다. 피네 님 때와는 상황이 다릅니다. 철저하게 속이며 제대로 실버 행세를 하시는 게 나을 겁니다."

"그래, 알겠어. 그렇게 할게."

"소꿉친구 한 명도 속이지 못한다면 에리크 전하를 속이는 건 불가능합니다. 힘내십시오. 부족하나마 저도 힘을 보태드리겠습니다."

"……기대할게."

나는 그렇게 말하고 나서 전이로 그곳을 떠났다.

■ ■ ■

성의 하층부로 전이한 다음, 곧바로 옥좌의 방을 향해 계단을 올라갔다.

스쳐 지나간 사람들은 모두 깜짝 놀란 표정을 지었고, 급하게 이곳저곳으로 뛰어다니고 있었다.

그러던 와중에 옥좌의 방 앞에 도착했다.

그 앞에는 내가 왔다는 걸 아버님에게 알리려 온 것 같은 귀족들이 몇 명 있었다.

안에서는 성난 목소리가 들렸다. 회의는 난항을 겪고 있는 모양이다. 귀족들은 그 압박감 때문에 옥좌의 방에 들어가지 못한 것 같다.

문을 지키고 있는 근위기사들도 무슨 상황인지는 짐작하고 있을 것이다. 나를 보고는 고개를 숙여서 인사를 하고 물었다.

"황제 폐하께서 안에 계십니다. 실례지만 성함을 여쭈어 봐도 되겠습니까?"

"모험가 길드 제도 지부 소속, SS급 모험가 실버다."

"모험가 카드를 확인할 수 있을까요?"

나는 그 말을 듣고 모험가 카드를 내밀었다.

저번에 왔을 때는 드라우 형과 피네도 있었지만, 지금은 나 혼자다. 생김새만 보고 실버라는 걸 알게 되더라도 간단히 들여보내 주지는 않는다.

"확인하였습니다. 하지만 지금은 중요한 회의 중입니다."

"문을 열라고는 하지 않겠어. 멋대로 들어갈 뿐이야."

나는 그렇게 말한 다음, 내 손으로 문을 밀어서 열고 멋대로 옥좌의 방에 들어갔다.

기사들도 방해하진 않았다. 어차피 막을 수 없을 거라는 사실을 알고 있기 때문일 것이다.

"그러니까 몇 번이나 말했잖아! 헛수고는 사양하겠어! 영귀는 모험가들이 맡는다!"

그렇게 말하며 강경하게 주장한 사람은 피처럼 붉은 머리카락에 거친 남자였다. 등에는 대검을 짊어진 채 도발적인 미소를 드

241

리우고 있다.

이 녀석이 이그나트겠지. 황제 앞인데도 예의가 없는 녀석이다.

"그러니까 몇 번이나 말씀드렸을 텐데요! 이그나트 공! 지금은 공을 두고 다툴 때가 아니라고요! 영귀는 이미 움직이기 시작했습니다! 최대 전력으로 섬멸하는 게 제일입니다. 저희 제국의 용작 가문에게 맡겨주시지요! 원래 계획은 그랬을 텐데요!"

"계획 같은 건 이미 무너졌어! 당연히 백지로 돌아간 거지! 제국이 감싸고 도는 실버가 공을 가로챘으니 말이야! 자랑하는 용작 가문을 파견한다 하더라도 위치가 국경 근처야. 성검을 휘두르면서 국경을 넘으면 문제가 생기는 거 아닌가? 설마 다른 나라의 영역에서도 성검을 휘두를 셈이야? 몬스터라는 명분으로 그런 짓을 하면 다른 나라에서 뭐라고 따질지 모르는데? 영귀는 모험가들에게 맡겨!"

프란츠와 이그나트가 서로의 주장을 거세게 맞부딪혔다.

영귀의 대처를 제국에서 맡겠다는 프란츠의 주장은 이해가 된다. 하지만, 에르나를 북쪽 국경에 파견했다가 만에 하나, 다른 나라로 진로를 바꾸게 되었을 때가 문제다.

영귀가 국경을 넘으면 외교 문제가 될 테고, 에르나도 국경을 넘어갈 수가 없다. 성검을 사용할 수 있을지 여부가 아니라 몬스터를 쫓아가기 위해 어쩔 수 없었다는 전례를 만드는 게 위험한 것이다.

그 전례를 방패 삼아 성검 사용자가 국경을 넘어올 가능성이 생긴다. 다른 나라에서는 그것을 용인할 수 없을 것이다. 에르나를 계기로 의심하는 상황이 발생한다.

하지만, 그렇다고 해서 모험가들에게 맡겨두면 안심일까, 그렇지 않다. 그들에게 맡길 수 있었다면 애초에 에르나까지 계산에 넣지 않았을 것이다.

이기지 못한다는 가능성이 있었기에, 제국 최강 전력을 염두에 두고 있었던 것이니.

"우리에게 맡겨둬! 우리가 가장 적합하고, 우리가 가장 강해! 크기만 한 몬스터 따위는 아무것도 아니라고! 아니면 다른 적임자가 있는 거야?!"

두 사람이 말다툼을 벌이고 있었던 탓인지, 아무도 내가 들어왔다는 사실을 눈치채지 못했다.

그래서 나는 존재를 드러내기 위해 한 마디 말했다.

"적임자라면 여기 있다."

"어엉?"

이그나트가 머리카락과 똑같은 색의 눈으로 나를 보았다. 그리고 내 존재를 확인하고는 살짝 웃었다.

"흥, 이거, 이거……, SS급 모험가이신 실버 님이시잖아. 뭐하러 온 거야? 너는 부르지도 않았다고. 안 그래? 크라이드 씨."

이그나트는 그렇게 말하며 옆에 있던 크라이드에게 화제를 돌렸다. 크라이드는 씁쓸한 표정을 지으며 고개를 한 번 끄덕였다.

"그렇다, 실버. 너는 계획에 참가할 수 없어."

"내가 잘못 들은 건가? 계획은 백지로 돌아갔다고 들었다만?"

"네가 멋대로 움직였기 때문이잖아! 다른 사람의 먹잇감을 가로채지 말라고!"

"나는 토벌하지 말라는 이야기만 들었을 뿐이다. 그래서 제도 지부에서 토벌했지. 무슨 문제가 있나? 제도 지부에서 토벌했는데. 일부러 다른 지역의 모험가들의 힘을 빌릴 필요는 없다. 게다가 뒤늦게 도착할 정도로 무능한 녀석들이라면 더더욱 그렇고."

내 말을 듣고 이그나트가 혐오감을 숨기지도 않고 나를 노려보았다. 미움을 산 모양이군. 뭐, 이 녀석이 보기에 나를 포함한 SS급 모험가들은 모두 눈엣가시에 불과할 테니까.

"토벌을 예정하고 있던 몬스터가 먼저 움직이기 시작했다. 선수를 칠 예정이었는데 이미 때를 놓쳐버렸지. 당초 예정에 얽매이는 건 어리석은 자나 할 행동인 것 같다만? 황제 폐하."

"……모험가 길드와는 너를 관여하게 만들지 않겠다고 약속을 했다."

"그러다가 백성 중에 희생자가 발생하면 주객전도 아닌가?"

내 말을 듣고 아버님이 크라이드를 돌아보았다.

까다로운 입장에 처한 크라이드가 인상을 썼다. 지금 내 참전을 허가하면 모험가 길드의 상층부 의향을 무시하게 된다. 그러면 크라이드의 입장도 악화될 것이다.

하지만, 거절하는 건 모험가의 신조에 어긋난다. 모험가는 백성을 위하여 행동한다. 이는 제1원칙이자 무엇보다 우선된다. 나를 포함해서 자유롭게, 제멋대로 행동해도 용인되는 건 그 행동이 백성을 위해서 하는 행동이기 때문이다.

대답하기 곤란해진 크라이드를 보다 못해 아버님이 입을 열려했다. 아마 모든 문제를 제국에서 떠맡음으로써 나를 참전시키려할 것이다.

제국이 보기에는 내가 참전하면 많은 생명을 구할 수 있는 데다 사태를 조기에 수습할 수 있게 된다. 나만큼 넓은 영역을 커버할 수 있는 모험가가 없으니까.

하지만, 아버님이 그렇게 말하기 전에 먼저 목소리를 낸 자가있었다.

"내가 고용하마."

그것은 평소와는 다른 목소리였다. 뒤를 돌아보니 그곳에 오리히메가 있었다.

그리고.

"제국과 모험가 길드는 당초 예정대로 계획을 진행시키면 된다. 그것과는 별개로 내가 실버, 그대를 고용하마. 나의 결계를 부순 그 밉살스러운 거북이를 함께 토벌해 줬으면 한다!!"

"뭐야? 이 망할 꼬맹이."

"혀를 함부로 놀리지 마라! 이그나트! 그분께서 선희 공이시다!"

"이게 선희라고?!"

이그나트가 크라이드의 지적을 받고는 눈을 크게 떴다. 이미지와는 꽤 많이 달랐던 모양이다.

245

하지만 지금은 그런 이그나트의 인상 따위는 아무런 상관도 없다. 오리히메의 의뢰는 매우 거만해 보이기는 하지만, 제국과 모험가 길드, 그리고 나까지 배려해 준 자상한 의뢰였다.

이제 변명거리가 생겼다. 제국은 오리히메가 멋대로 의뢰했다고 우길 수 있고, 그건 모험가 길드도 마찬가지다.

게다가 오리히메는 선희라 불리는 유력자다. 길드의 상층부라 하더라도 마음에 들지 않는다고 해서 무슨 짓을 할 수는 없다.

할 수 있는 것이라 해봤자 괴롭히는 것 정도겠지만, 그것도 문제가 되지 않는다.

"……감사하지. 선희 공."

"으음! 더 감사하거라! 이 빚은 크단 말이다! 우리 나라에 무슨 일이 생기면 제일 먼저 달려오거라. 그 정도는 해줘야 갚을 수 있을 만한 빚이지!"

어떻게 괴롭히더라도 내가 받아쳐 주면 된다.

"알겠다. 단 한 번──, 당신에게서 어떤 의뢰든 무상으로 받아들이도록 하지. 용이든 마왕이든, 이 실버가 토벌해 보이마. 그러면 되겠나?"

"오오! 제법 배포가 크구나! 가면 쓴 모험가여! 좋은 녀석인 모양이야!"

"잠깐! 잠깐! 잠깐! 이봐! 선희님! SS급 모험가를 개인 지명하려면 홍화가 세 개 필요하다고! 소국에게는 부담이 심할 텐데?"

어떻게 해서든 내가 관여하지 못하게 하려는 이그나트가 그렇게 말하며 오리히메의 제안을 기각시키려 했다. 내가 자발적으로 받아들이는 건 용납되지 않는다. 어디까지나 오리히메에게 지명 당했기에 어쩔 수 없이, 그런 형태가 필요하기 때문이다.

하지만, 오리히메는 그렇게 말한 이그나트에게 무언가를 던졌다.

"홍화 세 개! 제대로 지불해 주마!"

"뭐라고오?! 어떻게 가지고 있는 거야?!"

"결계로 영귀를 가둔 보수다! 대륙 최고의 결계사! 그것이 바로 나다! 당연히 SS급 모험가만큼 보수를 받았지!"

말은 그렇게 했지만, 오리히메의 눈에서 왠지 아까워하는 듯한 낌새가 보였다. 전혀 아쉽지 않은 건 아닌 모양이다.

"……선희 공. 어째서 그렇게까지 하지? 처음에는 내키지 않아 하지 않았는가?"

아버님이 묻자 오리히메가 미소를 보였다. 아버님이 보기에는 오리히메가 갑자기 토벌에 의욕을 보이는 게 신기했을 것이다.

"예전은 예전, 지금은 지금이다. 그때는 부탁을 받지 않았으니 말이다!"

"부탁이라니!"

"아르노르트가 고민하고 있었다! 실버가 곤란해하고 있다고! 그래서 내가 도와주겠다고 했다! 내가 머무르는 동안, 아르노르트는 성의를 보였다. 성의에는 성의를. 나는 벗과 한 약속은 어기지 않는다!"

정말 비싸게 먹히는 약속이다. 아버님도 놀란 모양이었다. 그래도 오리히메답다고 하면 그런 것 같기도 하다.

"그러면 교섭 성립이로군. 황제 폐하. 그렇게 되었다. 나는 선희 공의 개인적인 의뢰를 받아 북부로 갈 예정이다만……, 백성들을 피난시킬 자들이 필요하겠지. 함께 따라올 자가 있는가?"

"잠시 기다리거라. 몇 명을 선발하지. 다른 S급 모험가는……, 어떻게 할 텐가?"

"물론 따라가야지!"

이그나트가 그렇게 말하며 동행을 희망했다. 뭐, 심정은 이해가 된다. 큰 의뢰를 받을 수 있을 것 같아서 와봤는데 전부 빼앗겨 버렸으니까.

모험가 길드가 예정대로 움직인다 하더라도 나와 이동 속도로 경쟁하는 건 말도 안 되는 짓이다. 함께 가는 게 제일이다. 하지만.

"난 발목을 잡는 녀석 따위는 필요없다. 따라오지 말거라."

"뭐라고?! 까불지 마!"

"흐음……, 물러서지 않는 겐가? 뭐, 나는 인기가 많으니 말이다. 함께 싸우고 싶다는 심정은 이해가 안 되는 게 아니다! 그러니! 나와 함께 싸울 수 있는 기회를 주마. 내가 마련한 결계를 돌파할 수 있다면 따라와도 좋다."

"뭐라고……?"

"결론이 나왔군. 폐하. 제도 지부에서 기다리지. 최대한 빠르게 선발해 다오."

"좋다. 그러면 되겠나? 부길드장."

"문제 없습니다."

크라이드는 불평하려는 이그나트를 말리며 그렇게 말하고는 고개를 숙였다.

그렇게 이야기는 정리되었다. 이제 움직이기만 하면 된다.

3

모험가 길드 제도 지부.

그곳을 집합 장소로 지정한 나는 오리히메와 함께 먼저 이동해 있었다.

왜 이곳을 지정했는가 하면, 오리히메의 결계를 성의 정문에 치면 폐가 되기 때문이다.

제도 지부의 입구에는 오리히메의 결계가 쳐져 있고, 이그나트가 그것을 돌파하기 위해 노력하고 있지만, 꿈쩍도 하지 않았다. 다른 S급 모험가들은 일찌감치 포기하고 성으로 돌아갔는데도 불구하고 정말 고생이 많군그래.

"호오! 이곳이 제도 지부인가?! 센스가 꽤 좋구나!"

"이봐……, 실버가 이상한 꼬맹이를 데리고 왔는데……."

"신경 쓰지 마. 가면을 쓰고 다니는 괴짜의 일행이라고. 제대로 된 녀석이 아닐 거야."

"그래도 귀여운데? 말을 걸어볼까?"

"그만둬! 연인 같은 사이라면 어쩌려고 그래? 고대 마법에 소멸당할걸?"

"아무리 실버라 해도 그런 짓까지 하진 않겠지…….."

"일단 그만둬. 저 녀석, 전이 마법 사용자야. 은근하게 괴롭히면 어쩌려고 그래? 싫어하는 물건 같은 걸 전이로 보낼걸?"

"아~, 그럴 수도 있겠네. 가면을 쓰고 다니는 음침한 녀석이니까."

누가 전이 마법으로 장난을 치겠냐고!

큰 목소리로 부정하고 싶지만, 그건 실버의 캐릭터에 맞지 않는 행동이다. 나는 꾹 참고 접수처 아가씨에게 말을 걸었다.

"시끄럽게 해서 미안하군."

"항상 시끄러운 곳이니 괜찮아요. 여동생 분이신가요?"

"아니, 의뢰자다. 이런저런 이유가 있어서 말이지."

"네?! 길드를 통하지 않고도 실버 씨께 의뢰를 내다니……! 저희도 꽤 무시당하는 편인데……."

어깨를 축 늘어뜨린 사람은 접수처 아가씨인 에마다. 척 보기에도 풀 죽은 모양이었다.

길드 직원들과 길드에서 어슬렁거리고 있던 모험가들의 시선이 따가웠다.

"미, 미안하군……, 다음부터는 주의하도록 하지."

"정말로요?! 실은 실버 씨께 부탁드리고 싶었던 의뢰가 쌓여있거든요!"

"다음에 한꺼번에 정리하지. 그러면 되겠나?"

"네! 기다리고 있을게요! 그런데."

"응?"

접수처 아가씨가 길드 한구석을 손가락으로 가리켰다.

보아하니 오리히메가 뭔가 하얀 것을 들고 있었다. 눈을 약간 들어보니 길드에 장식되어 있던 용의 이빨 끄트머리가 빠져 있었다.

내 시선을 눈치챈 오리히메가 한순간 굳었다. 하지만.

"데헷."

"아~~~?!?! 제도 지부의 명물!! 용의 이빨이이이이이이이?!"

"이봐! 이봐!! 그게 얼마나 비싼 건 줄 알아?!"

"그, 그렇게 큰 목소리로 말하지 말거라……, 살짝 잡았더니 부서져 버렸을 뿐이다. 약한 것이 잘못이지."

눈치를 본 건 한순간뿐. 그 이후로 미안해하는 기색을 보이지 않는 게 오리히메답다.

나는 한숨을 크게 쉬고는 접수처 아가씨를 돌아보았다.

"청구는 어디로 할까요?"

"성에 청구해 다오."

오리히메가 선희라는 사실은 밝히지 않았지만, 내게 의뢰할 수 있는 시점에서 평범한 사람이 아니라는 건 접수처 아가씨도 알고 있을 것이다.

딱히 놀라지도 않고, 그러면 성에 청구할게요라고 하면서 준비하기 시작했다. 듬직하다.

오리히메는 딱히 반성하지도 않고 길드 안에 있던 것을 만지다가 길드 안에 있던 모험가들에게 혼나고 있었다.

딱히 의아해할 만한 일은 아니다. 나와 오리히메는 여기로 올 때까지 걸어왔다. 오리히메가 자유롭게 제도를 구경할 기회가 없었다고 했기 때문이다.

어차피 파견 부대를 선발하려면 시간이 더 걸릴 테니 느긋하게 걸어왔는데, 그 도중에 오리히메는 문제를 마구 일으켰다. 옆에 내가 없었다면 큰 문제로 발전했을 것이다.

자유로운 것도 생각해 봐야 할 것 같다.

"앗, 이놈?! 이거 놓거라!!"

"실버! 애를 좀 제대로 돌보라고!"

"이 꼬맹이! 멋대로 내 안주를 먹었어! 마지막 치즈였는데!"

"으음, 맛있더구나."

"젠장~!! 실버! 책임지고 한턱 쏴!!"

모험가들에게 팔을 붙잡힌 오리히메는 다리를 버둥거리며 불에 기름을 붓는 듯한 형태로 감상을 말했다. 길드에는 시장에 유통되지 않는 식재료로 만든 메뉴도 있다. 아마 그것에 눈독을 들이고 먹은 모양이다.

"실버! 나는 저 거품이 나는 게 신경 쓰이는구나!"

"어린애에게는 아직 일러."

"끄응! 어린애라니, 실례잖느냐!"

"충분히 어린애잖아."

오리히메가 한 말을 그렇게 부정한 사람은 에르나였다.

에르나는 회의에는 참가하지 않고 북부로 급하게 떠날 준비를 하고 있다가 내가 참전하게 되자 합류하러 온 모양이었다.

보아하니 지부의 입구에 쳐진 결계가 사라진 상태였다. 에르나가 베었을 것이다. 그 모습을 보고 이그나트도 풀 죽은 모양이었다.

절대적인 실력차를 보게 되었으니까.

그리고 에르나가 등장하자 지부에 있던 모험가들이 깜짝 놀랐다.

"에르나 폰 암스베르그?!?!"

"용사가 모험가 길드에는 왜?!"

"큰일이야! 기어코 실버와 제국 최강의 자리를 두고 싸우러 온 거라고!"

"싸울 거면 밖에서 해! 아니, 제도 밖으로 나가! 휘말리는 건 사양하겠어!"

"이봐! 실버! 당신 때문이야! 제도의 수호자라니, 그렇게 도발하는 듯한 별명을 자칭하니까!"

"자칭한 기억은 없다만."

와~, 와~, 그렇게 혼란스러워하며 떠들어 대기 시작한 모험가들에게 나는 태클을 걸면서 그런 걸 전혀 아랑곳하지도 않고 서로 노려보고 있던 오리히메와 에르나를 지켜보았다.

"사람들이 꽤 겁내는 모양이다만? 평소 행실이 안 좋기 때문 아닌가?"

"그러는 너는 어린애 취급당하던데, 내면에서 뿜어져 나오는 거물 같은 느낌이 없기 때문 이닐까?"

"무슨 소리냐! 나는 일부러 억누르고 있는 게다! 내가 온 힘을 다하면 금방 내가 선희라는 걸 들켜 버리니 말이다!!"

오리히메가 그렇게 말하며 가슴을 폈다.

잠시 후, 나와 에르나 이야기로 떠들어대던 모험가들의 안색이 일제히 새파래졌다.

"선희~~~~?!?!"

"왜 미즈호의 수호신이 여기 있는 건데?!"

"어라? 들킨 모양이로군. 숨길 수 없는 이 거물 같은 느낌이 흘러넘쳐 버린 겐가!!"

"네가 밝힌 거잖아!"

오리히메와 에르나가 다시 서로 노려보며 당장에라도 몸싸움을 벌일 듯한 분위기를 풍겼다.

그 모습을 본 모험가들은 일제히 거리를 벌렸다.

"대, 대, 대체 뭐야……, 오늘…….."

"대륙에서 가장 단단한 자와 대륙에서 가장 강한 자가 한데 모이다니……, 모순을 증명이라도 할 셈인가……?"

"아……, 끝장이야. 오늘이 제도 지부 최후의 날이라고…….."

좀 전까지 신이 나서 떠들어 대던 모험가들도 이렇게 차례차례 유명한 사람이 모여들자 제멋대로 굴지는 못하는 모양이다. 특히 오리히메를 어린애 취급하기도 했고.

그렇게 신기한 모험가들의 분위기를 즐기고 있자니 오리히메가 나를 보았다.

"실버! 그 눈에는 우리가 어떻게 보이는고?!"

"어떻게라니?"

"물론, 어느 쪽이 더 위냐는 말이다! 그대처럼 혜안이 있는 자라면 누가 더 나은지 알 터인데!"

"흥, 그런 건 실버가 아니라 어린애라도 알아, 그렇지?"

두 사람이 나를 빤히 바라보았다. 자, 어떻게 대답해야 할까.

문득 시야 안에 거리를 벌리고 있는 모험가들의 얼굴이 들어왔다. 모두가 일제히 고개를 저었다. 다시 말해 일을 거칠게 만들지 말라는 뜻이다. 그 의미를 확실하게 이해한 나는 고개를 한 번 끄덕이고 나서 말했다.

"어느 쪽이 더 위인지는 내가 판단할 수 없다."

"뭐라고?!"

"보는 눈이 없구나."

모험가들이 일제히 안심한 듯이 한숨을 쉬었다.

나는 그 순간을 노려서 말을 이어나갔다.

"하지만, 어느 쪽에게도 질 것 같지 않다는 말은 해두지."

"?!?!"

알아들을 수 없는 비명이 제도 지부에 울렸다. 모험가들이 일제히 내 정신 상태를 의심하는 듯한 눈초리로 바라보았다. 그리고 뒤에서 쾌당, 그런 소리가 들렸다.

보아하니 에마가 거품을 문 채 쓰러져 있었다. 아무래도 바로 앞에서 오가는 대화로 인해 정신이 버티지 못한 것 같았다. 조금 미안한 짓을 했군.

"이봐……, 어떻게 할 거냐고……."

"이런 상황에서 추가로 도발하다니……, 멍청한 자식……."

"이래서 SS급 모험가 녀석들은 싫단 말이야……, 분위기 파악 좀 하라고……."

모험가들은 다리를 떨면서 지부 구석에서 몸을 웅크렸다.

한편, 오리히메는 눈에 띄게 화가 난 표정으로 나를 노려보고 있었다.

"질 것 같지 않다는 게 무슨 소리냐?! 나의 결계는 최고란 말이다!"

"몬스터가 깰 수 있다면 나도 깰 수 있을 테니 말이지."

"호오~, 그럼 내게는 어떻게 이길 셈인데? 성검의 위력을 보지 못한 거야?"

"맞지만 않으면 아무렇지도 않다."

그렇게 셋이서 서로 노려보는 상황이 발생했다. 다들 가장 뛰어난 게 자신이라고 생각하기 때문에 물러나진 않는다. 그런 긴장감이 흐르는 와중에 지부 앞에 말이 잔뜩 도착했다.

"이제야 왔나."

"늦어서 미안해. 실버."

그렇게 말하며 말에서 내린 사람은 레오였다.

그 뒤에는 지크와 린피아도 있었고, 근위기사들도 있었다.

보낼 수 있는 전력을 전부 보낼 셈이구나.

"설마 그럴까 싶긴 하다만, 황자가 직접 가는 건가?"

"물론이지. 에르나가 국경에서 싸울 경우에는 국외에서 성검 사용 허가를 내줄 황족이 필요하고, 의도를 증명할 수 있는 대사도 필요해. 나는 그런 점에 있어서 적합하니까."

"전투에 관여할 생각은 없다는 뜻인가?"

"그렇지. 우리 역할은 어디까지나 미처 피난하지 못한 백성들의 구출이야. 몬스터의 토벌은 너희에게 맡길게. 발목은 잡지 않게끔 할 거야."

"……그런 거라면 좋다."

나는 그렇게 대답한 다음, 기마대가 돌입할 수 있을 만큼 커다란 전이문을 만들어 냈다.

그리고 그것을 통과하기 전에 지부에 있던 모험가들이 소리쳤다.

"이봐! 실버! 또 큼직한 일을 하러 가는 거라면 힘을 빌려주마!"

"몬스터 관련 문제라면 모험가가 나설 차례니까!"

"또 제도 지부에서 해결해주자고!"

그건 믿음직한 말이었다. 영귀가 움직이기 시작한 이상, 주위에 있던 몬스터들도 사색이 되어 움직이기 시작할 것이다.

그런 의미에서도 전력은 필요하다. 하지만, 이번에는 그 제안을 받아들일 수가 없다. 여기 있는 모험가들 중 대부분은 저번 전투에 참가한 자들이다. 피로도 남아있을 테고, 그렇게 자주 위험에 처하게 할 수는 없다.

"기쁜 제안이지만 그만두지. 이번 건은 제국에서도 위신을 걸

고 해결해야만 하는 문제다. 그걸 모험가가 가로채면 황제 폐하
가 가엾으니 말이야. 이번에는 그들에게 공을 양보하자고. 뭐, 너
무 한심하다면 내가 얼른 정리해 버리겠다만."

"말은 잘하네. 네가 나설 차례 같은 건 없어. 기껏해야 마차 역
할이지."

"그렇다면 실력을 구경하도록 할까."

에르나가 그렇게 말하며 제일 먼저 전이문으로 들어갔다. 그녀
를 따르라는 듯이 레오가 이끄는 기마대가 돌입했다.

그리고.

"그러면 다녀오도록 하마! 안심하거라! 제국의 백성이라 하더
라도 백성은 백성이지! 내가 전부 지켜내마! 그리고 증명하마! 용
사보다 내가 더 대단하다는 것을!"

"그거 기대되는군."

나는 그렇게 말하며 오리히메와 함께 전이문으로 들어가 북부
로 이동했다.

4

우리가 전이한 곳은 북부에서 대도시에 해당되는 로스톡.

그곳 모험가 길드에는 계획이 전달된 상태였고, 영귀의 감시도
그곳의 모험가 길드 지부가 맡고 있었다.

하지만 로스톡에 전이해 보니 그곳은 텅 비어 있었다. 지부 근

처로 전이문을 설치했는데, 주위에는 인기척이 없었고, 지부 안에도 사람이 보이지 않았다.

"이미 피난했나."

"이렇게 큰 규모의 도시가 곧바로 피난을 마치다니……, 영주가 미리 준비를 했던 모양이로군. 나의 힘을 믿지 않았다고도 할 수 있겠다만, 현명한 행동이로구나."

오리히메가 불만스러운 듯이 말하면서도 영주의 결단을 칭찬했다. 현명한 결단이긴 하다.

그런 영주가 아무도 남기지 않고 도시를 떠날 것 같지는 않았다.

나는 공중에 떠올라 도시 전체를 둘러보았다. 그러자 말을 탄 채 임전 태세를 갖추고 있던 기사단이 눈에 띄었다.

상대방도 내 존재를 눈치챈 모양이었다. 그들은 급하게 이쪽으로 달려왔다.

"기사단이 보이더군. 이쪽으로 온다."

"용의주도하네. 도적에 대한 대책과 원군이 왔을 때 보고용으로 남겨둔 거겠지."

나는 에르나가 한 말을 듣고 고개를 끄덕였다. 그리고 기사들이 금방 우리 앞에 나타났다.

하지만 그들은 우리를 경계하는 듯이 물었다.

"이름을 말해 주실까."

"모험가 길드 제도 지부 소속, SS급 모험가 실버."

"모험가……."

기사 중 한 명이 씁쓸한 표정을 지었다. 명백히 혐오감이 섞인 표정이었다.

나는 그 표정을 통해 번개의 용병단이 무슨 짓을 저질렀을 것이라 짐작했다. 역시 갑작스러운 결계 붕괴에 모험가가 관여한 건가?

"실버 공, 우리는 주인으로부터 원군에 대한 설명 담당으로 남았소. 허나……"

"모험가는 믿을 수 없나? 그렇다면 황자에게 설명해라. 대체 무슨 일이 있었지?"

나는 선수를 치며 그렇게 중얼거리고는 뒤쪽에 있던 레오를 돌아보았다.

여기서 시간을 허비하고 있을 때가 아니다.

"제8황자, 레오나르트 렉스 아드라다. 내게는 설명해 주겠어?"

"저, 전하?! 무례를 용서하여 주십시오!"

말을 타고 있던 기사들이 레오의 모습을 보고는 곧바로 말에서 내렸다.

그런 그들에게 레오가 부드러운 목소리로 물었다.

"예의는 신경 쓰지 않아도 돼. 지금은 설명부터 해줘. 무슨 일이 있었지?"

"네! 이 도시의 길드 지부는 결계에 가둔 영귀의 감시를 맡고 있었습니다. 이야기를 듣기로는 며칠 더 버틸 수 있다고 했습니다만, 모험가들 중 일부가 이 기회에 영귀를 토벌하겠다며 영귀를 자극했기에 결계가 붕괴되어 버렸습니다……."

"그 모험가들은?"

"감시 중이던 다수의 모험가들을 포함해서 영귀의 공격으로 인해 날아가 버렸다고 합니다. 살아남은 일부 모험가가 곧바로 도시로 보고하러 돌아왔기에 영주님께서 최소한의 짐만 챙겨서 피난하기로 결단하셨고, 백성들을 이곳에서 떠나게 했습니다."

"그렇군……, 영귀의 상태는?"

"감시 부대를 날려버린 뒤에는 움직임을 보이지 않는 것 같습니다. 하지만 지금까지 감고 있던 눈을 확실하게 뜨고 있는 것을 보아하니 분명히 활동 중입니다."

레오는 기사의 보고를 듣고 눈살을 찌푸렸다. 레오도 아직 사태를 완전히 받아들이지 못한 것 같았다. 그럼에도 불구하고 레오는 곧바로 사고를 전환했다. 지금 해야 할 일을 하기 위해서.

"도시의 피난은 완료되었지만, 작은 마을의 피난은 아직 완료되지 않았겠지. 우리는 그런 마을을 살피고 다니겠어. 전투는 그 이후에 부탁하고 싶은데, 실버."

"물론이지. 그런데 영귀가 움직이기 시작할 경우에는 어떻게 하나?"

"최대한 잡아두는 걸 염두에 두면서 싸워 줬으면 해. 그동안에 최대한 피난을 마칠 테니까."

"그건 상관이 없다만, 북부 일대의 몬스터들이 위기감에 움직이고 있을 거다. 이곳은 이미 위험 지대다. 백성들을 지키면서 피

261

난시키는 건 매우 힘들걸? 잡아두기 위해서는 선희 공이나 용사도 영귀에만 신경을 써야 한다. 물론 나도."

"그러기 위해서 기사들과 함께 온 거야. 우리 걱정은 할 필요 없어. 오히려 묻고 싶은데. 이건 모험가 길드의 실수라고 할 수도 있어. 그 실수를 만회할 수 있는 거야?"

레오가 한 말을 듣고 기사들이 깜짝 놀란 표정을 지었다.

그 말은 틀림없이 도발이었기 때문이다. 아무리 한 나라의 황자라 하더라도 SS급 모험가를 도발하는 건 지나친 행동이라 할 수 있다. 하지만 레오도 그런 건 이미 알고 있을 것이다. 그럼에도 불구하고 도발적인 말을 한 이유는 실버가 영귀에게 집중하게끔 만들기 위해서다.

"훗……, 얕보인 모양이군. 폼으로 SS급 모험가라 자칭하고 다니는 건 아니다. 몬스터와 전투를 벌이는 데 있어서 절대적인 존재이기에 SS급 모험가라 자칭할 수 있지. 걱정할 필요가 없다는 말을 그대로 돌려주마. 모험가 길드의 실수라면 내가 영귀를 토벌해서 없던 일로 하지."

"그래? 그렇다면 안심이고."

"그쪽이야말로 괜찮겠나? 백성들을 구하러 왔다가 도망치게 되면 명성에 흠집이 생길 텐데?"

"문제없어. 목숨이 아깝다면 이곳에 서 있지도 않았겠지. 그건 기사들도 마찬가지야. 제국 기사를 너무 얕보지 말았으면 하는데."

레오는 그렇게 말한 다음, 말에 올라타서 검을 뽑아 들었다. 그리고.

"출진한다! 잊지 마라! 이건 백성들을 피난시키기 위한 싸움이다! 한 명이라도 많은 목숨을 구해라!"

레오의 호령을 듣고 기사들도 검을 뽑아 들었다. 모두가 위험하다는 사실을 알고 이곳에 온 강자들이다. 사기가 어지간한 기사들과는 비교도 되지 않았다.

"안내를 부탁하마!"

"네!"

로스톡의 기사들에게 그렇게 말한 레오는 그들을 앞장서게 했다. 그리고 마지막으로 우리 쪽을 보고 한 마디 중얼거렸다.

"맡길게."

그건 나와 에르나, 오리히메 중 누구에게 한 말이었을까.

세 사람에게 한 말일까, 개인에게 한 말일까. 하지만 우리는 각자 대답했다.

"맡겨두거라!"

"알겠다."

"물론이지! 레오도 조심해!"

각각 다른 세 사람의 대답을 들은 레오는 살짝 웃고는 말을 타고 로스톡 거리를 달려갔다. 그런 레오 일행을 바라보다가 나와 에르나가 서로 눈짓을 하고는 공중으로 떠올랐다.

이대로 영귀를 감시할 생각이었다.

하지만 아래쪽에서 오리히메가 불만스러운 듯이 소리쳤다.

"나~, 는~, 못~, 난~, 다!"

"그렇다는데?"

"그렇구나. 그럼 여기서 집이나 지키고 있지 그래?"

네가 옮기라는 의미를 담아 은근히 에르나에게 물었지만, 에르나의 대답은 쌀쌀맞았다.

나는 어이가 없다는 듯이 한숨을 쉰 다음, 아래쪽으로 내려가 오리히메에게 손을 내밀었다.

하지만, 오리히메는 그게 불만인 모양이었다.

"나를 어떻게 옮길 셈이냐?"

"팔을 잡고 옮길 생각이다만?"

"아프잖나?!"

"참아라."

"에잇! 나는 의뢰자란 말이다! 함부로 대하는 건 용납 못 한다!"

오리히메는 그렇게 말한 다음, 재빠르게 내 등쪽으로 다가와서 내 목에 두 팔을 감았다.

이른바 어부바 형태가 되었는데, 주위에서 보기에는 매우 얼빠진 모습일 것이다.

"내려와라. 선희 공."

"이러면 되잖느냐! 업힌 느낌도 나쁘지 않구나! 출발이다!"

오리히메는 그렇게 말하며 멋대로 출발을 지시했다.

고집을 부리며 내려오지 않겠다고 계속 우겨댔기에 나는 포기하고 그대로 공중으로 떠올랐다.

그러자 하늘에서 기다리고 있던 에르나가 놀리는 듯한 미소를 지었다.

"멋지게 폼을 잡았는데 안타깝게 됐네. 눈치챘어? 당신, 지금 정말 얼빠진 모습이거든?"

"시끄럽다."

"얼빠진 모습이라니, 그게 무슨 소리냐! 실버는 지금, 내 말이 된 게다! 영광이겠지!"

"이대로 떨어트린다."

"어째서냐?!"

나는 진짜로 놀란 오리히메를 보고 어이없어하며 에르나와 함께 영귀가 있을 것으로 추측되는 곳으로 향했다.

딱히 안내가 필요하지는 않았다. 터무니없이 커다란 마력의 반응이 있었기 때문이다.

이 느낌은 분명히 위험하다. 예전에 맞섰던 어떤 몬스터보다 강대하다.

에르나와 오리히메가 있다고는 해도 주위를 신경 쓸 여유가 없을지도 모르겠다. 전투에 집중하게 되면 레오를 원호할 수 없다. 가능하다면 무리하지 않고 철수해 주면 좋겠는데.

"그럴 순 없겠지."

"무슨 소리냐?"

"딱히 상관없는 이야기다. 꼭 잡고 있어라. 떨어져도 받아 주진 않을 거다.”

“오오! 빠르다! 빨라! 재미있구나!”

들뜬 오리히메 근처에 있으니 아무래도 긴장감을 유지할 수가
없다.

뭐, 이래 봬도 대륙에서 가장 단단한 결계사다.

도움은 될 것이다. 그러지 않으면 데리고 온 의미가 없으니까.

나는 그런 생각을 하며 당장에라도 미끄러질 것 같은 오리히메
의 다리를 잡고 균형을 조정했다.

5

레오 일행은 한 번도 쉬지 않고 도시에서 조금 떨어진 마을로
향하고 있었다.

영귀가 언제 움직일지 모르는 이상, 한시의 여유도 없기 때문
이다. 하지만.

“큭! 이미 늦었나!”

레오의 시야에 들어온 것은 혼비백산하며 숲에서 도망쳐오는
마을 사람들이었다.

그들은 늑대형 몬스터에게 쫓기고 있었다. 필사적으로 도망치
는 마을 사람들은 짐조차 챙기지 못했다. 영귀의 움직임으로 인
해 활발해진 몬스터들이 갑자기 덤벼든 모양이었다.

레오의 시야에 어머니의 손을 잡고 있던 어린 여자애가 들어왔다.

필사적으로 뛰던 소녀가 어머니를 따라가지 못하고 발을 헛디
뎌서 넘어져 버렸다.

"?! 어, 엄마~~~!!"

"얼른 일어서!!"

어머니가 서둘러 돌아와 여자애를 일으켜 세우려 했지만, 그
사이에 늑대형 몬스터들이 따라잡았다.

어머니는 여자애만이라도 살리기 위해 꽉 끌어안아서 늑대형
몬스터로부터 지키려 했다.

하지만, 늑대형 몬스터는 상관없다는 듯이 두 사람에게 덤벼들
었다. 그러나.

"그렇게 내버려 둘 것 같으냐!!"

멀리서 날아온 레오의 검이 두 사람과 늑대형 몬스터들 사이에
꽂혔다.

레오는 속도를 늦추지 않고, 오히려 가속해 돌진했다.

늑대형 몬스터는 무기가 없는 레오로 표적을 바꾸었다가, 레오
의 눈을 보고는 순간 겁을 먹어 굳어 버렸다.

레오는 그 순간을 놓치지 않고 땅바닥에 박혀 있던 검을 뽑아
낸 다음, 주위를 둘러싸고 있던 늑대형 몬스터들을 베어 나갔다.

하지만, 혼자만 튀어나온 형태인 레오 앞에는 몬스터들이 잔뜩
있었다.

그러나 레오는 겁을 먹지도 않고 검을 겨누며 호령했다.

"──섬멸하라!"

전장 전체에 들릴 정도로 큰 목소리가 울려퍼진 다음, 그 호령에 대답하는 듯이 기사들의 돌격이 시작되었다.

근위기사를 중심으로 정예들만 모여 있었기에 백성들 주위에 있던 몬스터들은 눈 깜짝할 새에 제거되기 시작했다.

선두에서 검을 휘두르던 레오가 마지막 한 마리를 베어 넘기자 주위에서 몬스터의 모습이 사라졌다.

"가, 감사합니다! 기사님!"

좀 전에 그 어머니가 딸을 데리고 레오에게 고개를 숙였다.

그 모녀를 본 레오는 부드러운 미소를 지으며 대답했다.

"아뇨, 다치신 곳은 없으신가요?"

"네, 네! 괜찮습니다!"

"그러시군요. 당신들이 마지막인가요? 다른 마을 사람들은요?"

"저희 마을 사람들은 이게 전부입니다. 하지만 동쪽으로 가면 마을이 몇 군데 더 있습니다. 그곳이 어떻게 되었는지까지는……."

"그렇군요……, 다들 준비하도록."

레오가 그렇게 명령했지만, 로스톡의 기사들이 반대하는 목소리를 냈다.

"숲속으로 들어가는 건 너무 위험하지 않습니까?"

"위험하다는 건 알고 있어. 하지만, 그곳에 백성들이 있다면 저버릴 수 없다."

"하지만……, 전하께 만에 하나라도 무슨 일이 생긴다면."

"저, 전하?!"

기사가 한 말을 듣고 어머니는 그제야 자기가 이야기를 나누던 상대가 기사가 아니라 황족이라는 사실을 눈치챘다. 무례를 사죄하는 어머니와는 달리 여자애는 천진난만하게 물었다.

"오빠, 대단한 사람이야?"

"이, 이 녀석! 무슨 소릴?! 죄, 죄송합니다!"

"괜찮습니다. 나는 대단한 사람이 아니야. 우연히 우리 아버님께서 대단하실 뿐이지. 내가 대단한 사람인지 아닌지는……, 앞으로 할 행동에 따라 정해질 거야."

레오는 그렇게 말하고는 천천히 말머리를 돌린 다음, 칼집에 넣어두었던 검을 뽑아 들었다.

숲속에서는 피비린내를 맡고 많은 몬스터들이 나타나고 있었다.

"우선 이곳에 있는 몬스터들을 정리한다. 로스톡의 기사들은 이곳에 있는 백성들을 호위하도록."

"전하께서 후방에서 적들을 막으시려는 겁니까?!"

"후방이 아니야. 선봉이라고. 우리는 실버 일행이 안심하고 싸우기 위해 길을 터주는 역할을 맡고 있다. 그들은 백성들이 근처에 있으면 싸울 수가 없어. 그들이 온 힘을 다해 싸울 수 있는 환경을 갖춰주기 위해서라도……, 백성들이 있다면 우리는 가야만 해."

레오는 그렇게 말한 다음, 천천히 말을 타고 나아가기 시작했다.

로스톡의 기사들 이외에는 레오를 따라 천천히 대규모 몬스터 무리를 향해 다가갔다. 그리고.

"——백성들을 지킨다! 나를 따르라!!"

레오는 선두에 서서 몬스터들에게 돌격, 기사들도 그 뒤를 따랐다.

■ ■ ■

대규모 몬스터 무리를 향해 돌격한 레오 일행은 도망치는 마을 사람들을 쫓아가지 못하게끔 가로로 퍼져서 싸우고 있었다.

뭉쳐서 싸우면 몬스터가 빠져나가 버릴지도 모르기 때문이다. 다만 그런 전투는 개인의 능력에 의존하게 된다.

그럼에도 레오는 딱히 지시를 내리지 않았다.

개인 능력에 의존해서 싸우더라도 문제가 없을 만한 정예를 데리고 왔다는 자부심이 있었기 때문이다.

"정말! 사람을 너무 심하게 부려먹는 황자님이시군!"

"쓸데없는 말을 할 여유가 있다면 창을 움직이세요."

"모범생이구만."

지크와 린피아는 그렇게 이야기를 나누며 근위기사들 못지않은 기세로 몬스터들을 사냥하고 있었다. 원래는 모험가였던 두 사람에게 있어서 인간과 싸우는 것보다는 이게 더 편하다. 특히 지크는 약해졌다고는 하지만 S급 모험가다. 이런 잡졸들은 아무리 많이 모여들더라도 감당 못할리가 없었다.

"자! 다가오면 목숨은 없을걸?"

지크는 그렇게 말하며 사랑스러운 생김새와는 달리 사나운 미소를 짓고는 다가오는 몬스터들을 찔러 죽여 나갔다. 한편, 린피아는 마검을 창으로 변화시켜서 몬스터들을 약화시키며 효율 좋게 사냥해 나갔다.

그렇게 몬스터들을 몰아붙이고 있던 두 사람이 하늘에서 이상한 소리가 난 것을 듣고는 동시에 하늘을 올려다보았다.

"쳇! 새 형태인가!"

"레드 레이븐이군요. A랭크 몬스터입니다."

"그게 세 마리나."

하늘에서 거대한 새가 다가오고 있었다.

두 사람이 들었던 것은 몬스터들이 날개를 퍼덕이는 소리였다. 모험가인 두 사람은 갑자기 나타난 새 형태의 몬스터가 얼마나 골치 아픈 존재인지 잘 알고 있었다.

일반적으로는 활이나 마법 같은 원거리 계열 동료의 원호가 필요한 상대다.

근위기사 중에는 마법을 쓸 수 있는 자들도 있겠지만, 지금 연계하는 건 힘들다.

"다가왔을 때 잡을 수밖에 없겠네요."

"아니, 그럴 여유는 없어."

"그러면 어떻게 할 생각인가요?"

린피아가 묻자 지크가 씨익 웃고는 도움닫기를 하기 위해 거리를 벌렸다.

그리고 갑자기 린피아를 향해 뛰어오기 시작했다.

"내가 뛰어오르마! 발판이 되어줘!"

"싫어요."

"그럴 수가?!"

린피아는 거절하면서 창 끄트머리를 잡고는 지크의 발판으로 삼기 위한 준비를 갖추었다.

한순간, 이대로 린피아를 끌어안는 것도 괜찮겠다고 생각한 지크는 린피아의 싸늘한 눈을 보고는 얌전히 창을 발판으로 삼는 것을 선택했다.

"제 창을 발판으로 삼는 거니 실패하면 솥에 넣고 쪄버릴 거예요."

"나한테 너무 엄한 거 아니야?! 그런데 요즘은 그렇게 쌀쌀맞게 구는 것도 좀 괜찮다는 생각이 든다고!"

"얼른 가세요."

린피아는 지크를 올린 채 창을 있는 힘껏 휘둘렀다.

지크는 곧바로 총알처럼 하늘로 올라갔다. 그리고.

"미안하군. 나는 하늘도 날 수 있는 곰이거든."

목표로 삼고 있던 제일 앞쪽 레드 레이븐의 목을 잘라낸 다음, 그 몸통에 지크가 착지했다. 그리고 이번에는 그곳에서 뛰어올라 옆에 있던 다른 한 마리 쪽으로 옮겨갔다.

레드 레이븐은 피하려 했지만, 지크가 그냥 내버려 두지 않겠다는 듯이 날개를 단숨에 잘라냈다.

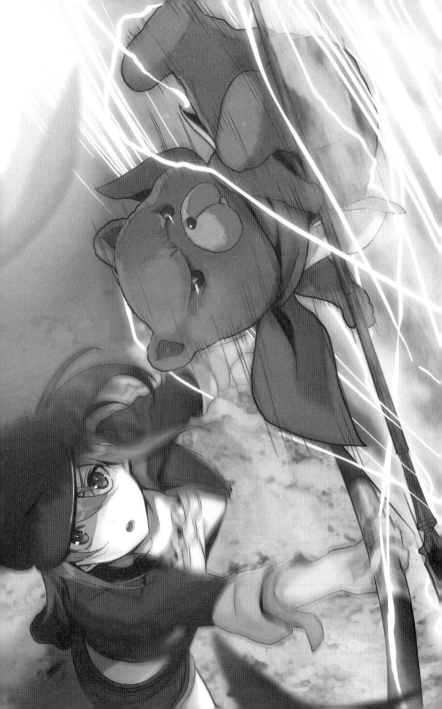

"으랴앗! 마지막이다!!"

지크는 그렇게 말하고는 마지막 한 마리를 노리며 그쪽으로 향해 달려가서 높게 뛰어올랐다.

레드 레이븐을 위에서 포착한 지크는 떨어지는 기세를 그대로 살려서 창을 내질렀다.

"으랴아아아아아아아아앗!!!!"

지크의 창이 레드 레이븐의 몸을 깊게 꿰뚫었다.

레드 레이븐은 비명을 지르며 공중에서 회전했지만, 지크는 떨어지지 않게끔 버티다가 뽑아낸 창으로 목을 베어서 레드 레이븐의 숨통을 끊었다.

"휴~, 이제 린피아도 불평하진 않겠지."

지크는 땀을 닦으며 떨어지는 레드 레이븐의 몸 위에서 만족스러운 듯한 미소를 지었다.

하지만 떨어지고 있는 레드 레이븐의 몸 위에서 중대한 사실을 눈치채 버렸다.

"어라? 착지는 어떻게 하지?"

그 직후, 지크의 비명과 함께 레드 레이븐의 몸이 추락했다.

그 모습을 보고 있던 린피아는 근처에 있던 기사에게 말을 걸었다.

"이곳은 제가 맡을 테니 살아있는지 여부를 확인해주세요. 살아있을 경우에는 회수해 주시면 감사하겠습니다. 죽었다면 방치하셔도 상관없고요. 인류에게는 손실이 아니니까요."

그렇게 매서운 말을 꺼낸 린피아를 보고 기사가 쓴웃음을 지으며 말을 타고 달려가 추락한 곳으로 향했다. 그리고 추락의 공포 때문에 울상을 짓고 있던 지크를 발견하고는 어이없다는 듯이 회수했다.

6

레오 일행이 로스톡에 도착했을 무렵. 그곳에서 동쪽에는 제국군이 전개해 있었다.

북부 국경을 지키고 있던 북부 국경 수비군에서 파견한 부대다.

그 부대를 이끄는 자는 수비군의 부장이 된 고든. 받은 명령은 영귀의 감시와 최대한 백성들을 구조할 것. 하지만.

"방금……, 뭐라고 하셨죠……?!"

그 사령부에서 소니아가 고든 앞에 서서 탁자를 세게 내리쳤다.

그만큼 고든의 지시는 믿기지 않는 내용이었다.

"반복해서 말하게 하지 마라. 부대는 투입하지 않는다."

"저 숲 안에 마을이 있다는 보고를 듣지 못하셨나요?!"

"들었다."

"그렇다면 지금 당장 구조 부대를 보내야죠!"

"영귀 때문에 몬스터가 활성화됐다. 그곳에 부대를 보내면 적지 않은 손실을 입게 된다. 지금은 얼마 안 되는 인재를 낭비할 때가 아니다."

고든은 그렇게 말하며 팔짱을 끼고는 자신에게 따지는 소니아를 바라보았다. 북부로 좌천된 고든은 측근으로부터 거리가 생기게 되었다. 그런 와중에 소니아는 귀중한 인재였기에, 실패한 책임을 묻지 않고 살려두었다.

소니아는 많은 실패 끝에 살해당할 거라 생각하고 살아갈 기력을 잃은 상태였지만, 백성들의 위기를 접하자 다시 기력을 되찾고, 고든에게 부대를 파견하자고 제안했다. 하지만 이렇게 기각당하게 되어버렸다.

"낭비……? 백성들을 지키는 게 군인의 역할 아닌가요?!"

"부하를 지키는 게 내 역할이다."

"자신을 정당화시키고 있는 것뿐이잖아요! 당신에게 주어진 임무는 최대한 많은 사람들의 목숨을 구하는 것! 몸소 검을 휘둘러서 백성들을 구하고 부하들도 살린다! 그 정도는 해내야 하잖아요!"

"결론은 이미 내렸다. 변경하진 않는다."

고든은 귀찮다는 듯이 팔을 저었다.

그 모습을 보고 경비병들이 소니아의 팔을 잡았지만, 소니아는 무시무시한 표정으로 경비병을 노려보며 물러서게 했다.

"이거 놔."

"윽……."

"……전하. 이게 마지막입니다. 지금 당장 부대를 이끌고 백성들을 구하러 가야 합니다. 그게 황제로 이어지는 길입니다."

"끈질기군. 나는 가치가 없는 싸움은 하지 않는다."

그 말을 듣고 소니아가 한숨을 크게 내쉬었다.

옥좌를 목표로 삼은 자로서 백성들을 구하는 건 당연한 일이다. 조금이라도 힘을 쏟아야 할 안건이다.

황제가 되면 모든 백성들을 구해야만 한다. 그게 황제다. 하지만 고든의 눈에는 백성들이 보이지 않는다. 자신의 부하들만 생각하고 있다. 제위 쟁탈전에는 부하들이 필요하기 때문에?

자신에게 필요가 없는 자는 지키지 않는다는, 그런 자는 황제가 될 수 없다.

"역시 당신은 황제의 그릇이 아니야……."

"그릇인지 아닌지는 네가 결정할 일이 아니다."

"그렇겠죠. 하지만 나는 결코 당신을 황제로 인정하지 않아. 백성을 지키지 않는 군인도 인정하지 않고. 당신은 황자로서 실격이고, 군인으로서도 실격이야."

소니아가 그렇게 쏘아붙이는데도 고든은 움직이지 않았다. 지금 당장 검을 뽑아서 목을 칠 수도 있겠지만, 그건 개죽음일 뿐이다. 죽을 거라면 적어도 내게 도움이 되어야 한다.

고든이 그렇게 생각하고 있자니 소니아가 그런 생각을 훤히 들여다본 듯이 제안했다.

"제가 부대를 이끌고 가겠습니다. 지원자들만 모은 부대로요. 당신에게 있어서 걸리적거리는 저나 불만을 품은 자들을 처리할 수도 있고, 최소한의 노력은 했다는 모습도 주위 사람들에게 보일 수 있겠죠. 그러면 어떤가요?"

"호오? 나를 위해 죽을 셈인가?"

"당신을 위해서가 아니야……. 나는……, 할 수 있는 일을 할 뿐이라고."

그 말은 그라우에게 들었던 말이었다.

할 수 있는 일을 해라. 그 말을 들은 소니아는 계속 생각하고 있었다.

내가 뭘 할 수 있었을까. 뭘 할 수 있을까. 그렇게 생각하던 소니아는 양아버지의 가르침으로 돌아갔다. 소니아의 양아버지는 소니아에게 군략을 가르쳐 주었다. 그것은 소니아를 위해서였고, 백성들을 위해서였다.

소니아를 도와준 것처럼, 소니아의 양아버지는 항상 백성들을 위해서 움직였던 군인이었다.

그래서 소니아는 양아버지를 동경했다. 하지만, 가족들을 인질로 잡힌 뒤의 소니아는 동경하던 양아버지의 모습과는 거리가 멀었다.

소니아는 항상 5대5의 책략을 전개했다. 어느 쪽으로 일이 풀리든 괜찮은 책략이다. 그건 소니아에게 유리했고, 항상 변명을 할 수 있는 책략이었다. 그 모습은 양아버지와는 동떨어진 모습이었다.

양아버지라면 어떻게 했을까. 분명히 백성을 위해 가장 도움이 되는 게 어떤 건지 생각하며 움직였을 것이다.

어정쩡했던 지금까지의 소니아는 박쥐나 마찬가지였다. 그렇기 때문에 그라우는 소니아를 질책했다. 할 수 있는 일을 했다고 말할 수 없는 소니아. 그럼에도 불구하고 소니아는 구원받고 싶다고 생각해 버렸다. 그래선 누구도 구해주지 않을 테고, 누구도 구할 수 없다.

한 번 죽음을 각오한 소니아의 시야는 깨끗했다. 그저 백성들을 위하여. 지금까지 키워준 양아버지에게 부끄럽지 않게끔.

그 행동이 결과적으로 양아버지의 죽음을 불러온다 하더라도.

"이 군략은……, 백성들을 위해 존재하는 겁니다. 당신의 검도 원래는 백성들을 위해 휘둘러야 하는 것. 그 사실을 잊은 자에게는 승리는 없어. 내가 그랬던 것처럼."

"나는 너와 다르다. 죽으러 간다면 말리진 않으마. 마음대로 죽어라. 나를 위해서 말이다."

소니아는 이제 무슨 말을 해도 의미가 없다는 걸 깨닫고는 돌아섰다.

그리고 곧바로 모든 병사들을 모아 지원병을 받았다.

3000명 이상 있던 병사들 중에서 소니아와 함께 백성들을 구하기로 결심한 자는 37명.

고든 휘하의 부대치고는 기적적으로 많은 숫자라 할 수 있었다.

소니아는 그들을 이끌고 숲으로 향했다.

■ ■ ■

숲으로 돌입한 소니아 일행은 많은 몬스터들에게 습격당하고 있었다. 영귀라는 강대한 위협으로 인해 생존 본능을 자극당한 그들은 평소보다 훨씬 공격적이었고, 혼란스러워하는 상태였다.

소니아 일행은 그 몬스터들을 요격하며 숲에서 탈출하려 하고 있었다.

"얼마 안 남았어요! 멈추지 말고 뛰어요!"

소니아 일행은 숲속에서 몬스터들에게 습격당하고 있던 마을 사람들을 발견하고 보호하는 데 성공했다.

그 숫자는 50명 이상. 그들을 지키며 싸우기에는 소니아 일행의 숫자가 너무 적었지만, 그럼에도 불구하고 소니아는 정확한 지시를 통해 그들을 지켜내며 숲 바깥으로 유도하고 있었다.

"영감님. 미안해, 조금만 더 힘내줘."

"아니, 아니, 나는 괜찮다. 아가씨야말로 괜찮은가?"

소니아는 마을 사람들과 함께 보호한 드워프 노인에게 말을 걸었다. 노인은 숲속에서 길을 잃은 모양이었고, 마침 지나가던 소니아 일행이 보호해 주었다.

키가 작고 머리카락이 하얀 그 노인은 하얀 지팡이를 짚고 있었기에 소니아가 노인은 신경 써 주었지만, 그럴 때마다 노인은 괜찮다고 대답했다.

"그런데 아가씨는 엘프인데도 마음씨가 착하군."

"어?"

"나는 드워프니까, 엘프 아가씨가 자상하게 대해준 건 오랜만이로구나. 마음씨가 고운 아가씨야."

"나는……, 하프엘프니까."

엘프 이야기가 나오자 소니아는 어두운 표정으로 그렇게 말했다. 하지만 드워프 노인은 눈을 동그랗게 뜬 다음에 미소를 보였다.

"그렇군, 그래. 그렇다면 납득이 되는군. 엘프는 예쁘고 마법 실력도 뛰어나다만, 폐쇄적인 것이 옥의 티지. 그런 면에서 아가씨는 인간의 피도 물려받았으니까. 예쁘고, 마법 실력도 좋고, 인간처럼 마음씨도 착하고. 좋은 것들만 물려받았구나."

"좋은 것들만……?"

그 말은 소니아가 미처 생각해 보지도 못한 대답이었다. 하프엘프라는 존재를 이렇게까지 좋게 받아들이는 사람과는 만나본 적이 없다. 게다가 그 상대는 엘프와 견원지간인 드워프다.

"영감님은……, 엘프가 싫지 않아?"

"싫어하는 녀석도 있다만. 엘프 중에도 좋은 녀석들이 있지. 인간과 마찬가지다. 한데 묶어 생각하는 건 경솔한 생각이겠지."

"그렇구나……, 영감님은 착하네."

"착하다고……, 글쎄다. 나는 마음대로 살아왔다. 목소리에 귀를 기울이고, 그 목소리에 끌려다니며 여행을 해 왔지. 그때마다 제멋대로 행동하기만 한 나는 착한 사람이 아닐 것이야. 그런 면에서 아가씨는 정말로 착한 사람이겠지."

"나도……, 착한 사람은 아니야."

"착한 사람이다. 목숨을 걸고 누군가를 지키고 있으니."

"나는……, 군인이니까."

정식으로 군에 소속된 것은 아니다. 하지만, 머릿속으로는 소니아도 자신을 군인이라 생각하고 있었다. 양아버지가 그랬던 것처럼. 백성들을 지키는 군인이고 싶었다.

"그것도 한데 묶어서 생각할 수는 없을 것이야. 좋은 군인이 있는가 하면, 나쁜 군인도 있는 것이지. 아가씨는 좋은 군인이다. 나라의 문장이 새겨진 제복을 입고 있다는 것이 무슨 의미를 지니는지를 알고 있으니."

노인은 그렇게 말하며 소니아에게 웃어 보였다.

그리고 곧바로 앞을 보았다. 그곳은 숲의 가장자리였다.

소니아 일행은 힘차게 숲을 빠져나왔다.

하지만 그곳에서 눈에 들어온 것은 레오 일행과 몬스터들이 난전을 벌이고 있는 모습이었다. 소니아 일행이 있는 곳에서 보기에 오른쪽 대각선 앞쪽에서 난전이 벌어지고 있었다. 가까운 곳에서 전투가 벌어지고 있었기에 백성들이 겁을 먹었다.

"이건……."

소니아는 한순간, 무슨 일이 일어나고 있는 건지 이해하지 못했지만, 곧바로 상황을 정리했다.

기사들이 몬스터들과 싸우고 있다. 가로로 퍼져서.

아마 몬스터들이 뒤로 가지 못하게끔 싸우고 있는 것 같다.

그 사실만 알면 충분하다.

"일직선으로 달려! 돌아보지 말고!!"

소니아는 그렇게 말한 다음, 병사들에게는 가로로 퍼지라고 말했다. 맞은편에서 다가오는 몬스터를 막아야만 하기 때문이다. 저 라인을 유지하고 있다는 건 그 너머는 안전지대라는 뜻이다.

저기까지 백성들을 데리고 가야만 한다.

그렇게 판단한 소니아는 모든 병사들에게 활을 겨누게 했다.

"신호를 보낼 때까지 대기! 자! 뛰어!"

백성들은 소니아의 말을 듣고 공포를 억누르며 뛰어가기 시작했다.

그런 와중에 노인은 숲 건너편을 보고 있었다.

"영감님도 얼른!"

"으음~, 내가 가고 싶었던 곳은 저쪽이었던 모양이다."

"지금은 못 가! 서둘러!"

소니아는 자기가 타고 있던 말에 노인을 억지로 태우고는 곧바로 달려갔다.

"어이쿠! 아가씨! 좀 무모한 것 아닌가?"

"괜찮아……, 반드시 지킬 테니까."

소니아는 그렇게 말한 다음, 이쪽에 눈독을 들인 몬스터들을 끌어들였다.

그리고 아슬아슬한 타이밍에 신호를 보냈다.

"발사!!"

그녀 또한 불꽃 마법을 날리며 다가온 몬스터들에게 공격을 퍼

부었다.

일제 사격으로 인해 몬스터들이 겁을 먹었다. 그동안에 소니아는 다시 지시를 내렸다.

"열 발짝 후퇴!!"

거리를 벌리고 다음 사격 준비를 시킨다. 시간을 벌기에는 효과적인 수단이었다.

하지만, 지금 같은 상황을 타개할 수 있는 책략은 아니다.

자신들의 안전을 내던지는 책략이라 할 수 있다. 그럼에도 불구하고 소니아는 그 책략을 선택했다.

어느 쪽으로 굴러가더라도 상관이 없고 어정쩡한 책략으로는 아무도 구할 수 없다.

지금은 백성들의 안전이 제일이다. 그걸 달성한 뒤에 힘이 남았다면 온갖 책략을 구사해서 궁지를 돌파하면 된다.

"오늘 나는 끈질기다고······!"

소니아는 요격을 반복하며 몬스터들을 자신들 쪽으로 끌어들였다.

그 덕분에 몬스터들 중 대부분은 소니아 일행에게 달려들게 되었다.

난전 상태가 해제되자 자유로워진 레오 일행은 소니아 일행이 뛰어가게 만든 백성들을 보호하기 위해 움직였다.

그런 와중에 린피아가 뜻밖이라는 듯한 목소리로 말했다.

"영감님?"

"오오! 저번에 만났던 마음씨 착한 아가씨 아닌가! 잘 지냈고?"

몬스터에게 쫓기고 있었던 것 같지 않을 정도로 느긋한 목소리로 말한 드워프 노인을 보고 린피아가 당황했다. 예전에 남부에서 만났던 길 잃은 노인. 그가 어째서 이곳에 있는 걸까.

"여긴 어떻게?"

"예전에 하다 만 일을 끝내려고 말이다. 숲에 들어갈 때까지는 좋았다만, 1주일 동안이나 숲속에서 길을 헤매서 곤란해하던 참이었지."

"1주일 동안이나? 어째서 길을 안내해 줄 사람을 데리고 다니지 않는 건가요……."

"마음씨 착한 사람은 별로 없으니 말이다. 그래서 곤란해하고 있었더니 저 아가씨가 도와주었지."

노인은 그렇게 말하며 몬스터들에게 둘러싸인 소니아를 손가락으로 가리켰다. 그 모습을 본 레오가 반응을 보였다.

"그녀는……, 분명히."

"아는 사이인가? 레오나르트 황자."

"네? 아, 아는 사이라고 할 정도까지는……, 저기, 어디서 만난 적이 있었을까요?"

"어렸을 때 한 번 만난 적이 있지. 아버지는 건강한가? 요즘은 나라를 잘 운영하지 못하고 있는 것 같다만."

"어, 아, 네. 건강하십니다만……."

"슬퍼하는 자가 많은 나라는 못 쓰지. 나를 부르는 목소리는 적은 게 좋으니."

노인은 그렇게 말하며 천천히 말에서 내린 다음, 하얀 지팡이를 짚으며 앞쪽을 보았다.

시선 끝에서는 소니아 일행이 많은 몬스터들에게 둘러싸여 있었다. 이제 탈출은 불가능한 상태다.

그런 와중에 노인이 하얀 지팡이를 천천히 비틀었다. 그대로 하얀 지팡이를 당기자 안에서 칼이 나타났다.

노인은 그 칼을 겨누고 중얼거렸다.

"'녀석'에게 들킬 테니 말이다. 별로 휘두르고 싶진 않았다만, 내 도움을 기다리는 자를 저버릴 수는 없지."

노인은 그렇게 말한 다음, 아무렇게나 칼을 휘둘렀다.

아니, 그렇게 보이기만 했을 뿐, 실제로는 신속이라 할 만한 속도로 몇 번이나 칼을 휘둘렀다. 그리고 그로 인해 발생한 참격이 정확하게, 그리고 무자비하게 소니아 일행을 둘러싸고 있던 몬스터들을 두 동강 냈다.

눈앞에 있던 몬스터들이 단숨에 쓰러진 모습을 본 소니아는 깜짝 놀란 듯이 참격이 날아온 방향을 보았다. 그곳에는 드워프 노인이 유유히 서 있었다.

"당신은……?"

"내 이름은 에고르. SS급 모험가, 에고르다. 사람들은 '길 잃은 검성'이라 부르지. 영귀를 토벌하러 왔다."

드워프 노인, 에고르가 그렇게 말하며 유쾌한 듯이 웃었다.

7

"으음! 크구나! 거의 산이나 마찬가지 아니냐!"

그것이 영귀를 본 오리히메의 감상이었다. 그리고 나와 에르나의 감상이기도 했다.

긴 목과 두꺼운 다리, 그리고 암벽 같은 등껍질. 그 등껍질 위에는 아마 200년 동안 생겨난 것 같은 진짜 산이 있었다.

대충 봐도 높이나 길이가 수백 미터는 될 것 같다. 레비아타노가 귀엽게 느껴질 정도의 크기다. 형태로 인해 영귀라 불리고 있긴 하지만, 이렇게 보니 등껍질을 짊어진 용이라고 하는 게 더 정확할 것 같다.

그 영귀는 하늘에서 감시하고 있는 우리를 보고도 움직이려 하지 않았다. 레오 일행이 근처 주민들을 피난시킬 때까지 얌전히 있어 준다면 솔직히 좋을 것 같다.

이렇게까지 커다란 몬스터와 맞서 싸우게 되면 화력이 강한 마법을 쓸 수밖에 없다. 주위를 배려할 여유는 없다.

"움직이지 않는다만?"

"움직였으면 하나?"

"그런 건 아니다만, 생물의 본능으로서 위협이 다가오면 경계하는 법 아닌가?"

오리히메가 한 말도 일리가 있다. 이 세 사람이 한데 모여 다가

왔는데도 변화가 없는 이유가 뭐지? 아무리 그래도 위협적으로 느껴질 텐데.

"설마 신경 쓰이지도 않는다는 건 아니겠지?"

에르나가 약간 짜증난다는 듯이 영귀를 노려보았다.

에르나는 얕보이거나 깔보이는 걸 싫어하니까. 게다가 상대는 몬스터다.

당장에라도 성검을 소환할 듯한 낌새였기에 나는 에르나에게 다짐을 받았다.

"투지를 불태우는 건 상관없다만, 지금은 참아라. 백성들이 휘말릴 텐데?"

"나도 알아! 시끄럽다고!"

"이래서 용사는 곤란한단 말이다. 호전적이라 주위 상황을 보지도 못하니."

"쓸데없는 참견이라고······, 자기는 주위 상황을 잘 보고 있다는 거야?"

"보고 있다! 그대와는 다르단 말이다!"

"그럼 말해 줄래? 주위 상황을 보고 뭘 얻었는지."

"으음! 나는 어째서 영귀가 움직이지 않는지 생각했다. 그리고 답을 얻었다! 지금 영귀는 졸린 게다!"

"······."

"······."

"200년 동안이나 잤으니 말이다! 아마 자다 깨서 몸 상태가 안 좋은 게지! 그래서 우리에게 반응을 보이지 않는 것 같구나! 나도 오랫동안 잤을 때는 머리가 잘 돌아가지 않아서 어질어질하다만, 분명히 그런 상태일 게야!"

나와 에르나는 오리히메의 의견을 듣고 동시에 한숨을 쉬었다. 장난치는 게 아니라는 점이 더욱 악질이다.

"한 가지 의견으로 기억해 두도록 하지."

"기억해 둘 필요는 없어. 분명히 그렇지 않을 테니까."

"뭐라고?! 그렇다면 이유가 뭐냔 말이다?!"

"그걸 알면 고생도 안 했겠지!"

"그렇다면 어째서 아니라고 딱 잘라 말할 수 있는 게야?!"

나는 말다툼을 벌인 두 사람을 내버려 두고 영귀의 눈을 보았다. 이쪽을 보고 있지 않다. 어딘가 먼 곳을 보고 있는 것 같다. 틀림없이 깨어난 상태다. 자다가 깨서 몸 상태가 안 좋거나 그러진 않을 것이다.

우리를 위협으로 간주하지 않는 이유는 우리에게 공격할 의사가 없다는 걸 느끼고 있기 때문 아닐까.

우리가 공격할 생각이라면 상대방도 뭔가 반응을 보일 것이다.

뭐, 그런 이유 같은 건 아무래도 상관없다.

움직이지 않는다면 잘된 일이다. 레오 일행을 기다릴 시간이 생기는 건 고맙다.

그렇게 결론을 내리고 있자니 지금까지 움직이지 않았던 영귀의 목이 움직였다. 레오 일행이 있는 숲쪽으로 약간 움직인 다음,

그쪽을 바라보고 있었다. 우리에게도 반응을 보이지 않았던 영귀가 무언가에 반응하고 있다. 그 이상한 상황을 느낀 나는 곧바로 탐지 결계를 펼치고 주위를 조사했다.

레오 일행은 몬스터와 싸우고 있었다. 수십 명의 백성들을 지키고 있었고, 그곳에서 약간 떨어진 곳에는 왠지 모르게 제국군이 있었다. 몬스터에게 둘러싸인 상태다.

위험한 상황이다. 구하러 가야 할까. 한순간, 그렇게 생각했을 때.

레오 일행 옆에서 마력이 단숨에 부풀어 올랐다.

오리히메와 에르나도 느낀 모양이었다. 무슨 일인가 하며 그쪽을 보고 있었다.

그리고 그쪽을 향해 영귀가 천천히 입을 열었다. 그 얼굴이 왠지 기뻐하는 것처럼 보였다.

마치 호적수를 발견한 듯한 표정이었다. 그리고 입안에 막대한 에너지가 모이기 시작했다.

"브레스인가! 날아간다!!"

나는 에르나의 팔을 잡고 전이로 레오 일행 곁으로 날아갔다. 그곳에서는 제국군과 레오 일행이 합류해 있었고, 백성들도 수십 명 정도 있었다. 하지만, 내가 놀란 것은 그 안에 있던 드워프 노인의 존재 때문이었다.

"에고르 옹. 당신이었나."

"오오! 오랜만이로구나, 실버."

간단한 인사. SS급 모험가들끼리 나누는 인사치고는 매우 얌전한 인사일 것이다.

'길 잃은 검성'이라 불리는 이 백발 드워프는 연락이 전혀 되지 않는 SS급 모험가다.

인격에는 문제가 없다. 강자를 꺾고 약자를 돕는 모험가다. 하지만, 제멋대로 움직이며 길드의 요청도 받아들이지 않는다. 아니, 길드에서도 어디 있는지 파악하지 못한다.

그런 의미로 문제아인 게 이 에고르다. 300살이 넘은 드워프 장로이며 200년 이상 전부터 SS급 모험가로 활동해온 최고참 SS급 모험가.

"물어보고 싶은 게 있다."

"뭐든지 물어보거라."

"200년 전에 실패했던 게 당신인가?"

"그렇지, 그렇지. 부끄럽구나."

에고르는 그렇게 말하며 머리를 벅벅 긁었다. 사소한 실수처럼 말하지 않으면 좋겠다. 그 때문에 SS랭크 몬스터가 탄생해 버렸다.

"선희 공."

"이미 쳤다."

내가 지시하기도 전에 오리히메가 앞쪽에 강력한 결계를 쳐두고 있었다.

그리고 숲 건너편에서 거대한 마력이 점점 부풀어 올랐다.

그것은 일반인도 눈치챌 수 있을 정도로 거대하고 무시무시한 마력이었다. 이유는 모르겠지만, 몸이 떨린다. 백성들은 그렇게 말했다.

생물로서의 본능이다. 몸이 위험하다는 반응을 보이고 있다. 그리고 그것은 곧바로 현실이 되었다.

숲 건너편에서 엄청난 폭발음이 들렸다. 그와 동시에 거대하고 까만 구체가 이쪽을 향해 날아들었다.

그것은 단숨에 숲을 괴멸시키고 오리히메가 쳐둔 결계와 충돌했다. 강한 빛이 생겨났고, 마치 폭풍 속에 있는 듯한 굉음이 귀에 울렸다. 충돌이 오래 이어졌고, 나중에는 빛과 소리가 사라졌다.

"말도, 안, 돼……."

누군가가 중얼거렸다.

주위의 지형이 바뀌어버렸다. 눈앞에 있던 숲은 괴멸되었고, 영귀와 우리 사이를 가로막던 것이 사라졌다.

시원스러운 지형으로 바뀌자 멀리 있는 영귀의 모습이 또렷하게 보였다.

붉은 눈동자가 이쪽을 똑바로 바라보고 있다.

"보아하니 에고르 옹을 기다리고 있었던 모양이로군."

"그럴 것 같긴 했다. 그래서 들키지 않게끔 다가가려 했는데 말이다."

"그런 의도가 있었다면 내게 와줬으면 했는데."

"1주일 동안 길을 헤매다 그 방법이 떠오르긴 했다만, 이미 늦어버린 뒤였지. 뭐, 내 방향치는 엄청나니 말이다. 어쩔 수 없는 일이야."

와하하, 그렇게 웃는 에고르를 보고 어이없어하던 나는 전이문을 만들어 냈다.

로스톡의 영주는 백성들을 데리고 다른 도시로 옮겨갔다. 그 도시로 통하는 전이문이다.

안전하다고 딱 잘라 말할 순 없지만, 여기 있는 것보다는 나을 것이다.

"구조 활동은 끝이다. 바로 날아가라. 그리고 그 도시의 주민들에게도 피난할 준비를 시켜라."

"네가 그렇게까지 말하는 걸 보니 매우 위험한 거지? 실버."

"그래, 그렇다. 길드는 S랭크 몬스터로 예상했던 모양이다만, 저건 확실하게 SS랭크 몬스터다. 일반적으로는 SS급 모험가를 여러 명 불러와야 할 정도로 매우 위험한 몬스터다. 뭐, 우연이긴 하지만 SS급 모험가가 두 명 모였고, 그에 필적하는 전력이 두 명 있으니까 해볼 만은 하겠다만——, 근처에 있는 사람들을 휘말리게 만들지 않을 자신은 없군."

그러니까 얼른 가라. 그렇게 말하자 레오가 곧바로 백성들을 전이문 앞으로 들여보냈다.

다행히 오리히메의 결계는 아직 살아있다. 역시 대륙 최고의 결계사라고 해야 할까. 그렇게 짧은 시간만에 엉귀의 브레스를 받아내고 완벽하게 막아내는 결계를 만들 줄이야.

하지만, 오리히메는 불만인 모양이었다.

"무슨 문제라도 있나?"

"저 녀석……, 진심이 아니었다. 그런데도 나의 결계가 꽤 많이 깎여 나갔다. 용서 못한다……!"

"그게 진심이 아니었다고……, 예전에 비해 힘이 얼마나 강해진 거지? 에고르 옹."

"예전에는 그럭저럭 강했다만, 지금은 꽤 강해진 모양이로군. 애초에 예전에는 저렇게까지 크지 않았다."

나는 에고르의 말을 듣고 한숨을 살짝 쉬었다. 단독으로 싸우기는 너무나도 위험할 것이다. 처절한 싸움을 벌이게 되면 제국 북부가 괴멸될지도 모른다. 최대한 빠르게 숨통을 끊어야만 하고, 만에 하나라도 해치우지 못하고 놓칠 수는 없다.

"손을 잡도록 하지. 제각각 나뉘어서 싸우는 건 불리하다."

"그런 모양이네. 이번에는 내가 지휘를 맡겠어."

"무슨 말이냐! 이번에는 내가 지휘를 맡아야지!"

"무슨 말을 하는 건가, 아가씨들. 이번에는 연장자인 내가."

"내가 지휘를 맡겠다. 전선으로 나설 두 사람은 지휘를 맡기에 부적합할 테고, 선희 공은 결계로 공격을 막아 낸다는 역할이 있지. 요격수를 맡을 사람도 나고, 전이도 할 수 있다. 이의는 인정하지 않겠다."

이 세 사람은 과연 협조성이라는 게 있는지 의문이 들긴 하지만, 이 녀석들을 제대로 써먹지 않으면 제국이 큰 타격을 입게 된다. 할 수밖에 없다.

"이 멤버로 파티를 짜서 전투를 벌이는 건 불안하지만, 그럴 만한 상대다. 패배하게 되면 모든 책임은 내가 지마."

"어머? 패배할 생각이야?"

"재미있는 말을 하는군. 정말로 패배할 거라 생각한다면 책임 같은 말을 하지 않았겠지. 미리 말해두지만, 이래 봬도 지금까지 누구에게도 패배한 적이 없다. 실버라는 남자는."

나는 그렇게 말하며 천천히 앞으로 나섰다. 레오 일행은 이미 전이문으로 대피시켰다. 그 밖에 생존자가 있다면 미안하지만, 이제 구해줄 수가 없는 상황이다.

지금부터는 그런 수준의 싸움이 아니다.

"자, 해볼까."

내가 그렇게 중얼거린 순간, 영귀도 덤비라는 듯이 강렬하게 포효했다.

8

《나는 천의를 대행하는 자·나는 하늘과 땅의 법을 아는 자·단죄의 때 왔으니·죄인은 떨고 죄없는 자는 환희하라·나의 말은 신의 말·나의 일격은 신의 일격·이 손에 모이는 것은 하늘을 대우는 겁화·천염이여 죄인을 잿더미로 만들거라── 익스

큐션 프로미넌스.》

거대한 마법진이 떠오른 다음, 빛나는 불꽃의 섬광이 영귀를 향해 날아갔다.

인사 대신 날린 일격이다. 예전에 마더 슬라임과 함께 산을 모조리 태워버린 마법이지만, 이번에는 그저 영귀에게 통할지 여부를 확인하기 위한 한 방이다.

영귀는 내 마법을 피하려 하지도 않았다. 뭐, 저렇게 거대한 몸집으로 피하려고 움직인다면 놀랍겠지만.

"오오?! 제대로 맞지 않았는가! 해치웠나?!"

"아니……"

"효과가 전혀 없네."

흙먼지 너머로 영귀가 나타났다. 대미지가 어느 정도 들어갔나 싶었지만, 본체는 대미지를 입지 않았다. 등껍질 위에 있던 산은 날아가 버렸지만, 영귀가 보기에는 걸리적거리던 것을 날려줘서 고맙다고 하지 않을까. 보아하니 화력이 강한 마법을 연달아 날리지 않으면 답이 없을 것 같다.

"우선 상대방의 능력을 보고 싶다. 에고르 옹."

"알겠다."

내 말을 듣고 에고르가 단숨에 영귀 쪽으로 다가섰다. 그리고 곧바로 다리를 타고 올라가기 시작했다.

목표는 목과 그 너머에 있는 얼굴일 것이다. 아무리 영귀라 해도 그곳은 다른 곳보다 방어력이 낮을 테니까.

하지만, 영귀는 그런 걸 용납할 정도로 느긋하지 않았다.

상대는 예전에 자신을 한 번 크게 다치게 만들었던 에고르다. 그 반응도 격렬했다.

"으음?"

에고르는 빠르게 뛰어가다가 옆에서 날아든 무언가를 몸을 날려 피했다. 그것은 비늘이었다.

영귀의 등껍질에 붙어 있던 비늘이 날아든 것이다. 그것도 하나가 아니었다. 수백, 또는 천여 개가 넘을지도 모르는 비늘이 자율적으로 공격을 가한 것이다.

내 마법에도 꿈쩍도 하지 않았던 비늘이다. 고속으로 날아들면 명검 이상의 예리함을 자랑할 것이다. 에고르는 재미있다는 듯이 그 비늘 공격을 맞받아쳤다.

"어설프구나!!"

차례차례 날아드는 비늘을 에고르가 아무렇지도 않게 튕겨냈다.

그리고 연달아 날아들던 공격까지 모조리 막아내 버렸다. 대륙의 검사들이라면 검성의 묘기에 박수를 보냈겠지만, 공교롭게도 지금 이곳에 있는 건 검에 흥미가 없는 마도사와 선희, 그리고 동격인 용사뿐이다. 게다가 상대는 영귀다. 그 정도 검술로는 돌파구가 되지 못한다.

"어라."

에고르가 작은 목소리로 중얼거렸다. 시야 너머에는 좀 전보다 두 배는 많은 것 같은 비늘들이 날아들 준비를 하고 있었다.

이래선 끝이 없을 것 같다.

나는 전이해서 에고르 옆으로 날아간 다음, 원래 있던 곳으로 데리고 돌아왔다.

"선희 공."

"알겠다!!"

수없이 날아오는 비늘에 맞서 오리히메가 전방위에 결계를 펼쳤다.

에고르를 쫓아온 비늘들은 오리히메의 결계를 돌파하지 못한 채 얌전히 영귀 곁으로 돌아갔고, 그렇게 첫 번째 공방이 끝났다.

"그래서? 어떻게 할 거야?"

"원거리와 근거리 방어는 완벽한 모양이로군. 파고들 자신은?"

"반반이다. 저렇게 숫자가 많으니 언젠가 발목을 잡히겠지."

"발목을 잡히면 전방위에서 공격이 날아들 테고. 막아내지 못하진 않겠지만, 공격할 기회를 잃게 될 거야."

"도움이 안 되는 검사들이로구나. 검성과 용사라는 칭호는 허세였던 게야?"

오리히메가 쓸데없는 말을 하며 에고르와 에르나를 도발했다.

에고르는 말이 심하다면서 웃고 있지만, 에르나는 미간을 찌푸리며 노려보았다. 매번 보여주는, 여자가 짓기에는 험악한 표정이다.

"막는 것밖에 할 줄 아는 게 없는 주제에 건방지네."

"뭐라고오?"

두 사람의 시선이 거세게 교차했다. 정말, 영귀를 앞두고 싸우다니, 느긋한 녀석들이다.

"하지만, 어느 쪽이든 개인으로 돌파하는 건 불가능하다. 그런 사실도 모른다면 나는 너희를 전이로 후방에 날려 보내야 한 다만?"

"……나도 알아."

에르나가 삐진 듯이 고개를 돌렸다.

오리히메도 불만이라는 듯한 표정을 지으면서도 내 말에 반론을 제기하지는 않았다.

이 녀석들을 제대로 써먹지 못하면 최악의 소모전을 벌이게 된다. 이런 상황에서 싸움 같은 걸 하면 곤란하다.

"개인이 돌파하는 게 불가능하다면 어떻게 무너뜨릴 셈인가? 실버."

"원거리에서 무너뜨려 봤자 방어는 돌파할 수 없겠지. 노려야 할 것은 약점을 공격하는 것이다."

"얼굴이려나."

"그렇군. 목에도 비늘이 있다. 눈이나 입 같은 곳을 노려야 할 것이야."

"나는 여자 용사의 보조를 맡겠다. 선희 공은 에고르 옹의 보조를 부탁하지. 2인 1조로 공격하며 얼굴을 노린다. 공격의 핵심은 검사들이다."

작전을 간단하게 전해주자 모두가 고개를 끄덕였다. 자세한 작전은 세우지 않는다. 애초에 영귀가 어떤 능력을 숨기고 있는지

조차 모른다. 개인의 능력에 맡기고 대처할 수밖에 없다. 실제로 그럴 수 있는 멤버들이다.

"마음대로 움직여라. 내가 맞춰주지."

"굳이 말하지 않아도 그렇게 할 거야. 대처가 늦어지면 두고 간다?"

"내가 할 말이로군. 너무 꼴사나운 모습을 보인다면 보조는 해 주지 않을 거다."

"뭐라고?! 보조는 해야지! 나를 보조하는 게 당신 역할이잖아?!"

"안심하거라! 검성! 내가 지켜주마!"

"기쁘군. 누군가가 지켜주는 게 이 얼마나 오랜만인지."

"으음! 마음 푹 놓거라! 허나, 깜빡 잊고 결계를 펼치지 못한다 면 용서하거라!"

"보조 담당이 둘 다 불안한 이유가 뭘까……."

검사들도 마찬가지일 텐데. 그렇게 생각하고 있자니 에르나가 어이가 없다는 듯이 한숨을 쉬고는 오른손을 하늘로 향해 천천히 들어올렸다.

"나의 목소리를 듣고, 강림하라! 휘황찬란한 별의 검! 용사가 지금, 그대를 필요로 한다!!"

하얀 빛이 하늘에서 떨어져 내렸다.

그것은 에르나의 손에 잡힌 뒤, 잠시 후에 하얀 빛이 사그라들 고 빛나는 은빛 세검으로 바뀌기 시작했다.

500년 전, 용사가 마왕을 쓰러뜨렸을 때 사용했던 전설의 성검, 극광(아우로라). 유성으로 만들었다는 그 검은 만물을 찢어발기며 마의 존재를 일절 용납하지 않는다.

떠올릴 수 있는 것들 중에서 최강의 검이다. 에고르는 에르나보다 경험이 풍부하겠지만, 에르나에게는 그런 걸 가볍게 날려버릴 정도로 단순히 강한 힘이 있다.

성검을 든 에르나의 공격력은 대륙 제일일 게 틀림없다.

하지만 그런 에르나도 영귀의 방어력과 정면으로 맞서서 돌파하는 건 불리하다.

성검은 대륙 최강의 무기지만, 에르나도 그 능력을 완전히 다룰 수 있는 건 아니다. 초대 용사만큼은 다루지 못한다고, 에르나자신이 예전에 그렇게 말했었다. 소환하는 것과 완벽하게 다루는 것은 다른 이야기라고.

"성검인가. 오랜만에 보는군. 그렇게 젊은 나이에 소환할 수 있다니, 대단한데."

"칭찬해 주셔서 영광입니다. 에고르 옹."

"잠깐, 잠깐, 나를 대하는 태도와 어찌 그리 다른 게지?"

"검을 다루는 자로서 달인에게는 경의를 표해야지. 당연한 거 아니야?"

"내가 이 미아 노인보다 뒤처진다는 게냐?!"

"미아인 건 상관없어. 검성은 검성이지. 능력이 결계밖에 없는 선희와는 다르다고."

"키익~!!"

"와하하!! 유쾌한 아가씨들이로군!"

"부탁이니 집중 좀 해라……."

긴장감이 전혀 느껴지지 않는 이유가 뭘까…….

뭐, 비장함을 풍기는 것보다는 나으려나. 그리고 아무리 까불어 댄다 하더라도 대륙에서 손꼽히는 실력자들이다.

신경 써야 할 부분이 무엇인지는 알고 있을 것이다. 그렇게 생각하고 있자니 에르나와 에고르가 천천히 걸어가기 시작했다. 이미 풍기는 분위기가 좀 전과는 다르다.

팽팽한 분위기를 두른 그 모습은 칼날에 가까웠다. 그것에 자극을 받은 건지, 오리히메도 이미 임전태세에 들어가 있었다. 그 모습은 사냥감을 앞둔 짐승에 가까웠다.

나는 그 모습을 보고 안심하며 에르나 앞에 전이문을 열었다.

"무운을 빌지."

"그럴 필요는 없어. 당신이 빌어주지 않더라도 나를 위해 빌어주는 사람이 있으니까. 나는 누구에게도 지지 않아──, 나는 검이니까."

에르나는 그렇게 말한 다음, 전이문으로 뛰어들었다. 그러자 에르나가 영귀 바로 위로 전이했다. 그 모습을 본 에고르도 영귀를 향해 일직선으로 돌진했다.

하늘과 지상. 대륙 최고의 검사들이 가하는 동시 공격이다.

그에 맞서 영귀가 큰 소리로 포효하며 비늘로 요격하려 했다.

에고르는 비늘을 몇 개 튕겨낸 다음, 높게 뛰어올랐다. 그리고 공중에서 정지했다.

아니, 정지가 아니라 착지인가? 오리히메가 결계로 발판을 만든 것이다. 하지만, 그런 에고르를 비늘이 포위했다.

그런데 비늘은 계속 움직이지 않았다.

"막기만 하는 게 결계의 사용 방식이라 생각하지 말거라."

오리히메는 비늘 하나하나를 작은 결계로 가두어서 움직임을 막은 모양이었다.

절대적인 방어에 빈틈이 생겨났다. 에고르가 그것을 놓치지 않고 돌격했다.

한편, 하늘에서는 에르나는 떨어지면서 비늘을 요격하고 있었지만, 숫자가 너무 많았다. 곧바로 에르나 주위에 대량의 비늘이 모여들었다. 그 순간, 나는 내 몸을 전이시켰다. 위치는 에르나의 옆.

"여기는 내게 맡기도록."

"어머, 눈치가 빠르네."

나는 그렇게 말하며 새로운 전이문을 열었다. 에르나는 그것을 통해 비늘의 포위망을 빠져나갔다.

나는 내 주위에 수많은 바람의 총알을 만들어 날아드는 비늘을 요격했다.

나를 무시할 수 없는 영귀는 비늘을 되돌릴 수 없다.

그렇게 방어가 허술해진 와중에 에고르와 에르나의 공격을 맞게 된다.

자, 어떻게 대처할 거지?

9

영귀는 나머지 비늘로 요격을 시도했다. 하지만, 그 두 사람은 어설픈 요격으로 막아낼 수 있을 만한 상대가 아니었다.

두 사람은 날아드는 비늘을 피하며 영귀의 머리 쪽으로 다가섰다. 목표는 눈일 것이다.

"하아아아아아아아앗!!"

"흐읍!!"

두 사람이 날린 혼신의 찌르기가 영귀의 눈으로 날아들었다.

들어갔다. 그렇게 생각한 순간, 두 사람의 움직임이 공중에서 멈췄다.

"크윽!!"

"치잇!!"

두 사람은 인상을 찌푸리며 움직이려 했지만, 꿈쩍도 할 수가 없었다. 그리고 두 사람은 그대로 지면까지 급강하했다. 겨우 착지하긴 했지만, 그곳에서 움직일 수가 없었다. 마치 무거운 추를 매단 것 같은 움직임이었다.

"중력인가……!!"

나는 비늘을 요격하며 영귀의 능력을 눈치챘다.

이 비늘을 조종하는 것도 그 능력을 응용한 건가? 그렇다면 두 사람이 위험하다. 중력 관련 능력이라면 아래쪽으로 날리는 능력이 위력도 훨씬 강해질 것이기 때문이다.

내 주위에 있던 비늘이 단숨에 영귀의 얼굴 근처로 모여들었다.

그리고 비늘이 한데 모여서 거대한 창 두 자루로 바뀌었다.

그대로 그 창이 두 사람을 향해 급강하하기 시작했다.

"까불지 마라!!"

나는 전이문을 에르나 근처에 여는 것과 동시에, 비늘로 만들어진 창을 주쇄로 묶었다.

급강하하던 창이 주쇄로 인해 멈췄고, 그동안에 에르나가 전이문으로 이동해서 중력 효과로부터 벗어났다.

에고르 쪽은 오리히메가 펼친 결계로 창을 막아내고, 에르나와 마찬가지로 중력으로부터 벗어난 모양이었다.

그렇다면 내가 가장 위험한 위치에 있게 된다.

나는 곧바로 주쇄를 해제하고는 영귀 곁을 떠나 나머지 세 사람을 전이로 한데 모이게 했다.

"꽤 골치 아픈 능력을 지니고 있는 모양이군."

"이런, 이런. 깜짝 놀라서 몇 년 동안 쑤시던 어깨가 나아버린 모양이로구나."

와하하, 에고르가 그렇게 웃으며 말했다.

깜짝 놀라서 어깨가 쑤시던 게 낫다니, 대체 무슨 체질인 걸까.

내가 에르나를 보자 에르나는 분한 마음을 감추려고 하지도 않으며 영귀를 노려보고 있었다.

"나를 땅바닥에 내동댕이치다니……, 굴욕이야!"

"의욕은 수그러들지 않은 것 같아서 다행이로군."

"수그러들 리가 없잖아! 반드시 베어 주겠어!"

"말하는 것은 쉽지만, 행하는 것은 어렵다고들 하지. 저래선 쉽사리 다가갈 수 없을 것 같다만?"

오리히메가 그런 의문을 던졌다.

도발이 아니다. 아무런 생각도 없이 덤벼드는 건 의미가 없다는 뜻인 것 같았다.

맞는 말이다. 마음만으로 돌파할 수 있다면 좀 전에 그 방법으로 돌파할 수 있었을 것이다.

"똑같은 방식으로는 똑같은 결말을 맞이할 거다. 공격 수단을 바꿀 필요가 있겠군."

"어떻게 할 건데?"

"다가가서 약점을 공격하는 방식으로는 상대방의 방어를 돌파할 수 없다. 그렇다면 바깥쪽에서 공격을 가할 수밖에 없겠지."

가능하다면 피하려 했지만, 온 힘을 다해 영귀의 방어를 돌파할 수밖에 없다.

이 멤버들이 총공격을 가하면 지형이 바뀌겠지. 하지만, 이제 그런 부분을 배려하고 있을 상황이 아니다.

여기서 막지 못하면 북부 도시가 피해를 입게 된다.

하지만.

"그런데, 그러기 전에 방어에 전념하는 게 나을 것 같군."

공세를 가할 기회라고 생각한 모양이다.

영귀는 한데 모아두었던 비늘을 다시 분리시켜서 자기 주위에 흩뿌렸다.

무슨 짓을 하려는 건지.

"뭐가 오더라도 내가 막아내 주마!"

"그래주면 고맙겠군. 총공격을 가하기 전에 힘을 쓰고 싶진 않으니까."

"그러게. 수비는 전부 맡길게. 그게 장점이니까."

"장점이 그것밖에 없다는 듯이 말하지 말거라! 내게는 수없이 많은 장점이 있단 말이다!"

"어머? 그랬어? 그럼 참고로 말해줄래?"

"잘 물어보았구나! 내 첫 번째 장점은 귀가 귀여운 것! 두 번째 장점은 꼬리가 귀여운 것! 세 번째 장점은 내가 정말 귀엽다는 것이다!"

"전부 외모잖아! 지금은 아무런 도움도 안 되고!"

"네 번째는 나이치고는 가슴이 큰 것! 그대보다 훨씬 크단 말이다!"

"뭐라고?!"

에휴……

이제 곧 적의 공격이 시작되려는 상황인데 용케도 그렇게 시시한 이야기를 할 수 있구나.

이 녀석들은 상대가 마왕이라 하더라도 이렇게 말싸움을 할 것 같다.

"에고르 옹. 검성이라 불리는 당신은 기회가 세 번만 있으면 뭐든지 벨 수 있다는 소문이 들리던데, 슬슬 비늘을 벨 수 있을 것 같은가?"

"흐음, 뭐, 어느 정도 단단한지는 짐작이 된다. 다음에는 종잇장처럼 찢어발겨 주마."

에고르는 그렇게 말하며 투지로 가득 찬 표정을 보였다.

그것이 검성이라 불리는 에고르의 진짜 표정일 것이다.

아무리 인자한 할아버지처럼 행동한다 하더라도 그 본질은 검사다. 자신의 칼날을 막아내는 것을 용납할 만큼 온화한 성격은 아닐 것이다.

에고르 같은 달인이 허세를 부릴 것 같지는 않으니 실제로 감촉을 파악했을 것이다.

그렇다면.

"여자 용사. 온 힘을 다해 성검을 휘두를 수 있나?"

"무슨 소릴 하는 거야? 당연하잖아?"

"내가 말하는 건 성검의 힘을 더욱 끌어낼 수 있냐는 의미다."

"······성검에 대해 꽤 잘 알고 있네?"

"고대 마법을 습득할 때 성검에 대해서도 배웠으니까. 어때? 마왕을 쓰러뜨린 성검이잖나. 겨우 그 정도는 아닐 텐데?"

"그래. 성검에는 봉인이 몇 가지 되어 있으니까 그걸 풀면 위력이 더 강해질 거야. 하지만······, 그런 짓을 하면 분명히 지형이 바뀌어 버릴 텐데."

"충분히 걱정할 만한 상황이군. 나도 똑같은 걱정을 하고 있었다. 하지만 저걸 그대로 내버려 둘 수는 없다. 각오를 다져라."

에르나가 온 힘을 다해 성검을 휘두르면 피해가 생길 수밖에 없지만, 영귀를 내버려 둔다 하더라도 피해가 늘어나기만 할 것이다.

그렇게 생각하고 있자니 영귀가 입을 벌렸다. 처음에 사용했던 브레스일 것이다.

우리가 긴장했지만, 영귀는 모아둔 브레스를 곧바로 날리지 않았다.

그리고 영귀는 한계까지 모은 브레스를 하늘로 날렸다.

"으음?! 200년 동안 노망이 들었나?!"

"그럴 리가 없잖아! 떨어질 거라고!"

에르나가 말한 대로 하늘로 날아간 브레스가 확산되어 수많은 구체로 바뀐 채 하늘에서 쏟아져 내렸다.

그야말로 운석군이다.

게다가 골치 아프게도 그 구체의 궤도를 조정하기 위해 비늘이 수많은 방패처럼 바뀌어서, 떨어지는 구체를 튕겨 불규칙한 궤도를 만들고 있었다.

빛을 반사하는 거울처럼 비늘 방패가 검은 구체를 튕겼고, 우리에게 날아가게끔 조작하고 있었다.

"이거 곤란하군! 아마 전방위 방어로는 버티지 못할 게야!"

"그걸 노린 거겠지! 최대한 피해!"

나는 지시를 내린 다음, 그곳에서 이동했다.

확산되었다고는 해도 영귀의 브레스다. 아무리 오리히메의 결계라 하더라도 전방위에 힘을 펼치면 언젠가 돌파당할 것이다.

오리히메와 에고르는 왼쪽으로, 나와 에르나는 오른쪽으로 날아서 검은 구체를 피했다.

하지만, 일격으로는 끝나지 않았다. 구체 세 개가 우리를 쫓아왔다.

그런 와중에 나는 에르나를 데리고 전이하려 했지만, 에르나의 시선이 다른 곳에 못 박혀 있었다.

내가 그 시선 끝을 보았을 때,

에르나는 이미 전속력으로 다가가고 있었다.

"말도 안 돼……."

에르나의 시선 끝에 있던 것은 어린애 두 명이었다.

남자애와 여자애. 어디선가 부모와 따로 떨어졌을 것이다.

두 사람은 하늘을 보며 멍하니 서 있었다.

영귀가 날린 검은 구체가 이곳저곳에 떨어지고 있는 상황이고, 아이들은 그 여파만으로도 쉽사리 날아갈 것이다.

그래서 에르나는 달려갔다. 아이들을 지키기 위해서.

하지만 그건 이런 상황에서는 치명적인 빈틈이 된다.

"잠깐만! 에르나!"

내 목소리는 떨어져내린 검은 구체에 가로막혔다.

나는 혀를 차며 전이문을 열었지만, 그동안에도 에르나는 위험을 각오하고 계속 나아갔다.

그리고 에르나 앞쪽, 아이들이 있는 곳에도 검은 구체가 다가 갔다.

제때 맞춰서 구해낼 수 있을지 아슬아슬한 타이밍이다.

그 사실을 에르나도 알고 있었을 것이다.

하지만, 그럼에도 불구하고 에르나는 아이들 앞으로 몸을 날려 검은 구체를 튕겨냈다.

"하아아아아아아앗!!"

하지만, 그 때문에 에르나의 움직임이 멈춰 버렸다.

그 빈틈을 그냥 넘어갈 상대가 아니었기에 여러 구체가 에르나에게 향했고, 에르나는 전부 다 막아내지는 못한 채 검은 구체를 제대로 맞고 멀리 날아가 버렸다.

10

에르나가 날아간 모습을 보고 머릿속이 한순간 새하얘졌다.

곧바로 영귀를 돌아보았다.

"남의 소꿉친구에게 무슨 짓이야⋯⋯!!"

나는 작은 목소리로 그렇게 중얼거린 다음, 두 손에 마력을 담아 대마법 준비에 들어갔다.

하지만, 오리히메가 그 행동을 말렸다.

"뭐 하고 있는 게냐! 어서 전이시키거라!!"

나는 오리히메의 목소리를 듣고 좀 전에 아이들이 있던 곳을 보앗다.

그곳에서는 오리히메가 재빨리 펼친 것 같은 결계 안에서 아이들이 울고 있었다.

그 모습을 보자 그제야 냉정함이 조금 돌아왔다.

에르나가 결사의 각오로 감싼 아이들이다. 에르나가 감쌌기에 오리히메가 늦지 않게 결계를 펼칠 수 있었을 것이다.

지금 그 노력을 허사로 만들어선 안 된다.

"큭!"

나는 전이로 아이들 곁에 다가갔다.

드세 보이는 여자애는 그 참사를 보고 울음을 터뜨리고 있었다. 그런 여자애를 남자애가 어떻게든 달래려 하고 있었다.

"군인 아저씨가……, 이쪽으로 가면 도와줄 거라고……!!"

"우, 울지 마……, 괜찮으니까……."

그 광경이 왠지 모르게 예전의 나와 에르나 같아보였다.

항상 울었던 건 나였지만, 가끔 에르나가 울면 나는 최대한 울지 않으려고 노력했다.

내가 어떻게든 해야만 한다는 생각이 들었기 때문이다.

"이제 괜찮아."

나는 두 사람의 머리에 살며시 손을 얹은 다음, 전이문을 열었다. 레오 일행을 도망치게 해줬던 도시로 통하는 전이문이다.

"이곳을 빠져나가면 레오나르트 황자님이라고 계속 소리쳐라. 그러면 반드시 도와줄 거야."

여자애는 울기만 하면서 대답하지 못했다.

그래서 나는 남자애 쪽을 보았다.

"할 수 있지? 네가 지키는 거야."

"……응!"

남자애는 그렇게 말하며 여자애의 손을 잡고 전이문으로 들어갔다.

이제 걱정거리가 하나 사라졌다.

그들을 보낸 다음, 나는 다시 전이로 에르나가 날아간 곳으로 이동했다.

"에르나……!"

이름을 부르며 달려갔다.

에르나는 축 늘어진 채 쓰러져 있었고, 의식을 잃은 상태였다.

그럼에도 불구하고 성검을 놓치지 않은 건 역시 대단하다고 해야 할까. 보아하니 큰 상처는 입지 않았지만, 의식을 잃은 이상, 이제 싸울 수는 없다.

어떻게든 대피시키려 했지만, 그 순간, 나는 중력으로 인해 짓눌렸다.

"치잇!"

나는 혀를 차며 에르나 주위에 결계를 펼쳤다.

에르나가 쓰러진 것을 보고 좋은 기회라고 생각한 건가? 그야 그렇겠지.

이렇게 좋은 기회는 두 번 다시 오시 않을 테니까.

나는 내 주위에도 결계를 펼쳐서 중력을 완화시킨 다음, 영귀 쪽을 돌아보았다.

영귀는 이쪽을 향해 입을 벌리고 있었다.

"온 힘을 다한 브레스로 확실하게 해치울 셈인가……."

역시 SS랭크 몬스터인 것 같긴 하다.

공격을 가할 때라는 걸 제대로 알고 있는 모양이다.

하지만, 몬스터이기에 모르는 것도 있다.

"좋아……, 받아들여 주지……!!"

인간은 가끔 합리적이지 못한 행동을 할 때가 있다.

지금 정면으로 맞서싸우는 건 불리하다.

도망치는 게 상책이다. 그 사실은 알고 있다.

하지만.

"이 책임은 제대로 져야 할 거다, 영귀! 나는 당하면 배로 갚아 주는 성격이거든!!"

에르나는 소중한 소꿉친구다.

어렸을 때.

고대 마법을 쓰지 못하던 무렵, 에르나는 나를 항상 지켜주었다. 에르나 덕분에 몇 번이나 구원받았다.

에르나가 있기에 지금 내가 있다.

에르나는 내게 특별한 존재다.

그런 존재를 상처입혔다. 게다가 아이들을 감싸던 에르나를.

몬스터 상대로 비겁하다는 말을 하는 건 이상할지도 모른다.

하지만, 저 녀석은 완벽한 상태가 아닌 에르나를 공격해서 상처입혔다. 결코 용서할 수 없다.

완벽한 상태는 아니었다. 그럼에도 불구하고 에르나의 자존심에는 분명히 매우 큰 상처가 생겼을 것이다.

에르나는 항상 강하고 자신감이 넘친다.

그 모습을 어지럽히는 녀석은 절대로 용서 못한다.

《나는 은의 이치를 아는 자・나는 진정한 은에 선택받은 자.》

은멸 마법의 공통 영창을 중얼거리던 나는 두 팔을 벌리고 마력을 해방시켰다.

브레스까지 통째로 섬멸해 주마.

《은뢰는 천공으로부터 모습을 드러내고・지상을 질주하며 모조리 불태운다.》

내가 반격에 나섰다는 걸 알아챈 건지, 영귀도 브레스를 모으며 나를 요격하려 했다.

그 눈은 인간 따위가 까불지 말라는 듯한 느낌이었지만, 나는 오히려 거북이 따위가 까불지 말라는 말을 해주고 싶다.

《그 은뢰의 열은 신위의 상징・그 은뢰의 소리는 신언의 메아리.》

내 두 손에 거대한 마법진이 떠올랐고, 파직파직, 은빛 번개가 소리를 내기 시작했다.

한편, 영귀의 브레스도 지금까지보다 훨씬 까맣고 강한 파동을 뿜어내기 시작했다.

지금까지 날렸던 브레스와는 전혀 다른 브레스를 날릴 셈인 것이다.

그만큼 나와 에르나를 위험하게 여기고 있는 것 같다.

좋아.

《광천의 멸뢰·암천의 인뢰·은뢰여 나의 손으로 울려퍼지거라·은천의 의사를 나타내기 위하여──.》

마법진이 더욱 거대해졌고, 은빛 번개가 완전히 모습을 드러냈다.

나는 두 손에 깃든 그것을 하나로 합친 다음, 마지막으로 마법 이름을 외쳤다.

《실버리 라이트닝.》

거대한 은뢰가 영귀를 향해 날아갔다. 그와 동시에 영귀의 입에서 까만 구체 브레스가 뿜어져 나왔다.

나와 영귀의 중간 지점에서 접촉한 그것들은 흑광과 은광을 뿜어내며 주위의 지형을 변형시킬 정도로 큰 에너지가 되어 맞부딪혔다.

"크윽······!!"

하지만 내 쪽이 약간 불리했다.

은멸 마법은 충분히 시간을 들여서 마력을 모으지 않으면 완전한 위력을 발휘할 수가 없다.

이 실버리 라이트닝은 8할 정도다. 위력이 부족한 건 어쩔 수 없다.

그럼에도 불구하고 나는 마력을 모조리 모아서 영귀의 브레스와 맞섰다.

그걸 골치 아프게 여겼는지, 영귀가 나와 에르나를 향해 중력을 강하게 걸었다.

강한 중력을 느낀 나는 내 주위의 결계를 풀고 에르나의 결계를 강화시키는 쪽으로 돌렸다.

단숨에 온몸이 무거워져서 나도 모르게 무릎을 꿇었다.

그럼에도 불구하고 의식만큼은 결코 잃지 않았다. 지금 의식을 잃으면 에르나가 브레스에 삼켜져 버린다.

그리고 실버의 불패 전설도 끝을 맞이하게 되겠지.

제국이 자랑하는 양대 전력이 동시에 사라지면 기다리고 있는 것은 지옥일 것이다.

내 양쪽 어깨에는 제국의 미래가 걸려있다.

한순간 그런 생각을 한 다음, 슬쩍 웃었다.

"말도 안 되는 소리……, 제국의 미래 따위는 내가 알 바 아니잖아……."

애초에 나와는 맞지 않는다.

그런 게 싫었기에 자유로운 모험가가 되었다.

내가 노력하는 건 언제나 나에게 소중한 것을 위해서다.

물론 제국은 소중하다. 하지만, 가장 소중한 건 아니다.

꿇었던 무릎을 다시 일으켰다.

나는 내 본질을 떠올리고는, 기력을 되찾았다.

"얼마든지 와라……, 나는 누구도 내 주위 사람들에게 손대지 못하게 하리라 결심했어!"

밀려나고 있던 은뢰가 단숨에 검은 브레스를 밀어냈다.

그리고 은뢰가 검은 브레스를 뚫고는 영귀에게 닿았다.

하지만, 검은 브레스로 인해 힘이 약해진 은뢰로는 영귀에게 대미지를 입힐 수 있을 리가 없었다.

영귀는 아무렇지도 않게 이쪽을 보고 있었다.

하지만, 그게 잘못이었다.

우리만 너무 신경을 쓰고 있었다.

"이렇게까지 가까이 다가왔는데 눈치채지 못할 줄이야. 어지간히 실버가 위험하다고 생각한 게지."

에고르가 영귀의 등껍질 위에서 지팡이를 겨누었다.

칼을 집어넣고 발도술 같은 자세를 취하고 있었다.

그리고.

"어째서 내가 검성이라 불리는지 아느냐?"

에고르는 그렇게 물은 다음, 신속과도 같은 속도로 칼을 뽑아 등껍질을 베었다.

"내가 베지 못하는 게 없기 때문이다."

"크아아아아아아아아아아아!!"

영귀의 등껍질에 날카롭고 커다란 상처가 생겨났고, 그곳에서 피가 뿜어져 나왔다.

날뛰는 영귀의 등껍질 위에서 에고르가 물러났지만, 이제 영귀의 철벽 방어에도 균열이 생겨났다.

이제 조금만 더 밀어붙이면 된다.

그런 와중에 내 뒤에서 목소리가 들렸다.

"……아르……?"

11

들켰다.

그런 말이 머릿속을 스쳐갔다. 에르나의 목소리는 그만큼 친근한 목소리였다.

실버에게는 결코 들려주지 않을 목소리다.

어째서 들킨 걸까. 호칭인가, 아니면 다른 이유 때문일까.

나는 의문을 품으면서도 각오를 다지고 돌아보았다. 만약에 들켰다 하더라도 거짓말은 끝까지 밀어붙인다. 어떻게든 둘러대며 넘어가야 한다.

하지만, 그런 각오는 곧바로 사라져 버렸다.

돌아봤을 때, 에르나는 분명 서 있었지만 눈의 초점이 흐려진 상태였기 때문이다.

"걱정스러워하는 목소리로……, 말하지 않아도 괜찮으니까……, 나는 지지 않을 테니까……."

의식이 몽롱한 상태인가?

여기 있을 리가 없는 내가 있다고 생각하는 모양이었다.

에르나는 그 가공의 나를 향해 계속 말했다.

"내가……, 아르의 지금을 지켜줄 테니까……."

에르나는 비틀거리며 성검을 겨누었다.

나는 그 모습과 목소리를 듣고, 무심코 이름을 부를 뻔했다.

지금 당장 가면을 벗고 내가 여기 있다고 말하고 싶어졌다. 나는 실버니까 싸우지 않아도 된다, 이제 충분하다고 말하고 싶다.

하지만, 그건 분명히 공평하지 않을 것이다.

지금까지 의지를 보여준 나의 기사는 그렇게 어설픈 행동을 원하지 않는다.

한번 정한 거라면 끝까지 관철해야 한다. 이치에 맞게 행동한다는 건 그런 거라고 세바스가 말했다.

그제야 그 말의 의미가 무엇인지 이해한 것 같다는 느낌이 들었다.

이렇게 나를 생각해 주는 사람에게 거짓말을 하고 있다. 내 감정으로 그걸 밝히는 건 무례하기 짝이 없는 짓이다.

내게는 그렇게 제멋대로 구는 행동이 용납되지 않는다.

"──의외로군. 찌꺼기 황자를 위해 싸우고 있었던 건가?"

실버답게 단호한 말투로 에르나에게 말을 걸었다.

에르나는 멍하니 나를 바라보더니, 시간이 좀 지나자 눈의 초점이 서서히 맞기 시작했다.

그리고 내가 실버라는 걸 인식하고는 노골적으로 인상을 찌푸렸다.

"……굴욕이야, ……잠깐이나마 당신이 아르로 보였어."

"굴욕이라는 말은 내가 할 말이지. 찌꺼기 황자와 착각하지 말아 주실까."

"당신 말이야……, 내 앞에서 그 말을 입에 담지 말라고 했을 텐데……?"

에르나는 그렇게 말하며 왼손으로 오른쪽 옆구리를 눌렀다.

평소처럼 화를 내지 않는 이유는 화를 낼 수 없기 때문일 것이다.

"늑골이 부러졌는데도 입을 잘 놀리는군."

"……그렇게 뭐든지 훤히 들여다보고 있다는 분위기를 풍기지 말아줄래? 무심코 성검으로 베고 싶어지니까."

"그거 무섭군. 아무리 나라도 성검은 막아낼 수 없으니 말이야."

나는 어깨를 으쓱이고는 다시 영귀를 돌아보았다.

등껍질이 제대로 갈라진 영귀는 비늘을 에고르에게 집중시키고 있었다.

그런 이유로 인해 이쪽에는 신경을 쓰지 않고 있다.

이번에는 미끼와 진짜가 반대로 바뀐 형태다.

그 사실은 에르나도 알고 있을 것이다. 하지만, 에르나는 움직이지 않았다.

늑골이 하나 부러진 정도로는 아무렇지도 않게 움직일 수 있을 테니, 여러 개가 부러지고 내장에도 대미지를 입었을지 모르겠다.

약간 걱정이 되었는데, 에르나가 천천히 입을 열었다.

"정신을 잃기 전에……, 아르의 목소리가 들렸어."

"주마등이라도 본 것 아닌가?"

"당신, 별로 인기 없지……? 분명히 아르가 걱정하고 있을 거야. 나는 알아."

"너답지 않게 소녀 같은 사고 방식이로군."

"정말 기분 나쁜 녀석이네……, 소꿉친구니까 아는 것뿐이야. 아르는 걱정이 많으니까……, 분명히 지금도 걱정하고 있을 거야. 그러니까 얼른 끝내야만 해……, 아르가 무리하지 않게끔 이 문제를 끝내는 게 내 역할이니까."

그렇게 말한 에르나가 천천히 성검을 두 손으로 들었다.

그 순간, 고통으로 인해 인상을 찌푸렸다. 하지만 몇 차례 호흡으로 숨을 안정시키고는 날카로운 눈초리로 영귀를 노려보았다.

의식을 전투 모드로 바꾸어서 통증을 일시적으로 차단한 건가?

"그렇게 된 거니까. 실버, 힘을 빌려줘."

"뭐가 그렇게 된 거라는 건지 의미를 알 수가 없군. 네 개인적인 이유에 내가 힘을 빌려줄 이유는 없을 것 같다만?"

"찌꺼기 황자라고 했잖아? 힘을 빌려주면 없던 일로 해줄게."

"무시무시한 여자로군. 네가 기운을 차릴 수 있게끔 말했을 뿐이다만?"

"그래, 덕분에 기운이 났어. 그것만은 고마워."

"고맙다는 마음이 느껴지질 않는군. 미리 말해 두지만, 나는 기절한 널 지키면서 꽤 무리했는데!"

그건 거짓말이 아니다. 에르나를 지키기 위해 영귀와 혼자서 맞섰다.

마력이 바닥나지는 않았지만, 대마법을 날리는 건 꽤 힘들다. 시간이 걸린다.

하지만, 에르나는 그런 내 사정을 무시하고 말했다.

"잔소리는 됐어. 어차피 비장의 수가 있지? 지금 써."

"이런, 이런……, 숨통을 끊는 역할은 네가 혼자 맡아야 할 텐데 내 도움까지 받으려 하다니. 이 빚은 비싸게 먹힐 거다."

"까불지 마. 내 빚이 훨씬 더 커."

그렇게 이야기를 주고받은 다음, 나는 한 손을 천천히 머리 위로 올렸다.

에르나가 말한 대로 내게는 비장의 수가 있다. 에르나가 깨어나지 못했을 때를 대비해서 준비는 이미 해두었다. 하지만, 에르나가 있는데도 쓰게 될 줄은 몰랐다.

에르나는 이번에 확실하게 영귀를 없앨 생각인 모양이다.

《나는 은의 이치를 아는 자·나는 진정한 은에 선택받은 자.》

은멸 마법은 특수한 고대 마법이다.

은빛으로 빛나는 성질을 지니고 있고, 마력은 전부 은속성이라는 특유의 속성으로 바뀐다.

《창천에 가득찬 신은·녹음에 흩어진 진은.》

그리고 은속성 마력은 은멸 마법을 사용한 뒤에도 그곳에 흩어져 남는다.

특수한 속성으로 바뀐 마력이기 때문에 원래는 이용하는 게 불가능하다. 하지만.

《그 은은 때로는 번개와도 같이 솟구치며·그 은은 때로는 어두운 밤을 비추는 빛이 될지니.》

같은 은멸 마법이라면 은속성 마력을 사용할 수 있다. 하지만 아무나, 어디에든 사용할 수 있는 건 아니다.

주위로 흩어진 마력을 집속시키는 마법이어야 한다.

그것이 내 비장의 수.

《황귀의 천은·무구의 백은.》

전장에 흩어진 은속성 마법을 한데 모아 한 자루의 검을 만들어내는 은멸 마법.

《진은이여 나의 손에 모이거라·저 적을 은멸하기 위하여──.》

주위에서 모여든 은의 마력이 내 손에 모여 한 자루의 검을 형성했다.

눈부신 은빛을 뿜어내는 그 검은 막대한 마력이 한데 모인 검이며, 그 전까지 사용했던 은멸 마법으로 인해 위력이 바뀐다.

8할 정도로 사용한 실버리 라이트닝으로 인해 흩어진 마력과 지금 지닌 마력을 합친 정도이기에 온 힘을 다해 사용한 것에는 한참 부족한 위력이긴 하지만.

그럼에도 불구하고 영귀의 숨통을 끊기에는 충분한 위력이 나온다. 광역 공격이 많은 은멸 마법 중에서는 드물게도 일점 집중형 마법이니까. 은멸 마법 중에서도 특출난 위력을 보인다.

그 마법의 이름은.

《실버리 엔드 세이버.》

은의 종멸검. 내 성검이다.

그런 내 검 못지 않을 만큼, 에르나의 성검도 눈부시게 빛나고 있었다.

내가 은이라면 에르나의 성검은 황금.

직시하기 힘들 정도로 눈부시게 빛나는 성검은 지금까지와는 무언가가 달랐다.

"나의 목소리를 듣고, 각성하라! 빛나는 생명의 성검! 용사가 지금, 기적을 필요로 한다!!"

에르나가 외친 목소리에 대답하는 듯이 성검으로부터 황금빛이 단숨에 뿜어져 나왔다.

그 기세는 내 은빛이 흐려져 보일 정도였다.

"성검·극광 제2해방……."

에르나로 인해 봉인이 하나 풀린 모양이다.

완전하지는 못하더라도 이제 마왕을 쓰러뜨린 용사의 성검에 한 발짝 다가섰다고 할 수 있다.

"준비는 됐어? 실버."

"물론이다. 저쪽도 준비가 다 된 모양이로군."

나는 그렇게 말하며 영귀 건너편을 보았다.

그곳에는 거대한 결계가 여러 겹으로 전개되어 있었다. 그것이 점점 늘어나고 있다.

우리가 온 힘을 다한 공격을 준비하는 모습을 보고 오리히메가 그 공격의 여파를 막아내기 위해 결계를 잔뜩 전개한 모양이다.

정말 눈치가 빠른 것 같다.

"저런 걸로 막으려 하다니……, 얕보인 모양이네."

"목표는 결계가 아니잖나? 미리 말해두지만."

"나도 알아. 목표는 저 허약한 거북이잖아."

에르나는 그렇게 말하며 영귀를 바라보았다. 확실한 위기를 느
꼈는지, 영귀는 초경질화 모드로 들어가기 시작했다. 하지만, 이
미 늦었다. 준비를 마치게 둔 시점에서 끝장이다.

"깨닫도록 해. 이곳은 제국."

"용사와 은의 마도사가 있는 나라."

"당신은."

"너는."

""손댈 곳을 착각했다.""

나와 에르나는 동시에 팔을 휘둘렀다. 은과 금의 광검이 영귀
를 덮쳤다.

                            12

은빛과 금빛 물결이 영귀를 향해 나아갔다.

경화가 늦어질 거라 판단한 건지, 영귀가 입을 벌리고 브레스
로 요격을 시도했다.

하지만, 영귀의 브레스는 은빛과 금빛 물결을 밀어내지 못했다.

단숨에 영귀의 브레스를 집어삼킨 거센 물결은 그 기세를 그대

로 유지하며 영귀까지 집어삼키기 시작했다.

영귀는 자신의 자랑거리인 단단한 몸으로 버티려 했지만, 가장 단단한 등껍질에 상처를 입은 상태로는 버틸 수가 없었다.

"크아아아아아아아아아아아아아아아아아아아아아아!!!!!!"

단말마가 울려 퍼졌고, 영귀가 빛 속으로 사라져갔다.

그리고 영귀의 모든 것이 빛에 삼켜졌다. 하지만, 그것만으로는 끝나지 않았다.

은빛과 금빛 물결이 서로 뒤섞이며 그대로 그 건너편으로 나아갔다.

이번에는 오리히메가 준비해 두었던 결계가 거센 빛의 물결을 맞받아쳤다. 결계와 격돌할 때마다 묵직한 소리가 주위에 울렸고, 결계를 뚫을 때마다 무언가가 깨졌을 때 나는 날카로운 소리가 울렸다.

하지만, 거센 빛의 물결은 조금씩 기세가 약해졌다.

그리고.

"멈췄나……."

나는 안도의 한숨을 쉬며 그렇게 중얼거렸다.

기세에 몸을 맡기고 에르나와 함께 온 힘을 다해 공격하긴 했지만, 자칫 영귀보다 더 큰 피해를 입힐 수도 있었던 공격이었다. 오리히메에게 고마워해야 할 것 같다.

"결계 열두 개 중에 열 개밖에 파괴하지 못하다니……."

"파괴하지 못한 것 때문에 충격받지 마라……."

나는 옆에서 뜻밖이라는 표정을 짓고 있던 에르나에게 주의를 주며 주위를 둘러보았다.

영귀는 완전히 소멸했고, 다른 몬스터도 보이지 않는다.

끝났다고 봐도 될 것이다.

그런 생각을 하고 있자니 에르나가 제자리에 살며시 주저앉았다.

"왜 그러지?"

"피곤해서."

"너도 피곤할 때가 있나?"

"연약한 여자애에게 무슨 소릴 하는 거야?"

"어떤 세계의 기준으로 연약하다는 건지 알고 싶군."

"당연히 이 세계지. 얼른 전이문이나 열어. 걷는 것도 버거우니까."

"제멋대로 구는 용사로군."

나는 어이가 없다는 듯이 중얼거리면서 오리히메가 있는 쪽으로 전이문을 열었다. 그쪽에는 에고르도 있을 테니까.

합류하면 레오 일행이 있는 곳으로 날아가야겠다. 그렇게 생각하고 있자니 에르나가 곧바로 전이문에 들어갔다. 그녀를 따라 들어가자 전이한 곳에서 오리히메가 으스대는 표정을 짓고 있었다.

"흐흥!! 나의 결계가 가장 뛰어나다는 사실이 증명되었구나!"

"계속 그렇게 떠들기나 하라고. 당신하고 말싸움을 할 기운도 없어."

에르나는 정말 피곤한 기색을 보이며 다시 주저앉았다. 생각보다 수수한 반응을 보고 오리히메가 눈을 동그랗게 떴다. 그런 오리히메 뒤에서 에고르가 고개를 내밀었다.

"미끼 역할을 맡게 해서 미안하군, 실버."

"우리도 마찬가지다. 그런데 역시 검성이로군. 등껍질을 베어 버릴 줄은 몰랐다."

"나도 두 번 연속으로 대마법을 사용할 줄은 몰랐다. 역시 실버라고 해야 할까."

서로 칭찬하며 적당한 거리를 유지했다.

에고르는 오리히메에게 어른스러운 대처라는 것을 보여주며 에르나에게 천천히 다가갔다.

그리고 한 마디 양해를 구하고는 에르나의 오른쪽 옆구리에 손을 가져다 댔다.

"으음. 요란하게 당했군. 다섯 개나 부러졌다. 좀 아플 것이야."

"네……."

에고르는 한순간, 에르나의 옆구리에 대고 있던 손을 움직였다. 정말로 한순간이었는데, 아마 부러진 늑골을 원래 위치로 되돌려놓았을 것이다.

"이제 치유 마법을 사용하면 금방 나을 것이야. 실버, 그렇게 해주지 그러나?"

"공교롭게도 내 치유 마법은 마력 소비가 크다. 이런 상황에서 사용하고 싶지는 않군."

"최악이구나……."

"부상당한 자가 한 명 정도 더 있었다면 사용했을지도 모르겠지만, 너밖에 없으니 말이다."

나는 그렇게 말하며 레오 일행을 보낸 도시로 통하는 전이문을 열었다.

레오가 데리고 온 기사들 중에는 근위기사도 있다. 그중에는 치유 마법을 사용할 수 있는 자들도 있을 것이다. 에르나의 치료는 그들에게 맡기면 될 것이다. 나는 그렇게 생각하며 세 사람을 전이문으로 도시까지 데려다 주었다.

■ ■ ■

도시로 돌아온 뒤로는 정신이 없었다.

영귀를 토벌했다고 보고하자 도시 전체가 축제 분위기 같은 상태가 되었고, 그런 와중에 레오와 기사들은 로스톡에서 피난 온 백성들을 돌려보낼 준비를 하느라 바빠졌다.

"레오나르트 황자. 바쁜 와중에 미안하다만, 물어보고 싶은 게 있다."

"뭔데? 실버."

에르나는 치유 마법을 걸어준 뒤에도 피로한 기색이 역력했기에 내가 제도까지 데리고 가게 되었다. 하지만, 그러기 전에 물어봐야만 하는 게 있었다.

"어린애 두 명이 전이해 왔을 텐데. 보호했나?"

"했지. 다른 방에서 자고 있어."

그렇게 대답한 사람은 레오가 아니었다. 돌아보니 그곳에 소니아가 있었다.

"너는……, 고든 황자의 군사였나? 겔스를 공격했던."

"그렇게 기억하는 건 마음에 안 드는데……, 그리고 나는 이제 그 사람의 군사가 아니야."

"그거 실례했군. 그래서, 아이들이 뭐라고 했지?"

"……군인들이 많이 있길래 도움을 요청했더니 숲 쪽으로 가라고 했대. 분명히 고든 황자가 이끌고 있던 감시 부대일 거야."

내 옆에서 레오가 한순간, 분노를 뿜어냈다.

에르나도 피곤해 보이는 표정은 여전했지만, 눈살을 찌푸리고 있었다.

"나라와 백성을 지켜야 할 군인이 백성의 보호를 거절했나……."

"고든 황자의 명분은 내가 이끌던 부대가 숲에 있을 테니 그쪽으로 합류하라고 지시했다는 거겠지. 그런 상황이었다 하더라도 호위를 붙여야 했고, 본대에 보고를 우선시할 거였다면 전령을 보내도 되는 문제야. 결국에는 자신이 전장을 떠나고 싶었던 거겠지, 그 사람은."

"상대가 영귀라면 감시 부대 정도로는 당해낼 수 없을 테니까. 그렇게 판단할 수도 있겠지만, 이해하는 건 평생 힘들겠군."

"……이대로 끝내진 않을 거야. 황족이 백성들을 저버리다니, 용서할 수 없어."

레오가 참을 수 없다는 듯한 표정으로 그렇게 중얼거렸다. 이대로 끝내서는 안 될 일이다. 하지만, 아무리 따져 봤자 군인으로서 판단을 잘못했다는 것에 불과하다는 것도 사실이다.

이미 영귀가 움직이기 시작했다는 사실을 파악하고 있었는지 여부. 파악하고 있었다면 고의일 테고, 그렇지 않았다면 판단을 그르쳤을 뿐. 그리고 전자라고 따져봤자 증명할 방법이 없다.

철수 자체도 잘못된 행동은 아니다. 개죽음당하는 걸 피하기 위해 합리적으로 판단했다고도 할 수 있다.

이번 건으로 고든을 몰아세우는 건 힘들 것이다. 아버님의 심증을 안 좋게 만들 수는 있겠지만, 겨우 그 정도를 위해 문제를 크게 만드는 건 손해가 더 크다.

"흐음……, 레오나르트 황자. 이번 건, 내게 맡겨줄 순 없겠나?"

"……무슨 짓을 할 셈인데?"

"뭐, 좀 괴롭혀 줄 뿐이다. 네 형님을 좀 이용할 생각이다만, 상관없겠나?"

"형이 받아들인다면 상관없어."

"그렇다면 이번 건은 내가 맡겠다. 안심하도록. 모험가로서 항의를 할 뿐이다."

나는 그렇게 말한 다음, 에르나를 데리고 전이문으로 들어가서 제도로 이동했다.

■ ■ ■

"어서 오십시오."

"그래."

전이한 나를 세바스가 맞이해 주었다.

나는 실버의 옷을 벗은 다음, 의자에 앉았다. 에르나는 모험가 길드에서 마차를 타고 용작 가문의 저택으로 돌아갔다. 지친 것 같긴 했지만, 지친 것뿐이라면 걱정할 필요는 없다.

"이번에는 꽤 위험했어……."

"그래도 무사히 위기를 넘겼다면 훌륭한 일이지요."

세바스가 그렇게 말하며 홍차를 준비했다.

그대로 몇 가지 이야기를 나누다 보니 세바스가 뭔가 눈치채고는 슬쩍 웃었다.

"보아하니 저는 방해가 될 것 같군요. 실례하겠습니다."

"뭐?"

세바스가 갑자기 내 앞에서 사라졌다.

방해라니, 그게 무슨 소린데…….

그렇게 생각하고 있자니 노크도 없이 문이 열렸다. 그곳에 있던 것은 에르나였다.

"에르나?! 무슨 일이야?!"

"피곤해서 아르를 만나러 왔어."

"피곤하면 집에서 자라고……. 돌아온 걸 보니 무사히 끝났다고 생각해도 되는 거야?"

"그래. 거북이는 토벌했어. 나는 피곤해서 실버와 함께 돌아왔고."

에르나는 소파에 앉았다. 그리고 발끈한 표정을 지으며 소파 옆을 두드렸다.

"왜?"

"이쪽으로 와."

거절하는 건 용납하지 않겠다는 말투였기에 나는 어쩔 수 없이 에르나 옆에 앉았다.

그러자 에르나가 몸을 슬쩍 눕히며 내 무릎을 베고 누웠다.

"이봐."

"말했지? 피곤하다고. 거북이에게 괴롭힘당해서."

"괴롭혔다는 걸 잘못 말한 거 아니야?"

"실례잖아……, 열심히 싸웠으니까 심술궂은 말은 하지 마……."

에르나는 그렇게 말하며 삐진 듯이 입술을 삐죽댔다.

나는 그 모습을 보고 한숨을 쉬며 에르나의 머리에 손을 얹었다.

"여기서 쉬는 것보다는 저택에서 쉬는 게 훨씬 나을 텐데?"

"저택으로 돌아가면 다들 걱정해서 쉴 수가 없어. 여기가 마음 편해."

"그러셔. 그럼 마음대로 해."

"응, 마음대로 할게."

에르나는 그렇게 말한 다음, 곧바로 눈을 감고 잘 준비를 하기 시작해 버렸다. 전환이 정말 빠르다. 뭐, 기사니까 쉴 수 있을 때

쉬어야만 할 것이다.

이대로 금방 잘 생각이겠지, 나는 그렇게 생각하며 에르나의 머리를 쓰다듬었다.

열심히 싸운 기사니까 억지 하나 정도는 들어줘야겠다.

"고생했어. 열심히 했구나."

"응……, 나, 열심히 했어."

에르나는 그렇게 말하고는 조용히 눈을 감았고, 금방 규칙적인 숨소리를 내며 잠들어버렸다.

그녀의 잠든 표정은 매우 평온해 보였다.

🔈 에필로그

영귀의 토벌을 마치자 우선 제도 주변에 있던 몬스터들의 위협은 사라졌다. 즉위 25주년 행사에 귀빈들을 안전하게 부를 수 있게 된 것이다.

앞으로는 그 행사를 대비해서 본격적인 준비가 시작된다. 이번과는 다른 의미로 바빠질 것이다.

"이런, 이런……, 쉴 틈도 없군."

"죄송합니다……, 제가 아르 님을 부추기는 듯한 말씀을 드린 탓에……."

"부추겼다고? 아……, 그건 등을 밀어줬다고 하는 게 정확할 것 같은데."

"표현 방식의 문제죠. 결국 아르 님께서 움직이실 텐데……, 저는 말만 늘어놓았어요."

피네는 풀 죽은 듯이 그렇게 말했다. 나와 에르나가 만신창이가 되어 돌아온 게 충격이었을지도 모르겠다. 양쪽 다 완전히 지친 상태였으니까. 하지만.

"그래도 네 덕분에 후회하지 않을 수 있었어. 제위 쟁탈전은 진도가 나가지 않았지. 그럼에도 불구하고 나는 많은 마력을 쓰기도 했어. 그래도 그때 백성들을 저버렸다면 우리는 에리크와 똑같이 되었을 거야. 너는 정도(正道)야. 그 덕분에 나는 길에서 벗어나지 않을 수 있는 거니까."

뭐가 올바른지 그 당시에는 알 수가 없다. 하지만, 피네가 있으면 길에서 벗어나지 않을 수 있다. 지침으로서 그녀만큼 안성맞춤인 사람은 없다.

길을 잘못 들더라도 길에서 벗어나고 싶진 않다. 길에서 벗어나면 내가 레오의 발목을 붙잡게 될 것이다. 그렇기 때문에 피네의 존재가 큰 도움이 되고 있다.

"그때 말했었지만, 네가 비밀을 알게 된 건 행운이었어. 말이라면 마음껏 하도록 해. 그게 나를 도와줄 거야. 너에게 그럴 생각이 없다 하더라도 내게는 귀중한 지침이라고."

"……폐가 되지는 않나요? 제게는 아무런 힘도 없어요. 아르님과 레오 님, 에르나 님……, 여러분께서 전장에서 싸우고 계실 때 그저 지켜보는 것밖에……."

"나도, 레오도, 에르나도……, 누군가를 쓰러뜨리고 싶어서 싸우는 게 아니야. 뒤에 있는 사람들을 위해 싸우고 있는 거지. 너는 그 사실을 확실하게 인식할 수 있게끔 해주고 있어. 그게 우리에게 얼마나 큰 도움이 되는지……."

함께 싸우고 싶다고 생각하는 심정은 이해가 된다. 누군가가 싸우고 있는데도 자신은 바라보기만 한다면 무력감을 느낄 것이다. 피네는 그런 성격이다. 하지만.

"그래도……."

"본진에는 반드시 큰 깃발을 내걸게 되어 있어. 이유가 뭘까? 국가의 상징을 내걸고 병사들의 사기를 끌어올리기 위해서야. 병사들은 나라를 위해서, 가족들을 위해서 싸우지. 내건 깃발은 그 상징이라고. 괴롭더라도, 힘들더라도, 그 깃발을 보면서 다시 일어서는 거야. 너는 우리에게 있어서 깃발이야. 볼 때마다 힘이 솟구치지. 네가 자각하지 못하더라도 네게는 그런 힘이 있어. 어떻게 해서든……, 뭔가 하고 싶다면 너는 항상 너답게 행동해. 그렇게 해주면 나도 나답게 행동할 거야. 어떤 때라도."

자신답게 행동하라는 건 어려운 일이다. 언제나 그렇게 행동할 수 있다면 고생할 사람은 아무도 없을 것이다.

그것도 나름대로 싸움이다. 하지만, 뒤에서 피네가 계속 그렇게 있어 준다면 더할 나위 없이 안심이 될 것이다. 깃발이 부러지지 않는다면 얼마든지 싸울 수 있다.

레오도 깃발이라는 측면이 있다. 그래서 꺾이지 말라고 말해왔다. 피네는 그것과는 별개로 지켜야 할 존재를 나타내는 깃발이다. 그 뒤에는 무력한 백성들이 많이 있다. 황족으로서도, 모험가로서도 지켜야만 할 백성들이다. 피네는 그 상징이다. 그러니 있어 주기만 해도 된다.

"……알겠습니다. 아르 님께서 그렇게 말씀하신다면 저는 저답게 행동하겠어요. 그러니 아르 님께서도 아르 님답게 행동해 주세요."

"그러면 돼."

내가 웃자 피네도 웃었다. 그리고 피네가 살며시 홍차를 따랐다. 그걸 마시려 했는데, 그러기 전에 피네가 내 손에 자기 손을

겹쳤다.

"왜 그래?"

"아르 님답게……, 무리하진 말아 주세요? 적당히 어깨 힘을 빼시고요. 저는 그런 아르 님을 보면 안심할 수 있어요. 제가 저답게 행동할 수 있게끔, 부디 부탁드릴게요."

"……그래, 알겠어."

나는 피네의 손을 몇 번 두드리며 승낙했다.

그게 얼마나 힘든 건지 이해하면서.

제위 쟁탈전이 치열해진다. 에리크도 슬슬 움직이기 시작할 테고, 고든이나 잔드라도 일발역전의 기회를 노리며 덤벼들 것이다.

그 모든 것들을 버텨내고 레오가 황제가 되면 모든 게 끝난다. 그때까지는 열심히 하기로 결심했다. 황제처럼 제일 귀찮은 일을 레오에게 떠넘기는 거니까.

나는 그렇게 생각하며 홍차를 마셨다.

SAIKYO DEGARASHI OJI NO ANYAKU TEII ARASOI Vol.5
MUNO O ENJIRU SS RANK OJI WA KOI KEISHO SEN O KAGE KARA SHIHAI SURU
©Tanba, Yunagi 2021
First published in Japan in 2021 by KADOKAWA CORPORATION, Tokyo.
Korean translation rights arranged with KADOKAWA CORPORATION, Tokyo

최강 찌꺼기 황자의 암약 제위 쟁탈전 5
무능한 척 연기하는 SS랭크 황자는 황위 계승전을 남몰래 지배한다

2023년 11월 1일 1판 1쇄 발행

저　　　자	탄바
일 러 스 트	유우나기
옮 긴 이	천선필
발 행 인	유재옥
본 부 장	조병권
담당편집	정지원
편집 1팀	김혜연
편집 2팀	정영길 조찬희 박치우 정지원
편집 3팀	오준영 이해빈 이소의
디 자 인	김보라 박민솔
라 이 츠	김정미 맹미영 이윤서
디 지 털	박상섭 김지연 윤희진
발 행 처	(주)소미미디어
인쇄제작처	코리아피앤피
등　　　록	제2015-000008호
주　　　소	서울시 마포구 토정로 222, 403호(신수동, 한국출판콘텐츠센터)
판　　　매	(주)소미미디어
마 케 팅	최원석 박수진 최정연 박소연
물　　　류	허석용 백철기
전　　　화	편집부 (070)4164-3962, 3963 기획실 (02)567-3388
	판매 및 마케팅 (070)4165-6888, Fax (02)322-7665

ISBN 979-11-384-7995-0(04830)
ISBN 979-11-384-3519-2(세트)